Uma Tempestade de Verão

K. L. WALTHER

Tradução de Sofia Soter

Título original
THE SUMMER OF BROKEN RULES

Copyright © 2021 *by* K. L. Walther

Arte de capa: Monique Aimee

Todos os direitos reservados.
Nenhuma parte desta obra pode ser reproduzida ou transmitida por meio eletrônico, mecânico, fotocópia ou sob qualquer outra forma sem a prévia autorização do editor.

Direitos para a língua portuguesa reservados com exclusividade para o Brasil à
EDITORA ROCCO LTDA.
Rua Evaristo da Veiga, 65 – 11º andar
Passeio Corporate – Torre 1
20031-040 – Rio de Janeiro – RJ
Tel.: (21) 3525-2000 – Fax: (21) 3525-2001
rocco@rocco.com.br
www.rocco.com.br

Printed in Brazil/Impresso no Brasil

CIP-BRASIL. CATALOGAÇÃO NA PUBLICAÇÃO
SINDICATO NACIONAL DOS EDITORES DE LIVROS, RJ

W194t

Walther, K. L.
    Uma tempestade de verão / K. L. Walther ; tradução Sofia Soter. - 1. ed. - Rio de Janeiro : Rocco, 2023.

    Tradução de: The summer of broken rules
    ISBN 978-65-5532-343-6
    ISBN 978-65-5595-191-2 (recurso eletrônico)

    1. Romance americano. I. Soter, Sofia. II. Título.

23-82868   CDD: 813
                        CDU: 82-31(73)

Gabriela Faray Ferreira Lopes - Bibliotecária - CRB-7/6643

O texto deste livro obedece às normas do
Acordo Ortográfico da Língua Portuguesa.

Personagens e acontecimentos retratados neste livro são fictícios. Qualquer semelhança com pessoas reais, vivas ou não, é mera coincidência, não intencional por parte da autora.

*Eternamente, para meu pai. Obrigada pelos passeios de carro
ao som de Dave Matthews, pelas tigelas de caldo de peixe,
e por nos apresentar ao lugar mais extraordinário do planeta.*

*E para Trip, pelos passeios de trator no crepúsculo, pelos tombos de boia,
pelos bifes no jantar às nove da noite, e por ser o melhor amigo dele.*

A FAMÍLIA FOX

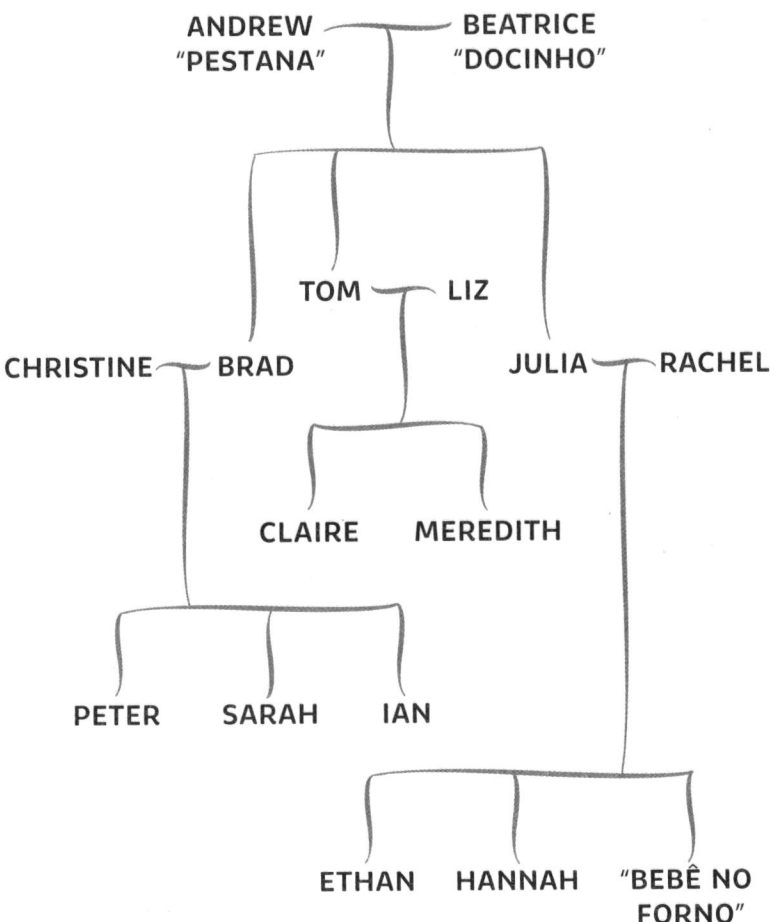

DOMINGO

UM

Ninguém pediu a batata frita. Três tigelas de caldo de mariscos, mas nenhuma cestinha da batata frita mais viciante de Cape Cod.

— Mais alguma coisa? — perguntou o garçom, como se soubesse que faltava alguma coisa.

Talvez soubesse mesmo. Talvez tivesse nos reconhecido — afinal, era tradição de família almoçar no Quicks Hole antes de pegar a balsa, para comemorar a última etapa da viagem. Em uma hora finalmente chegaríamos a Martha's Vineyard.

Notei que meus pais se entreolharam. *Mais alguma coisa?* Depois de tantas férias de verão, tudo era automático. Não precisávamos de cardápios — os pedidos estavam bem entranhados na memória, e nenhum deles incluía batata frita para a mesa.

Porque era Claire quem sempre pedia por nós. *Na maior cesta que tiver*, diria. *Estamos famintos!*

Percebi que era minha responsabilidade assumir aquela tarefa.

— Na verdade, queremos, sim — falei, engolindo o nó na garganta. — Uma porção de batata frita, por favor. Trufada.

— Ótima escolha — disse o atendente, antes de seguir para a cozinha.

Meus pais e eu ficamos em silêncio, sentados à mesa alta, tentando não olhar a quarta cadeira, vazia. De propósito ou não, minha mãe tinha pendurado a bolsa ali, dando a impressão de estar menos vazia. Como se a pessoa que ocuparia a cadeira tivesse apenas ido ao banheiro, e logo voltaria.

Quicks Hole Tavern tinha um nome adequado. A comida era, como indicava o *quick*, rápida, e levou só quinze minutos para chegar: três tigelas fumegantes da sopa mágica de mariscos, e uma cesta aparentemente infinita de batata frita salpicada de parmesão e salsinha. Meu pai ergueu a cerveja enquanto eu jogava as cinco gotas de molho de pimenta que sempre coloco na minha sopa.

— Um brinde a Sarah e Michael — disse. — Que esta semana seja memorável.

— A Sarah e Michael — eu e minha mãe ecoamos, erguendo os copos. Brindamos.

— E a estarmos finalmente de volta — acrescentou ele, dando um beijo na bochecha da mamãe. — Já demoramos muito.

Dois anos, precisamente. Minha família passava as férias no Vineyard desde antes do meu nascimento — havia mais de dezoito anos —, mas no ano anterior tínhamos ficado entocados em casa, no interior de Nova York. Olhei de relance para a cadeira vazia outra vez.

Pois é, pensei. *Já demoramos muito.*

Em seguida, mexi a sopa com a colher, vendo o molho vermelho girar até desaparecer, e me perguntei se alguma coisa teria mudado naquele tempo.

Uma coisa que definitivamente não mudara era Steamship Authority, o porto das balsas em Falmouth. Sob o sol alto no céu azul de julho, as pessoas pareciam estar na fila do maior show do século. Carros, carros, e ainda *mais* carros validavam os tíquetes e estacionavam nas fileiras numeradas, à espera das balsas. Prendi meu cabelo loiro-mel em uma trança frouxa, abrindo caminho entre os carros com meus pais. Havia uma variedade colorida de jipes, a maioria de teto aberto, alguns inclusive sem portas, com música pulsando no rádio. Havia também os Volvos com caiaques amarrados, e os Range Rovers prateados e chiques. Os suportes para bicicleta deixavam os SUVs ainda mais imensos. Escutei uma criança de colo dar piti.

— Não, Jeffrey, não dá para comer mais batata frita! — respondeu a mãe, exasperada.

A fila de pedestres era uma mistura de universitários, famílias, cães, bicicletas, malas de rodinha, e casais mais velhos e experientes que apenas absorviam o caos.

Loki estava arfando muito, de cabeça para fora da janela, quando voltamos à nossa caminhonete Ford Raptor.

— Quer dar uma água para ele, Meredith? — perguntou minha mãe depois de nos instalarmos.

Sem responder, peguei minha garrafa d'água e apertei, para nosso Jack Russell Terrier beber. Ele tomou a água que nem uma pessoa, um truque ensinado por Claire quando ele ainda era filhote.

— Vai ser útil — dissera ela na época. — Não vamos precisar levar uma tigela para servir água quando formos passear.

Não demorou para abrirem o acesso da gigantesca balsa das duas da tarde, *The Island Home*.

— Esperem, abram o teto solar! — exclamei, enquanto a funcionária acenava para nosso carro passar pela entrada e meu pai desacelerava.

Meu peito estava a mil. Era outra das minhas tradições com Claire, e que eu queria manter viva: sair pelo teto solar e gritar, como se estivéssemos passeando de limusine. Na maior parte do tempo, outras pessoas gritavam com a gente, especialmente os caras de jipe.

— Que gostosa! — alguns tinham gritado na última viagem, quando Claire tinha dezessete anos e eu, dezesseis.

— Pena que ela é comprometida! — minha irmã retrucara, supondo que estavam falando de mim, e não dela.

Ela vivia se diminuindo sutilmente, e eu nunca entendia o porquê. Claire era linda, alta e atlética, com cachos castanho-avermelhados, além da coleção incrível de óculos. Como não podia usar lentes de contato, ela fora acumulando uma variedade eclética de armações, do retrô ao moderno. Naquele dia, estava usando os óculos quadrados, de armação transparente.

A única coisa que tínhamos em comum, sendo irmãs, eram nossos olhos verdes, já que meu cabelo era claro e as sobrancelhas escuras ("impressionantes", de acordo com a maioria das pessoas), e eu tinha uns bons treze centímetros a menos que Claire. Ela me chamava de "Macaquinha" desde que me vira escalar as prateleiras da despensa quando éramos menores.

Subindo a rampa da balsa, não gritei (mas os caras dos jipes gritaram mesmo assim). Em vez disso, fechei os olhos e respirei fundo. Eu amava o cheiro da maresia. Tinha sentido *saudade*. Era tudo para mim. Minha família brincava que a gente deveria dar um jeito de guardar o cheiro de maresia em um frasco, para nos dar esperança nos invernos gelados de Nova York.

Meus pais soltaram o cinto de segurança quando papai deixou o carro no ponto morto. Loki latiu e pulou pelo meio dos bancos até o colo da minha mãe. Ela riu e prendeu a guia na coleira verde.

— Bom, é o sinal — falou. — Vamos subir.

Ela estava se referindo ao convés superior da balsa. Era claro que podíamos ficar no carro, e havia também vários bancos na parte interna da balsa. Porém, assim como a maresia, nada se comparava ao vento fustigando o cabelo enquanto a ilha surgia no horizonte.

— Boa ideia...

Parei de falar quando algo chamou a minha atenção. Meu celular, de repente piscando e vibrando, irritante, no porta-copos do banco de trás. O nome na tela era igualmente irritante: Ben Fletcher.

Senti um frio na barriga. Ben tinha mandado mensagem.

— Hum, podem ir na frente — me ouvi dizer, enquanto lia o nome, que ficou embaçado entre as lágrimas. — Um minuto e já vou.

Só li a mensagem de Ben depois do meu pai me dar as chaves e subir a escada com mamãe e Loki. Foi então que abri o celular e li:

Como vai a estrada?

Só isso. Sem oi, sem desculpas, sem arrependimento.
Não que eu quisesse isso, mas...

Como vai a estrada?

Sério? Só isso?
Não responda, disse a voz na minha cabeça, mas eu ignorei e digitei:

Já saímos da estrada. Estamos na balsa.

Ele respondeu:

Ah, saquei. Quanto tempo demora?

— Uma hora — murmurei, baixinho.
Eu já tinha mencionado aquilo mil vezes, de tanta emoção depois de receber o convite em abril. SRTA. MEREDITH FOX escrito em letras cursivas e prateadas no envelope azul-claro.
— O convite pede para confirmar se vou levar alguém — eu dissera a Ben mais tarde, aninhada no abraço dele enquanto assistíamos à Netflix. — Você vai comigo?
— Ir com você? — perguntara ele, sorrindo. — Claro!
E nos beijamos depois.
Eu não pisquei para conter as lágrimas que caíam. Imagine se a Meredith de meses antes me visse assim — a caminho do casamento de Sarah, não só sem *acompanhante*, como, de forma geral, sem *namorado*. Porque, depois de quatro anos juntos, eu e Ben tínhamos terminado.
Melhor dizendo, *ele* tinha terminado *comigo*. No mês anterior, do nada, no meio da festa de formatura dele. Em um segundo, estávamos dançando ao som da playlist hilária de Woodstock do pai dele, e, no seguinte, ele me afastara da pista de dança e começara a falar:

— Foi bom enquanto durou... mas deve ser melhor manter a amizade... Dizem que namorar a distância é difícil...

— Mas a gente combinou — eu interrompera. — Falamos disso já, lembra?

Eu me agarrara ao braço forte dele, sentindo-me tonta de repente.

— E dissemos que íamos *tentar*.

Ben estava prestes a estudar na Universidade da Carolina do Sul, e eu ficaria na nossa cidade, apenas subindo a colina enorme de Clinton para chegar à Faculdade de Hamilton. Meu pai era treinador de futebol da faculdade, e eu queria ficar perto da família.

— Lembra? — eu insistira.

Ben não tinha dito nada.

Eu o apertara com mais força.

— Ben, não — dissera, sem conseguir conter o tremor na voz. — Por favor, eu preciso de você. Você sabe que preciso. Depois de tudo...

— Eu sei, eu sei.

Ben tinha me puxado para um abraço, de cabeça no peito dele. Normalmente, isso me acalmava, mas, naquele momento, parecera que ele só queria me calar.

— Olha, Mere, eu te amo — sussurrara ele, me deixando desabar junto ao seu peito e chorar.

Os batimentos do peito dele tinham abafado as palavras, me fazendo chorar ainda mais. Somente aquela última parte que me dava força para ficar de pé.

— Ainda posso ir ao casamento — dissera ele. — Se você quiser.

— Como assim? — eu perguntara, recuando e estremecendo no ar fresco da noite. — De acompanhante?

— Isso — dissera, apertando meu ombro. — Isso não muda nada.

Ele então tinha sorrido de leve, e recitado a cantada antiquada que sabia que eu amava:

— Você ainda é minha garota preferida para andar de braços dados.

Eu não lembrava mais como tinha respondido, mas definitivamente a conversa terminara com a minha fuga esbaforida, usando sapatos anabela de salto altíssimo. E, confesso, talvez tenha envolvido ter sido parada por uma blitz na volta para casa. Porque eu tinha passado do limite de velocidade, ou feito uma curva errada. Como eu mal tinha conseguido falar, de tanto chorar, o sargento Woodley me deixara ir embora só com uma advertência (e me acompanhara até em casa).

Soou um bipe no sistema de comunicação da balsa. *Hora de ir*, pensei, mas senti outra vibração na mão: uma terceira mensagem de Ben.

Mere, eu teria mesmo ido com você.

Antes de me dar conta, senti o rosto arder e disquei o número dele. Ele atendeu no primeiro toque.

— Oi...

— Eu não *queria* que você viesse — interrompi, prestes a chorar. — Queria que meu namorado, *meu namorado*, viesse, não meu ex escroto!

Silêncio.

Ben suspirou.

— Mere...

Eu desliguei e sequei as lágrimas, precisando urgentemente sair do carro e pegar ar fresco. A buzina da balsa soou e eu peguei a maçaneta do carro, mas a área imensa já estava lotada, com tantos carros aglomerados que era impossível abrir a porta sem acertar o veículo ao lado. *O teto solar*, lembrei. Ainda estava aberto. Tentei não pensar em quantas pessoas tinham me ouvido gritar com Ben. Meu rosto estava vermelho de chorar, então revirei a mochila em busca dos óculos escuros, e cobri a cabeça com um dos bonés do meu pai antes de subir e sair da caminhonete. Sorri um pouco.

Tranquilo.

Foi a hora do desastre.

Em vez de pular direto para o chão, me apoiei em um dos suportes de bagagem no topo do carro... mas não conferi a passagem estreita entre veículos para garantir que estava vazia. Simplesmente me balancei e saltei, que nem Tarzan em um cipó, e ondas de choque me percorreram quando meu pé colidiu com alguma coisa.

Alguma coisa, não, *alguém*.

— Ah, eita — disse o cara, pego de surpresa.

Ele encolheu os ombros, e eu o vi massagear a área que eu chutara. O rosto, perto do nariz.

— Ai! — exclamou.

— Foi mal! — deixei escapar. — Mil desculpas. Sério, sério, desculpa!

— Não, hum, tá de boa — respondeu.

Porém, antes de ele conseguir se endireitar e olhar bem para a pessoa que o agredira, eu já tinha ido embora. Corri até a escada e subi, dois degraus por vez, até o convés superior.

Minha mãe me abraçou quando a ilha surgiu no horizonte. Era mesmo um dia lindo, sem uma nuvem no céu. Não havia névoa ao redor do farol de East Chop nem barcos balançando pelo porto de Vineyard Haven.

— Que boas-vindas! — comentou meu pai, e, de repente, fiquei com o olhar marejado, pensando em Claire.

Metade de mim estava muito feliz de voltar, mas a outra metade queria que a balsa desse meia-volta para voltar para casa. Não parecia correto ir a Martha's Vineyard sem minha irmã. Era ela quem mais amava aquele lugar. *Já demoramos muito*, meu pai dissera no almoço, mas não pude deixar de me perguntar: *Será que foi o bastante?*

— Queria que Claire estivesse aqui — sussurrei para minha mãe.

— Ela está — sussurrou ela de volta, apertando meus ombros com carinho, e apontou o céu. — Está fazendo o sol brilhar.

— Para Sarah — falei.

— Não — respondeu ela, balançando a cabeça. — Para todo mundo.

DOIS

Minha prima ia se casar. Sarah Jane Fox e Michael Phillipe Dupré se casariam no sábado, dia dezesseis de julho, às quatro da tarde na igreja St. Andrew, em Edgartown. Em seguida, a comemoração continuaria com música e jantar na fazenda Paqua.

A fazenda Paqua, ou só a fazenda, como chamávamos, pertencia à família Fox desde antes da Primeira Guerra Mundial. Não era mais uma fazenda produtiva, mas uma extensão vasta de 240 hectares entre Edgartown e Tisbury, com quase dois quilômetros de praia particular. Passávamos horas balançando nas ondas do mar e flutuando tranquilamente nos famosos lagos e lagoas do Vineyard. A lagoa Paqua, mais isolada, sempre fora nossa preferida, minha e de Claire.

Abracei bem Loki, que estava se remexendo, enquanto meu pai acelerava pela estrada de chão arenoso de cinco quilômetros de Paqua, soltando poeira.

— Pai, vai mais devagar — pedi do banco de trás, mas ele estava rindo.

O limite não oficial de velocidade da estrada era de quarenta quilômetros por hora, mas todo mundo gostava de não segui-lo.

— Antigamente, a gente apostava corrida — contava meu tio Brad às vezes, dando um tapinha no ombro do meu pai. — Nossa, a gente *voava*.

Antigamente, quebrar as regras era divertido. No momento, no entanto, senti um aperto no estômago e me estiquei para ver o velocímetro: estava quase em oitenta.

— Pai, por favor! — repeti, mais histérica, sentindo o coração disparado. — Devagar!

Minha mãe tocou o braço do meu pai.

— Tom — pediu, baixinho.

Só me acalmei quando ele pisou no freio, e a velocidade caiu para trinta. Logo chegamos à bifurcação, onde a placa de madeira alta resistia ano após ano. Finalmente tinha sido pintada de branco de novo — definitivamente por tia Christine —, e indicava a direção de cada casa de veraneio. Eram oito casas espalhadas pela fazenda, todas diferentes entre si. Algumas eram menores, outras maiores, mas todas rústicas, com seus próprios nomes e estilos. A maioria dos convidados do casamento se hospedaria ali, então eu sabia que todas as casas estariam lotadas — até mais do que lotadas, pois o tio Brad dissera ao meu pai que tinha gente armando barracas.

Meu pai virou para a esquerda e, alguns minutos depois, os pneus da caminhonete esmagaram o cascalho da entrada do anexo. Quer dizer, da vaga. As demais casas tinham um acesso à garagem, mas o anexo tinha apenas uma vaga. Era um chalé de um só andar, com revestimento em ripas de cedro e telhado inclinado, e era considerada nossa casa quando estávamos no Vineyard. Normalmente alugávamos o chalé por três semanas, e, durante o restante de verão, outros parentes e amigos ficavam lá. Duas cadeiras de jardim verdes ficavam dispostas no pequeno deque desbotado, diante do campo vasto e verde, salpicado de flores amarelas. A grama alta e os arbustos balançavam à brisa e, ao longe, dava para ouvir o mar batendo na praia.

Chegamos, pensei, querendo dançar de repente. *Chegamos, chegamos, chegamos!*

Do outro lado da porta de tela estava a sala, cujo assoalho de carvalho gasto era coberto por um tapete trançado, e um sofazinho listrado em verde e branco diante da televisão pequena, instalada entre duas janelas. Livros e mais livros tinham sido enfiados nas duas estantes, e retratos cobriam as paredes de madeira ripada, inclusive algumas fotos muito antigas, em preto e branco. Décadas e mais décadas dos Fox e amigos.

O corredor estreito se estendia entre a cozinha comprida, de um lado, e o quarto dos meus pais, do outro. Seguindo em frente, se chegava ao quarto que eu dividia com Claire, um quartinho com beliche, que mais parecia uma cabine de navio. Claire já tinha me acordado inúmeras noites porque rolava na cama e dava um pontapé na parede. *Foi mal, Mere*, dizia, com a voz arrastada de sono.

Mordi o lábio, e empurrei a porta do quarto, vendo que nada tinha saído do lugar, nada tinha mudado. Ali estava a cômoda azul-clara, debaixo do espelho de moldura de vidro marinho e conchinhas, junto ao mapa de Paqua que eu e minha irmã desenhamos quando mais novas. Depois de tantas caças ao tesouro e brincadeiras de pega-pega, nós duas tínhamos conhecido cada centímetro da fazenda.

Uma mesinha de cabeceira de vime branco ficava ao lado da beliche, combinando com o edredom, também branco. Claire tinha medo de altura, então sempre dormia na cama de baixo e eu, na de cima. A escada tinha quebrado fazia anos, e nunca fora trocada, mas eu tinha um talento especial para subir escalando.

Depois de desfazer a mala e pendurar o vestido que usaria no casamento, bem guardado na capa protetora, ouvi a porta do anexo se abrir e se fechar.

— Tem alguém em casa?

Minha mãe e meu pai estavam lá fora, descarregando o carro, mas eu respondi e fui correndo até a sala... onde tropecei no tapete. Meu coração parou ao ver Claire ali parada, sorrindo para mim.

Mas não, não, não era Claire.

Meus olhos começaram a arder quando minha prima disse meu nome. Porque, enquanto eu e Claire éramos muito diferentes, ela e Sarah, de tão idênticas, eram quase gêmeas. O mesmo cabelo castanho-arruivado em cascatas, o mesmo corpo esguio, o mesmo amor por andar descalça, até a mesma inclinação da cabeça ao sorrir. Foi só quando notei o vestido reto em verde e rosa da Lilly Pulitzer e os brincos de pérola que relaxei de verdade. Sarah, era *Sarah*.

— Oi — falei, com a voz um pouco hesitante.

Avancei, e deixei a noiva me abraçar com força. Fazia muito tempo que eu não a via, meses e mais meses. Tio Brad, tia Christine, Sarah e os irmãos eram de Maryland, e passavam todas as férias de verão no Vineyard, na casa do farol. Se tivesse uma definição de "engomadinho" na enciclopédia, viria acompanhada do cartão de Natal daquela família.

Sarah tinha vinte e seis anos e, depois de se formar na Universidade de Tulane, uns anos antes, fora trabalhar no departamento de preservação histórica de Nova Orleans.

— Como vai? — perguntou ela ao se afastar, me olhando de trás da armação dos óculos de casco de tartaruga.

Assim como Claire, Sarah amava óculos interessantes. Porém, aquele par estava um pouco grande. Ela o ajeitou no nariz, e o gesto chamou a atenção para a cicatriz marcante que atravessava a testa, descendo do cabelo até depois da têmpora direita. Era fina e reta, em grande parte, com um zigue-zague mais grosso acima da sobrancelha esquerda. Dos cacos de vidro, daquela noite terrível dois invernos antes.

Pestanejei.

— Como vai você? — insistiu ela.

Ben. Eu sabia que ela estava falando de Ben. Porque, sem o colo de Claire para me acolher, eu tinha telefonado para Sarah no dia seguinte à festa de formatura.

— Ele... disse... que... ainda... podia... ir — tinha soluçado no telefone. — Se... eu... quisesse.

— Espera aí, como é que é? — perguntara ela. — *O que* ele disse? Que estava terminando com você, mas ainda queria *vir*?

— Uhum.

— Ai, nossa, Mere — suspirara Sarah. — Sinto muito. Que babaca. Por favor, me diga que você recusou.

— Mas eu disse que ia levar acompanhante — eu chorara. — No convite. Falei que ia com alguém. Preciso de um acompanhante.

— Não precisa, não — respondera Sarah. — Não precisa mesmo. Um filé sobrando, ou seja lá o que ele pediu, não vai falir o casamento.

Agora, sorri um pouco para minha prima.

— Bom, ele me mandou mensagem mais cedo — falei, cruzando os braços. — E eu chamei ele de escroto na hora.

— Não acredito — exclamou Sarah.

Eu abri mais o sorriso.

— Juro.

Eu estava chorando na hora, mas, tecnicamente, era verdade.

— Isso aí! — disse ela, sorrindo. — Arrasou, Mere! Se imponha!

Meu sorriso murchou.

Se imponha.

Claire vivia dizendo isso.

— Sei que estou me metendo — lembrei que ela me dissera uma vez —, mas parece que você precisa dar mais limite para Ben.

Ela dera de ombros e acrescentara:

— Se não quiser ir à festa, é só dizer para ele. Se imponha.

A questão era sempre Ben, como eu estava começando a entender. Nosso relacionamento era desequilibrado, e o foco nunca era eu. Tudo girava ao redor dele.

Claire havia notado, mas eu não a ouvira. *Ela não tem namorado; nunca teve namorado*, eu me dizia, vestindo calça jeans e blusinhas bonitas, cacheando o cabelo e passando delineador. *Ela não entende. Ela está enganada.*

— Sarah!

Meus pais chegaram à sala. O espaço aconchegante ficava ainda mais aconchegante com nós quatro ali. O máximo de gente que já tínhamos feito caber naquela sala era dez.

— Achamos mesmo ter ouvido sua voz!

— Tia Liz! — disse Sarah, os abraçando. — Tio Tom! Sejam bem--vindos!

— Você está linda — disse minha mãe, e notei o olhar dela se demorar na cicatriz de Sarah.

Senti o coração afundar. Parte de mim desconfiava que ela não conseguia notar a melhora, e ainda enxergava ali todos os pontos. Limpos e simples, mas também sinistros e violentos. Diferente dos meus pais, eu não as vira pessoalmente, só em foto... Mas eram tantos pontos. Eu temia que minha mãe fosse eternamente assombrada por aquela memória.

— Está radiante, cheia do brilho de noiva! — exclamou minha mãe.

Sarah sorriu.

— Vim só cumprimentar vocês — disse, antes de se virar para meu pai. — E avisar que o estoque de papel higiênico da casinha está *caprichado*.

— Comprou da marca Charmin? — perguntou meu pai.

Sarah assentiu, séria.

— Mas é claro.

Todo mundo riu. Outra das particularidades do anexo era que não tinha banheiro. O chuveiro de todas as casas na fazenda era externo — era uma delícia depois de um dia inteiro na praia —, mas nosso chalé não tinha banheiro *nenhum*. Era preciso avançar por vários metros de trilha de terra batida mata adentro, ao fim da qual aguardava uma estrutura alta de madeira. A tarefa era especialmente difícil de madrugada.

— Que bom! — falei, e bati palmas exageradas, recuando na direção da porta, porque queria ouvir minha mãe rir outra vez. — Falando nisso, licença um momentinho...

Sarah nos disse que tinham marcado um churrasco à noite, para receber todo mundo, mas, assim que ela foi embora, catei uma das bicicletas no armazém do anexo, enchi os pneus, e fui pedalar para dar uma conferida na área. No fim da estrada ficava a choupana, revestida de madeira cor de ferrugem, e na forma de um hotel antigo: em estrutura de T, cada quarto com uma porta que levava ao alpendre. Desacelerei um pouco ao ver os carros estacionados de qualquer jeito na lateral, de malas ainda abertas, e uns caras sentados ao redor da enorme fogueira do quintal. Eram os padrinhos de Michael.

Encontrei o noivo entre eles, com uma lata de cerveja apoiada no colo, enquanto gesticulava e contava uma história para todo mundo. Mesmo de longe, era impossível ignorar como Michael era bonito: o físico de jogador de futebol americano, a pele cor de bronze vívido, o cabelo escuro no qual Sarah vivia fazendo cafuné, e o sotaque sulista charmoso. Ele e minha prima tinham se conhecido em Tulane, mas Michael sempre vivera em Nova Orleans. A família dele tinha raízes *creole*, de ancestralidade francesa e africana. Fã inveterado de futebol americano, Michael trabalhava no administrativo do escritório do time Saints.

Michael também me notou, e acenou, mas bem naquela hora um cara saiu pela porta da choupana.

— Por que acabou o gelo? — perguntou, e todos se viraram para ele.

— A cara dele está piorando... Sério, está um *desastre*. Parece que ele apanhou no ringue...

Bom, boa sorte, pensei, sem saber do que se tratava. Eu falaria melhor com Michael no churrasco. Segurei o guidão e voltei a pedalar, acelerando e deslizando até virar na estrada que levava diretamente ao casarão.

O casarão não era a maior casa em Paqua, mas era a mais antiga. Uma casa de chácara à moda vitoriana, com telhas de cedro e persianas verdes desbotadas, era a única casa que não alugavam no verão, já que era a residência permanente de Pestana e Docinho, meus avós.

Eles estavam no alpendre um pouco bambo do casarão, Docinho balançando, serena, na rede, e Pestana recostado em uma das pilastras, me observando pelos binóculos antigos. Ele sempre dizia que era para observar pássaros, mas eu sabia que meu avô gostava era de ficar de olho nas atividades da fazenda. O alpendre do casarão era a base perfeita para espionagem. Como dava a volta na casa inteira, ele conseguia ver *tudo*.

— Tem alguma coisa interessante acontecendo? — perguntei, depois de parar a bicicleta.

— Julia e Rachel acabaram de chegar no acampamento — respondeu Pestana, ainda analisando o horizonte. — Parece que Ethan está dando piti. Hannah deve estar adorando as aulas de balé, porque chegou de tutu cor-de-rosa.

Eu ri. Tia Julia era a irmã mais nova do meu pai. Ela e a esposa, Rachel, tinham dois filhos: Ethan, de seis anos, e Hannah, de quatro. Tia Rachel estava gravidíssima do terceiro filho, um menino. A previsão era que desse à luz dali a um mês.

— Vem sentar aqui comigo, meu bem — disse Docinho, dando um tapinha na rede.

Assim que me instalei, ela me abraçou, me envolvendo no seu cheiro familiar de lavanda. Eu achava minha avó uma das mulheres mais lindas do mundo, com o cabelo branco e comprido, olhos azuis, suas túnicas leves de linho, e os colares grossos que usava para "dar cor". Ela mesma desenhava e fabricava os colares, que estavam sempre em alta nas lojinhas de bijuteria da ilha.

— Parece que já chegou todo mundo — comentei. — Passei por Michael com os padrinhos na choupana.

Pestana abaixou os binóculos.

— É, ele veio aqui mais cedo e prometeu que não destruiriam tudo.

Docinho riu.

— Adoro esse rapaz.

Eu sorri. A paixonite de minha avó por Michael não era segredo.

— Onde a família dele vai ficar?

— Christine colocou eles na casa do brejo — disse Pestana, apontando a colina ao longe. — Está tudo na planilha — falou, e resmungou um pouco. — Honestamente, parece até que é o casamento *dela*.

— Ah, nada disso — falou Docinho, revirando os olhos. — Seja justo, Andrew. Sarah é filha única, e a gente conhece bem Christine.

Fiz que sim com a cabeça, me lembrando do convite do casamento, com um farolzinho carimbado em baixo relevo no envelope. O detalhe era um toque inconfundível da tia Christine.

— Ela pode até ser meio afrescalhada — admitira minha mãe —, mas tem gosto impecável.

— Pelo menos Sarah insistiu para não ser black tie — disse Pestana. — Imagina black tie, ao ar livre, em julho? — perguntou, balançando a cabeça. — Já passei por isso várias vezes, e não é nada bom.

— Mas Michael certamente ficaria lindo de fraque — disse Docinho, sonhadora.

— Então que tal você se casar com ele, Bea? — perguntou Pestana.

Ele me deu uma piscadela, e eu ri. Era por isso que nós, netos, chamávamos meu avô de Pestana.

— Sarah disse que tinha uma surpresa — falei. — Lá no anexo, ela falou que ia anunciar alguma coisa hoje com Michael.

Meus avós se entreolharam.

— Vocês já sabem — adivinhei. — Já sabem o que é.

— Talvez — disse Pestana, sorrindo muito de leve. — Talvez a gente saiba.

— Me contem!

Ele só sorriu ainda mais.

Resmunguei e escondi o rosto no ombro de Docinho e, um segundo depois, senti quando ela beijou minha cabeça.

— Estamos muito felizes de ver você, Meredith — sussurrou. — Muito, muito felizes.

Eu tinha vários primos na fazenda, mas também havia amigos íntimos da família na história. Eli, Jake, Luli e Pravika eram praticamente da família. Eles já estavam na casa do farol quando eu e meus pais chegamos para o churrasco, sentados juntos à mesa de piquenique debaixo do enorme carvalho.

— Aí está a galera — disse minha mãe, me dando um empurrãozinho quando meu coração hesitou.

Dois anos. Fazia quase dois anos que eu não via meus amigos, e seria tudo diferente sem Claire. Ela era a mais velha do grupo e nossa líder implícita.

— Meredith! — chamou Pravika. — Meredith!

Tá, lá vamos nós, pensei, vendo os outros virarem o rosto para me olhar. Um tremor de timidez percorreu meu corpo. Eu não tinha conseguido manter contato, e mal procurava eles ou respondia às mensagens, ligações, Snapchats, ou FaceTimes.

Pravika foi a primeira a me abraçar, apertando tanto que eu temi que fosse estourar meus pulmões.

— Sinto muito, muito, muito — sussurrou ela. — Te amo muito, muito, muito.

Meus olhos arderam na mesma hora.

— Também te amo — sussurrei de volta.

— Nossa, Pravika, deixa ela respirar — disse Eli, e, quando eu e Pravika nos soltamos, ele veio me abraçar. — Saudade.

— Eu também — falei. — Adorei o cabelo.

Eli tinha deixado o cabelo cacheado e castanho-claro crescer, descendo até os ombros. No momento, o prendera numa espécie de coque frouxo.

Ele se afastou, sorriu e levou a mão a uma mecha do cabelo.

— Valeu.

— Não, eca — disse Jake, balançando a cabeça. — Cara, você *precisa* cortar.

— É só inveja — disse Luli ao irmão —, porque você está caminhando para um estilo príncipe William.

Todos avaliamos o cabelo claro de Jake. Ainda tinha volume o suficiente para passar a mão, mas estava mesmo mais ralo do que da última vez que eu o vira. Calvície era comum na família dele.

— Tá bom, Jake — falei, para mudar de assunto. — E cadê meu abraço de boas-vindas?

Assim, restou apenas Luli. Enquanto Jake ficava queimado em uma hora de praia (mesmo que passasse muito filtro solar), a irmã dele tinha sido adotada da América Central, e bronzeava como se tivesse nascido para viver na orla. Ela não veio me abraçar. Tudo que disse foi:

— É bom ver você, Meredith.

— É bom ver você também — respondi, engolindo em seco.

As mensagens ignoradas me voltaram à memória. Qual era a probabilidade de ela estar pensando na mesma coisa?

Senti um desconforto no estômago.

A probabilidade é bem alta, pensei.

Houve um momento de constrangimento antes de Pravika sugerir que a gente fosse comer. Nem Sarah nem Michael tinham chegado, mas ia se formando uma fila de parentes, madrinhas, padrinhos, e outros convidados, então seguimos para a casa e entramos no lugar. Mesmo do fim da fila, dava para ver que tio Brad e meu pai estavam fazendo piada na churrasqueira, enquanto minha mãe estava um pouco mais adiante, com tia Julia e tia Rachel.

— Ah, deu pra sentir! — exclamou ela, com a mão na barriga redonda de tia Rachel. — Que chute!

Enquanto esperávamos, olhei para a casa do farol. Era linda, não dava para negar: revestimento de ripas brancas com janelonas salientes e um escritório pequenininho no último andar, que, à noite, aceso, lembrava um farol. A porta lateral não parava de abrir e fechar, porque tia Christine ia e vinha com tigelas cheias de salada de batata, e caixas de suco para as crianças.

— Quer ajuda, Christine? — perguntou Docinho, sentada na cadeira de jardim.

Toda casa tinha cadeiras de jardim iguais, espreguiçadeiras de madeira; as da casa do farol eram amarelas.

— Não, não — disse tia Christine. — Não se preocupe. Está tranquilo — falou, com um suspiro. — Só queria que Sarah e Michael aparecessem logo.

De repente, soaram vivas. Porque, finalmente, ali estavam os noivos, de mãos dadas. Ainda descalça, Sarah pusera um vestido de festa azul, e, apesar de não usar maquiagem, estava corada de sol. Seu cabelo estava molhado e embaraçado, assim como o de Michael. Eles provavelmente tinham perdido a noção do tempo na praia; Sarah nunca fora muito pontual.

— Oi, gente! — gritou ela, sorrindo e acenando, antes que a mãe pudesse vir marchando e dizer que estavam atrasados. — Podemos nos meter na sua festa?

~

Era muito bom ver meus amigos de novo. De pratos cheios, voltamos à mesa de piquenique, e ficamos sentados ali muito depois de acabar os hambúrgueres.

— Adivinha — disse Eli, depois de Pravika admitir que trabalhar na loja de doces Murdick's Fudge durante as férias tinha deixado ela viciada em açúcar.

— O quê? — perguntamos.

— Eu vi ele — respondeu Eli, sem conseguir conter a emoção. — Hoje, no centro.

Todo mundo, exceto eu, gemeu de frustração.

— Espera aí, é o quê? — perguntei, me virando para Eli. — Quem é *ele*? Você tem um *ele*?

— Não tem, não — disse Luli, sacudindo a cabeça, antes de Eli abrir a boca. — É só um cara que ele viu umas vezes em Edgartown, e agora acha que é o destino, então tá perseguindo ele.

— Haha — disse Eli, revirando os olhos. — *Não* estou perseguindo ele.

— Então como você sabe que ele dá aula de vela no iate clube?

— Aaah, no iate clube? — perguntei. — Chique!

— Olha — disse Eli —, é que ele estava de jaqueta do clube! Não fiquei na doca assistindo à aula dele nem nada.

— Que engraçado — disse Jake, seco —, porque, se eu me lembro bem, as crianças eram talentosas.

Eli escondeu o rosto nas mãos enquanto a gente ria.

Eu cutuquei ele.

— Tá, e hoje, onde viu ele?

— Entrando na livraria — disse ele, com um suspiro. — O que significa que ele lê, e eu só posso mesmo namorar um leitor.

— Por que você não entrou também?

— Porque... — hesitou, suspirou, e olhou o prato vazio. — Porque você sabe que eu não saberia o que dizer.

— Ah, fala sério — disse Luli, prendendo o cabelo em uma imitação nada sutil do coque de Eli. — Oi, prazer, meu nome é Eli. Eu vi você no iate clube outro dia, e achei você bem gostoso, então tenho andado atrás de você...

— Tá, tá bom — disse Eli, tão vermelho que jurei ter visto labaredas. — Parou.

Luli apertou o braço dele com carinho, antes de se virar para mim.

— E você, Meredith? — perguntou.

— O que tem eu? — retruquei, sentindo a tensão entre nós.

— Soubemos que você levou um pé na bunda do Ben — disse ela, bem assim, tão direta que meu rosto começou a arder que nem o de Eli. — Por isso veio sozinha — acrescentou, inclinando a cabeça. — Vai encontrar alguém para perseguir?

— Eu *não* estou perseguindo ele! — gritou Eli.

A mesa toda riu enquanto eu tentava controlar minha voz.

— Não — falei. — Acho que não.

— Por que não? — perguntou Pravika. — Todo mundo aproveita casamento para pegação. — Ela apontou o quintal, onde uns caras tinham começado a jogar boca de palhaço. — Esses aí são perfeitos para um casinho.

— Talvez, mas não estou interessada em um peguete — respondi, dando de ombros para afastar meus pensamentos de Ben. — Quero só comemorar Sarah e Michael, e passar um tempo com minha família.

Abaixei a voz, desejando, pela milésima vez, que Claire estivesse comigo, e acrescentei:

— E com vocês. Quero passar um tempo com vocês, com meus amigos e minha família. — Abanei os dedos que nem tia Christine, para fazer graça. — Deixe os casinhos para lá!

~

Mesmo depois de muitas piadas e gargalhadas, eu sentia a frieza entre mim e Luli quando o grupo se separou. Eli e Jake foram entrar no jogo de boca de palhaço, e Pravika queria ver o anel de noivado de Sarah de perto, enquanto Luli saía para papear com uma amiga e o namorado, o casal de braços dados. *Seríamos eu e Ben*, pensei, antes de me dar uma bronca e parar de drama. Era o casamento de Sarah, e eu estava lá para me divertir!

Primeiro, porém, eu sentia que deveria me desculpar com Luli. O nome dela era o que mais tinha aparecido no meu celular nos dezoito meses anteriores e eu a ignorara todas as vezes. Por quê? Porque, quando eu não estava trabalhando na loja de bagel de Clinton, passava o tempo todo com Ben, e, depois do acidente, me agarrara a ele ainda mais, e só vez ou outra almoçava com os amigos do colégio. Eu tinha começado a recusar convites para me arrumar com minhas amigas, e ir às prés das festas.

— Nossa, Meredith — uma amiga me dissera certa vez em uma festa, enquanto eu segurava o cabelo dela, que estava bêbada e curvada em cima do vaso, e caíra na gargalhada. — Isso aqui é, tipo, o máximo de tempo que a gente passa junta há *séculos*.

Amanhã, pensei, vendo Luli sorrir e se apresentar ao namorado da amiga. *Amanhã, você vai se desculpar — por afastá-la, por sumir.*

Minha barriga roncou, então me levantei e fui até o bufê, decidida a comer sobremesa. A missão não foi fácil — tinha gente *à beça*. Sarah e Michael queriam fazer um casamento pequeno, mas parecia que já tinha uns cem convidados ali.

— Meredith!

Tia Julia me puxou para um abraço, e em seguida fui apresentada à mãe de Michael, e também à irmã mais velha, cujo bebê tinha as bochechas redondas mais fofinhas. Depois Ethan, Hannah, e mais umas crianças me derrubaram no chão. Brinquei com elas por um minuto, sem me importar por ficar suja de grama e bagunçar o cabelo.

— Crianças! — gritou tia Rachel do deque. — Já deu!

Depois de me limpar um pouco, tentei dar a volta em uma roda de madrinhas, mas fui interrompida por um toque no braço.

— Espera aí, você é a Meredith? — perguntou uma menina negra com um sorriso brilhante. Danielle, madrinha de Sarah. Eu a reconhecia do Instagram da minha prima. — Irmã da Claire?

Irmã da Claire.

— Isso — falei. — Sou eu.

Sorri. Era bom ser chamada de "irmã da Claire". Apesar de eu ser um ano mais nova, Claire era sempre "irmã da Meredith" na nossa escola em Clinton. Ela era quieta e tímida, e se escondia atrás do dever de casa, enquanto eu ia aos jogos e às festas, e conhecia todo mundo.

— Você devia concorrer a presidente do grêmio — Claire me encorajara.

Quando a hora chegara, eu não tinha concorrido. A possibilidade de ganhar me assombrava, pois sabia que não poderia ligar para ela depois.

Danielle apertou meu braço.

— A Claire era o máximo — disse ela, gentilmente. — A gente se conheceu quando ela foi visitar Nova Orleans — falou, e balançou a cabeça. — Como era vibrante.

— Pois é — concordei, sorrindo ainda mais, mas ficando de olhos marejados. — Era mesmo.

Pisquei para conter as lágrimas, porque Claire, na verdade, era assim: vibrante, cheia de vida... Especialmente no Vineyard. Ela dizia que era seu lugar preferido, e três semanas de férias nunca bastavam.

— Vou morar aqui — lembrava de Claire dizer. — Depois do primeiro ano de faculdade, vou arranjar um emprego e passar o verão inteiro aqui.

Eu gostava de pensar que ela trabalharia em uma livraria, na Edgartown ou na Bunch of Grapes em Vineyard Haven. Claire nunca saía sem um livro, e me ensinara a fazer o mesmo.

Alguém atrás de nós chamou o nome de Danielle, e eu aproveitei a oportunidade para escapulir, porque minha barriga estava precisando *muito* de sobremesa.

Os famosos sanduíches de sorvete da tia Christine estavam aguardando em um dos coolers enormes ao lado do bufê. Suspirei só de ver: biscoitos com pedacinhos de chocolate, do tamanho da mão, recheados com uma bola imensa de sorvete. Tinha de chocolate, de baunilha, de chocomenta, de banana com creme... tudo quanto era sabor. Estavam todos organizados em caixinhas forradas de papel-manteiga, rotuladas na letra linda da tia Christine.

Peguei um de chocomenta, um de caramelo salgado, e um de lavanda com mel antes de encontrar meus avós, que ainda estavam fazendo sala perto das cadeiras. Pestana estava tranquilamente abraçado em Docinho e, depois de uma mordida de sorvete que me congelou inteira, abri caminho até eles para ver se me revelariam o anúncio secreto de Sarah.

Quando cheguei lá, tinham puxado assunto com um homem misterioso, de costas para mim.

— Pode me chamar de Pestana — disse meu avô. — E essa é minha noiva, Docinho.

Sorri e mordi mais um pedaço de sanduíche de sorvete. Pestana e Docinho eram casados fazia mais de meio século, mas ele sempre a apresentava assim.

— E é assim que vou chamar *ele* um dia — lembrei de repente que contara a Claire, anos e anos antes, quando estávamos espremidas em uma das cadeiras de jardim da fazenda. — Vou dizer "Esse é meu noivo" sempre, em vez de "Esse é meu marido".

Minha irmã tinha rido.

— E qual é o nome dele? Desse seu *noivo*?

— E como posso saber? — eu perguntara. — Ainda não conheço ele.

— Stephen! — rira Claire. — Vai ser Stephen!

— Stephen?

— Stephen.

Eu tinha fingido considerar, antes de começar um ataque de cócegas. Sarah tinha nos apresentado aos álbuns mais antigos da Taylor Swift naquelas férias, e tinha uma música específica que eu ouvia o dia inteiro, e até cantava no chuveiro. Nunca cansava. Baixinho, murmurei a melodia, como se ainda a escutasse todo dia.

O rosto de Docinho se iluminou quando me notou. Ela me chamou, mesmo com meus sorvetes derretendo.

— Querida!

— Oi! — respondi.

Quando o homem misterioso se virou, precisei de todas as forças para me obrigar a avançar e abrir um sorriso agradável, em vez de dar meia-volta e fugir como eu tinha feito na balsa. Meu estômago se revirou quando vi o hematoma roxo que surgira no rosto dele, se espalhando por baixo do olho e pelo nariz.

— Ah, eita — dissera ele, depois do chute. — Ai!

É, eita, pensei. *Ai.*

TRÊS

Eu me convenci que ele não me reconheceria, que não era *possível* me reconhecer. Era impossível — eu estivera disfarçada, de boné e óculos escuros.

— Este é Wit — disse Docinho. — É um dos padrinhos e irmão de Michael.

Irmão?, pensei, porque ele não se parecia em nada com Michael. Wit era esguio, não chegava a um metro e oitenta, e tinha cabelo loiro-areia desgrenhado, que precisava ser arrumado.

— Irmão postiço, na verdade — disse Wit, sem o menor sotaque sulista. — Somos irmãos postiços.

— Ah — falei. — Saquei.

— A mãe dele e meu pai se casaram quando eu tinha dezesseis anos — explicou. — Sou de Vermont.

— Deve ser congelante — comentei.

De repente, notei que estava segurando sorvete nas duas mãos, que nem uma criancinha. Que vergonha. Escondi as mãos atrás das costas para soltar os doces, na esperança de ser sutil.

— Congelante? — perguntou Wit, inclinando a cabeça. — E não faz frio no norte de Nova York?

Eu me empertiguei.

— Como você sabe que sou de lá?

Ele apontou meus avós, que tinham ido embora silenciosamente, seguindo na direção do deque, onde Sarah e Michael cochichavam. *O anúncio*, pensei. *Quando vai ser?*

— O que mais eles disseram? — perguntei, com um tom de voz bem mais agressivo do que pretendia.

Parecia que ele tinha recebido um resumo oficial, e, por mais que eu amasse Docinho, seria a cara dela contar toda a história sobre Ben.

— Relaxa, comandante — disse ele, com as mãos ao alto. — Nada de mais. Você se chama Meredith Fox, tem dezoito anos, vai começar a Faculdade de Hamilton esse ano. Só o básico. — Ele sorriu. — Tudo certo?

Eu não respondi, e me virei um pouco, para não ficar inteiramente de frente para ele. Senti um frio na barriga, uma sensação estranha e incômoda. Porque o sorriso de Wit era torto e imperfeito, daquele jeito que dava vontade de sorrir de volta, e os olhos... ignorando o hematoma, pareciam saídos de um dos livros de fantasia que eu e Claire sempre amamos. Olhos da cor de um homem desconhecido e atraente que a protagonista não sabe se pode confiar, mas é obrigada a dividir sua cama, por algum motivo na missão, e acabam se apaixonando tão profundamente que morreriam. Basicamente, olhos de uma cor que não deveria existir de verdade: turquesa escuro, com anéis dourados.

Estou falando sério, Claire, pensei. *Turquesa!*

— E quantos anos você tem? — perguntei, cruzando os braços.

— Dezenove — respondeu Wit, e também cruzou os dele.

Parecia que estávamos preparados para um duelo.

Será que ele estava me imitando?

— Então está na faculdade?

Ele concordou com a cabeça.

— Acabei o primeiro ano em Tulane agora.

— Nossa, qual é a dessa faculdade? — murmurei baixinho.

Sarah, Michael, Wit, e, se nada tivesse acontecido, minha irmã.

— O que foi? — disse Wit.

— Hum, nada, não — falei, sentindo um formigamento na nuca. — Parece que todo mundo ama essa faculdade.

Wit ficou em silêncio por um instante.

— A maioria das pessoas acha ótimo — disse, passando a mão no cabelo. — Mas depende...

— Oi, gente! — interrompeu Sarah, com a voz leve e animada. Quando nos viramos, ela estava em cima de um dos bancos de madeira do deque, ao lado de Michael. — Por favor, aproximem-se...

A festa toda migrou para lá, e cercou Sarah e o noivo, como se estivessem em um palco. Não tentei ir atrás de Wit, nem ele de mim, então me enfiei entre Eli e Pravika. Luli e Jake também estavam por perto.

— Quem é o cara com quem você estava falando? — perguntou Pravika.

— Ninguém — respondi. — Um padrinho.

— Irmão postiço do Michael — respondeu Eli ao mesmo tempo, porque, claro, sabia de tudo. — Ele praticamente apanhou na balsa — riu. — Viu o hematoma, né? Ele tá com a cara toda roxa! — falou, e me deu uma cotovelada. — Ele contou quem bateu nele?

— Ele não sabe — falei, rápido, torcendo para ser verdade, e senti o pescoço arder. — Parece que a pessoa estava de óculos escuros.

Os dois concordaram com a cabeça, e voltamos a nos concentrar em Sarah.

— Michael e eu estamos muito felizes por vocês estarem conosco nesta semana — dizia — para celebrar a família, as amizades e nosso casamento.

Ela riu quando todos bateram palmas, mas então sua expressão murchou um pouco.

— No entanto, uma pessoa muito especial não pode estar aqui. Minha prima, Claire.

A voz dela falhou um pouco, e Michael pegou sua mão.

Alguém também pegou a minha.

— Tudo bem — sussurrou Eli. — Está tudo bem.

Assenti e apertei a mão dele com toda a força.

— Esta semana não é apenas para nós. Também é uma homenagem à memória de Claire — disse Sarah, sorrindo, ou, ao menos, tentando sorrir. — E acho que estou falando por toda a família Fox ao dizer que há apenas um jeito de homenageá-la direito.

Espera aí, pensei, com o coração a mil. *Do que ela está falando?*

— Vocês se lembram de preencher o cartão de resposta do convite? — perguntou Michael, depois de um breve aceno para Sarah. — De marcar todas aquelas caixinhas chatas?

— Bom, a última não era chata — disse Sarah, com um tapinha de brincadeira no peito dele. — Achei que era intrigante! — falou, com um sorriso genuíno. — Lembram qual era?

Como fazia meses que o convite tinha chegado, ninguém nem reagiu, mas eu quase gritei, pois de repente tinha decifrado o mistério. QUER JOGAR?, era a pergunta no cartão prateado, e eu tinha marcado SIM sem pensar. Nem eu nem meus pais sabíamos do que se tratava, mas eu não queria correr o risco de ser excluída de nada. Queria participar de tudo no casamento.

— Assassino — murmurei, bem quando Sarah declarou a palavra para todo mundo.

Tínhamos, sem saber, aceitado participar de um jogo de Assassino. *Eu* tinha, sem saber, aceitado participar de um jogo de Assassino.

Senti o peito afundar. Era uma tradição na fazenda Paqua. Todo ano, participávamos de um jogo de Assassino que englobava a fazenda inteira, no qual os jogadores usavam armas de água para eliminar uns aos outros, na intenção de restar como único e último assassino ativo. Cada pessoa recebia um alvo inicial e, quando "assassinasse" esse alvo, herdava o alvo da vítima. Durante as duas semanas de jogo, a paranoia era ímpar na fazenda. As pessoas hesitavam antes de sair para andar de caiaque, espionavam os alvos das dunas, e até formavam alianças secretas. Era muito divertido e as histórias do jogo duravam para sempre.

— Michael e eu não vamos jogar — disse Sarah, e Michael fez um biquinho exagerado. — Temos obrigações demais — acrescentou ela, cutucando o rosto dele. — Mas mal podemos esperar para ver vocês lutarem e darem orgulho a Claire!

Minha irmã era a rainha incontestada de Assassino, nossa campeã mais premiada. Ela levava Assassino tão a sério que tinha múltiplas armas: uma pistolinha de água, uma arma d'água maior, e uma imensa, de alta pressão, que bombeava água por várias saídas diferentes.

Enquanto eu mudava o peso de um pé para outro, Sarah e Michael passaram a palavra para nossos "Comissários Assassinos", Pestana e Docinho. *Claro*, concluí. *Por isso eles já sabiam de tudo.*

Meus avós tinham se aposentado da vida de assassinos na ativa muitos anos antes, e comandavam o jogo em função administrativa. Eles determinavam os alvos iniciais e, após uma morte, era preciso relatar aos dois o ocorrido. Se tivesse uma disputa entre jogadores, ou uma situação ambígua, eram os comissários que tomavam a decisão final.

— Para quem nunca jogou — disse Docinho —, temos apenas três regras.

Ela levantou três dedos e começou a listar:

— Primeira regra: O jogo ocorre vinte e quatro horas por dia.

— Vinte e quatro horas? — Ouvi alguém dizer. — Quando é para a gente dormir?

Naturalmente, Docinho e Pestana ignoraram isso.

— Segunda regra: O jogo só ocorre em áreas externas — disse Pestana.

A irmã de Michael levantou a mão e, quando meu avô apontou para ela, ela perguntou:

— O que constitui área externa? Varanda? Deque? Pátio?

— Três metros de distância da porta — disse Pestana, sorrindo. — No mínimo.

— E terceira regra — concluiu Docinho, também sorrindo, porque eles amavam aquilo. — Nada deve interferir com os eventos oficiais do casamento.

— Objeção! — gritou Sarah.

— *Nada*, de jeito nenhum! — declarou tia Christine ao mesmo tempo.

Todo mundo caiu na gargalhada.

À noite, deitada, mas de olhos bem abertos, pensei em todas as conquistas icônicas de Claire. Não estava desperta por causa dos roncos do meu pai, nem dos ganidos de Loki adormecido, nem da pia da cozinha, que não parava de gotejar. Não, com isso tudo, eu conseguiria dormir.

Eu não conseguia era dormir *ali*, na beliche do anexo, sem minha irmã. O quarto sempre parecera pequeno para duas pessoas, mas, no momento, parecia grande só pra mim. Grande demais... e *solitário*.

— Claire — cochichei, e, como não tive resposta, tirei a coberta e desci para o chão.

— Meredith? — ouvi minha mãe chamar do outro quarto, já meio adormecida, quando pisei em uma tábua barulhenta. — É você?

— Vou ao banheiro — respondi, baixinho, e enfiei os chinelos e um moletom.

A temperatura do Vineyard caía à noite. Porém, em vez de sair pelos fundos, a caminho da mata e da casinha, liguei a lanterna do celular e escapuli pela frente.

Eu não sabia bem aonde ia. Só queria andar. A brisa era leve, ao mesmo tempo doce e salgada, então inspirei fundo e levantei a cabeça para olhar as estrelas. O céu estava iluminado.

Talvez eu vá até o casarão, pensei. *Posso dormir na rede de Docinho.* Fora a cama de Claire, todo canto da fazenda estava ocupado por convidados do casamento. A família de Jake e Luli tinha saído da casa do brejo para dar espaço à família Dupré. Os pais deles tinham se juntado a tia Julia e tia Rachel no acampamento, enquanto Jake e Luli iam passar a semana em um acampamento, com Pravika, Eli, e outros primos e amigos. Eli tinha apelidado o conjunto de barracas de complexo residencial de Nylon. Felizmente, ninguém tinha nem falado de dormir na cama de Claire.

Vaguei pelas estradinhas gastas de areia, apontando a lanterna para o chão para evitar pisar em bichos. Nada nunca me acontecera, mas *todo mundo* ouvira Sarah berrar na vez em que foi atacada pelo jato de um gambá quando voltava de uma fogueira na praia com os irmãos.

Alguns minutos depois, porém, ouvi um ruído. *São só os galhos ao vento*, pensei, até o som se definir em passos nítidos, esmagando conchas quebradas. Apertei o passo, mas não conseguia identificar de onde a pessoa vinha. Só sabia que vinha na *minha* direção.

O sangue pulsava nos meus ouvidos. Eu nunca tinha sentido *medo* na fazenda; não sabia reagir. Meu primeiro impulso foi gritar, mas parecia que minha boca estava costurada. Depois, considerei sair correndo, mesmo com o risco de encontrar gambás, mas estava paralisada.

Por isso, acabei ficando parada no lugar, engolindo em seco e dizendo, no que esperava ser um tom de ameaça:

— Eu tenho uma faca.

— Jura? — retrucou uma voz masculina, que até me soava conhecida, mas que eu não sabia identificar, depois de conhecer tanta gente nova. — Você tem uma faca?

— É — menti. — Tenho, sim.

— De que tipo?

— Um canivete suíço — falei, pensando em um documentário que vira uma vez com Ben, sobre a história dos fabricantes de canivete suíço. O filme era aleatório, e nada romântico, mas eu tinha me interessado pelo design elaborado e pelo processo de fabricação.

— Humm, um canivete suíço — disse o homem, e assobiou. — Que impressionante.

Eu não disse nada. A voz estava soando mais próxima, e sua melodia era quase incômoda. Até meus dedos ficaram tensos no chinelo. Com quem estava falando?

— Então aquilo tudo não foi o suficiente — continuou ele. — Você precisa destruir ainda *mais* minha cara?

Perdi o fôlego.

Droga.

Wit apareceu na minha frente como em um passe de mágica, o hematoma horrendo iluminado pelo brilho das estrelas. Eu não sabia se ficava melhor ou pior assim.

— Ah, hum — gaguejei. — Você, hum, sabe que, humm, fui eu?

— Sei.

Fiz uma careta.

— Como?

— O disfarce de boné e óculos só funciona na televisão, Matadora.

— Foi mal — soltei. — Foi por acidente. Eu não estava prestando atenção — suspirei. — Tinha acabado de falar no telefone com...

— Seu ex escroto — concluiu Wit, sorrindo torto. — Se me lembro bem.

— Você ouviu isso também?

Sem resposta.

— Ah, que ótimo — murmurei, sentindo um calafrio incômodo.

A reação era em parte por vergonha, mas também porque ele ainda estava sorrindo. Sorrindo, o cabelo loiro desgrenhado caindo na testa, e vestindo um moletom puído que nem o meu. Senti aquele frio estranho na barriga.

— O que você está fazendo aqui? — perguntei, torcendo para a sensação passar.

Ele deu de ombros.

— Vim explorar.

— De noite?

— É, queria ver as estrelas. Na cidade, tem muita poluição de luz — falou, e parou um instante. — Também queria fugir do padrinho e da madrinha principais, que estavam se comendo no quarto ao lado.

— Ai — falei. — Jura?

— Juro — afirmou Wit. — Assim, você sabe como o pessoal fica em casamentos.

— Pois é.

As palavras que Pravika dissera mais cedo me voltaram: *São perfeitos para um casinho.*

Mas para mim, não, pensei. *Família e amigos. Quero só família e amigos.*

O oceano afogou o que Wit disse a seguir, com as ondas batendo forte na praia. Eu não tinha notado nossa proximidade das dunas, então apontei a lanterna e fiz sinal para ele me acompanhar, para encontrarmos um canto menos barulhento. Meus chinelos iam batendo na areia, e os tênis desamarrados de Wit iam se arrastando como se ele não tivesse o hábito de levantar os pés para andar.

— E aí, o que *você* está fazendo aqui? — perguntou ele, quando nos sentamos entre a grama agitada, mas protegidos do vento.

— Ah — falei, enfiando as mãos no bolso do moletom. — Só pensando.

Wit ficou em silêncio por um segundo, e vestiu o capuz do próprio moletom. Achei que estivesse muito óbvio no que eu andava pensando, mas ele não mencionou o nome de Claire, e eu fiquei agradecida.

— Assassino, né? — chutou, por fim. — Está se preparando para amanhã?

— Talvez — respondi, tentando fazer a egípcia.

Wit não precisava saber da minha hesitação em jogar. Nem que eu não tinha aberto o envelope para descobrir quem era meu alvo — os nomes tinham sido deixados na caixa de correio de todas as casas mais cedo. MEREDITH FOX, dizia meu envelope, dentro do qual estaria um papel plastificado com um nome.

— As regras são simples — comentou Wit, e eu fiz que sim. — Mas a estratégia... Deve ser necessário usar muita estratégia. O tipo de arma d'água, se quer jogar na ofensiva ou na defensiva, coisa e tal.

Ele se ajeitou, roçando a perna na minha, sua calça de pijama listrada na minha calça de pijama florida. Será que era de propósito?

— E alianças — acrescentou, enquanto eu sentia a pele arrepiar sob o tecido fino. — Aposto que se formam muitas alianças.

Fiquei quieta, notando aonde ele queria chegar com isso. Quase imediatamente após o anúncio do jogo, Luli tinha criado um grupo para mandar mensagens, incluindo Eli, Pravika, Jake, e eu, e enviara:

Vamos pegar a boia rebocável amanhã no lago Oyster. Meio-dia. Não convidem ninguém, não contem a ninguém. Temos negócios a fazer.

Gostando ou não, parecia que eu já fazia parte de uma aliança.

Wit deixou passar um instante.

— Imagino que você já tenha aliados — falou. — Visto que é uma veterana talentosa, e tal...

— Não diria que sou talentosa — interrompi, me virando para ele, e nossos joelhos se roçaram outra vez. — Meu melhor resultado foi cinco dias e passei o tempo quase todo escondida. Meu primo Peter um dia me seguiu até o velho campo dos tratores e atirou antes de eu chegar à porta do celeiro — expliquei, e dei de ombros. — Sempre opto pela defensiva.

— Jura? — disse Wit. — Eu teria imaginado o contrário.

Eu ri.

— Por quê?

Ele gargalhou, e sua risada era tão lírica quanto a voz.

— Porque ameaçou me esfaquear?

— Bom, é que você não devia ter me assustado! — falei, agitada, sentindo o rosto arder. — Devia ter se anunciado!

— Certo, eu devia ter falado alguma coisa — concordou —, mas, voltando às alianças...

— Não posso trair meus aliados — falei, porque, para dar prioridade aos meus amigos naquela semana, precisaria ser fiel a eles.

Se Luli precisasse que eu levasse seu alvo até uma armadilha, eu o faria. Tinha passado mais de um ano sumida, ignorando as mensagens e os telefonemas dos meus amigos, e mesmo assim eles pareciam dispostos a me perdoar e deixar para lá... Eu não podia só jogar isso fora.

— Não pediria isso — retrucou Wit. — Mas estava pensando... — falou, dando um peteleco com areia na minha direção, e eu retribuí. — Se você teria interesse em um pacto.

Fiquei curiosa.

Um pacto?

— Pense nisso — disse Wit. — A gente pode se ajudar. Você está do lado da noiva, e eu, do noivo. Tem muita gente que você conhece, e eu, não, e vice-versa.

Senti um nó na garganta. Estava me ocorrendo que Wit encarava Assassino bem como Claire: astuto e na ofensiva, já fazendo planos e estratagemas. Ele não estava prestes a procurar bons esconderijos na fazenda.

— Então, em vez de ficar investigando e perguntar para todo mundo quem é a filha do tio do Michael — prosseguiu —, eu posso ser sua fonte.

— E, em vez de resolver o mistério da terceira esposa do irmão de Docinho — falei, gostando cada vez mais da ideia —, eu poderia descrever para você todo o cronograma dela, e dar o endereço do estúdio de Pilates de que ela mais gosta em Vineyard Haven.

— Exatamente — disse Wit. — A informação ficaria entre nós dois apenas para não arriscar rumores de traição... e não daríamos pinta para ninguém.

Ele finalmente suspirou.

— Que tal? — perguntou.

Senti um frio na barriga de animação.

— Genial.

— Excelente — disse ele, sorrindo, e estendeu a mão. — Está combinado.

— Espera — falei, com as mãos a milímetros de distância, a ponto de sentir o calor emanando da pele de Wit. — Mais uma coisa.

— Diga.

— Se ouvirmos nossos nomes sendo mencionados por aí, vamos alertar um ao outro.

Wit pensou por um momento, e finalmente concordou com a cabeça.

— Combinado.

Acenei com a cabeça também.

— Combinado — falei.

Finalmente, apertamos as mãos.

Antes de voltar de fininho ao anexo, visitei o carvalho antigo no limite do quintal, e passei os dedos pelos entalhes no tronco. Todo verão, Claire usava um machado para registrar as vitórias.

— Vou ganhar — sussurrei, contando a última marca. — Vou ganhar esse negócio.

SEGUNDA-FEIRA

QUATRO

Acordei no sofá do anexo com o nascer do sol, de cara esmagada em uma almofada velha de ponto-cruz e pernas tortas, em um ângulo esquisito, que quase doía. *Não posso voltar para a beliche*, eu tinha decidido depois de me despedir de Wit na véspera. *Não consigo dormir ali sem ela.*

Do outro lado da sala, Loki me olhou da caminha. Estava cedíssimo, mas o Jack Russell já estava pronto para encarar o dia.

— Tá bom, tá bom — falei, depois de coçar os olhos e me espreguiçar. — Hora do café.

Ele saltou da cama e foi atrás de mim até a cozinha, onde servi ração na tigela dele, que ele devorou enquanto eu pegava uma banana para mim. Loki acabou de comer antes mesmo de eu acabar de descascar a banana, então parei um instante para abrir a porta dos fundos e ver o cachorro sair correndo e sumir mata adentro. Era assim com todos os cachorros da fazenda — eles tomavam café, e sumiam até a hora do jantar. Às vezes, até mais tarde.

Em qualquer outra manhã, se acordasse cedo assim, eu voltaria a dormir, mas aquela não era uma manhã qualquer. Era o primeiro dia de Assassino. Meus pais ainda estavam dormindo, então entrei de fininho no meu quarto e troquei o pijama pela roupa tradicional que eu e Claire sempre usávamos lá: biquíni, short jeans, e uma camiseta leve de microfibra. Em vez de chinelos, peguei meus tênis, e amarrei bem antes de sair de casa, só para o caso de precisar sair correndo.

Depois de um pulo na casinha, fui ao depósito. Porque, além das bicicletas, das redes de pesca, das pranchas de bodyboard, das caixas de ferramentas, e de outras tralhas, era onde Claire guardava seu arsenal. A pistola d'água, a arma dupla maior, e o tesouro da minha irmã: o aparelho de jatos de pressão. Todo mundo tinha uma arma preferida e, felizmente, Claire guardava as dela na fazenda. Já que ninguém soubera com antecedência do jogo, todas as casas tinham recebido uma cesta de arminhas como presente dos noivos. Na véspera, Wit dissera que a arma dele era cor-de-rosa, e que não daria conta do recado.

— Assim, a entrega da Amazon é rápida — eu dissera, achando que ele planejava comprar uma melhor na internet —, mas aqui não é assim *tão* rápida.

— Ah, não — respondera ele, balançando a cabeça. — Não preciso da ajuda do Jeff Bezos! Já tive uma ideia.

Era claro que ele já tinha aberto o envelope, e, ao chegar em casa, eu tinha aberto o meu, de dedos cruzados, torcendo para não ter cometido um erro por esperar, não ter desperdiçado a oportunidade de receber informações. Wit e eu não tínhamos trocado números de telefone, então eu não tinha como mandar mensagem.

No fim, eu tivera sorte. Meu primeiro alvo não era só conhecido, como eu conhecia também sua *rotina*. RACHEL EPSTEIN-FOX, dizia meu papel, e eu sorrira. Tia Rachel, conhecida por acordar de manhãzinha para meditar no quintal do Acampamento. Assassino não era um jogo de equipes, em que o lado da noiva jogava contra o lado do noivo; era cada um por si.

Dei mais uma conferida nas armas de Claire antes de escolher a pistola. A intermediária era a preferida dela, porque era grande — ela gostava de intimidar, deixar todo mundo paranoico, e andava o dia inteiro com aquela armona chamativa apoiada no ombro. A combinação de cores, laranja neon e verde limão, alertava que todos precisavam tomar cuidado.

Não, pensei, incapaz de me imaginar sendo tão fodona. *Não é minha praia.*

Depois de fechar a porta do depósito, enchi a pistola de água no chuveiro do anexo, enfiei a arma na cintura do short, nas costas, e saí para andar, como se quisesse apenas uma caminhada tranquila. O acampamento ficava um pouco longe, do outro lado da choupana. Eu me perguntei se veria Danielle, a madrinha principal de Sarah, sair de fininho do quarto do padrinho principal. Ou seria cedo demais? O sol já estava subindo, e eu precisava me apressar, para não correr o risco de tia Rachel ter acabado a meditação.

Porém, assim que apertei o passo, alguém me chamou.

— Meredith! — gritou Michael, e eu me virei.

Ele estava suado, sem camisa, exibindo o tanquinho, e vinha correndo na minha direção. Brilhava tanto que demorei a notar que tinha alguém ao lado dele. Os dois desaceleraram na minha frente.

— Acordou cedo, né? — perguntou ele, sorrindo, com a cabeça inclinada.

Todo mundo na fazenda sabia que eu gostava de acordar tarde.

— Nossa, desculpa — falei, com a mão na cintura em um gesto exagerado —, mas as pessoas *mudam*, Michael.

O noivo riu.

— Esse é meu meio-irmão, por sinal — falou, apontando a garrafa de Gatorade cheia d'água que sua dupla de corrida carregava antes de espirrar na cara dele. — Não sei se vocês se conheceram ontem.

— Ah, nos conhecemos, sim — disse Wit, antes que eu pudesse responder.

Ele estava de camiseta branca, e parecia pequeno ao lado de Michael, que media mais de um metro e noventa. Porém, notei os músculos rígidos em seus braços quando ele pegou a garrafa d'água. Ele também era forte, só de outro jeito. Lembrei vagamente de ele falar de esqui e de escalada na caminhada de volta para as casas, às duas da manhã.

— Meredith causou uma primeira impressão bem marcante — acrescentou Wit, apontando o hematoma. — É a nova Picasso.

Michael ficou horrorizado, de queixo caído.

Olhei para Wit, irritada.

Ele sorriu.

— Por que, Mere? — perguntou Michael. — Sério, por que isso? A mãe da Sarah está pensando em deixar ele de fora das fotos do casamento!

— Olha, foi sem querer — falei, e olhei para trás, porque precisava mesmo correr. — E até lá deve melhorar...

Larguei a frase no meio, porque Wit de repente parou atrás de mim.

— Um segundo — cochichou, a respiração quente ao pé do meu ouvido. — Esconda sua arma.

Ele puxou minha camisa, para cobrir a pistola d'água. Senti calafrios subirem devagar pelas costas.

— Assim, vai perder o elemento-surpresa — acrescentou.

— Valeu — cochichei de volta. — Meu tempo é limitado. Preciso ir.

Quando nós dois nos endireitamos, Michael estava de sobrancelha arqueada, como se tivesse pegado a gente se agarrando. Ele olhou de mim para Wit, e de volta para mim.

Com o coração a mil, escolhi não explicar.

— Aproveitem a corrida, irmãos Dupré. Até mais tarde!

Em resposta, Wit esguichou a garrafa d'água em mim. Eu me esquivei, mas o alcance da água era bom. *Esqueça a pistolinha*, pensei, decifrando a mensagem silenciosa. A garrafa de Gatorade seria a arma de Wit. Discreta, imprevisível, acima de qualquer suspeita.

Ele era esperto.

— Espera — disse Michael enquanto eu apertava o passo para me afastar, e achei que estivesse falando comigo, mas, antes de eu me virar, ouvi o restante: — Ela acha que seu sobrenome é Dupré?

~

O acampamento tinha sido construído antes da Primeira Guerra e, na época, era a base de caça de patos de George Fox. Por fora, lembrava o anexo — uma estrutura simples, de um andar e telhas, com um alpendre de pinheiro —, mas, por dentro, a casa era surpreendentemente ampla, com espaço para doze pessoas e dois banheiros completos.

— Os filhos de tia Julia nunca conhecerão o pavor de ir de fininho até a casinha no meio da madrugada — eu e Claire brincamos uma vez. — Que crueldade!

Como previsto, tia Rachel estava de roupa de malha da Lululemon, com a barrigona aparente, sentada de pernas cruzadas e costas perfeitamente eretas em um tapetinho de ioga perto do mastro da bandeira. As mãos sobre os joelhos, com as palmas viradas para cima, e os olhos serenamente fechados. Lembrei que ela já mencionara que era contraproducente fechar os olhos com força, porque não permitia que o corpo relaxasse.

Andei pela grama o mais silenciosamente possível, fazendo uma careta sempre que meus tênis faziam ruído no orvalho.

— Oi? — perguntou tia Rachel, sem abrir os olhos, quando eu já estava a poucos metros dela. — Julia?

Meus ombros murcharam.

— Não — me senti obrigada a dizer. — Sou eu, hum, Meredith.

— Ah, Meredith — disse ela, ainda de olhos fechados e sem mudar a posição, e sorriu. — Não está meio cedo para você já estar andando por aí?

Eu não respondi, sem conseguir respirar. Meu coração estava a mil.

— Se quiser, venha sentar aqui comigo — disse ela, enquanto eu tirava a pistola do short e apontava para sua cabeça, com as mãos trêmulas. — Eu e sua mãe conversamos ontem, e concordamos que meditação pode fazer bem para você...

Apertei o gatilho, e dei um disparo fatal na têmpora dela.

Minha tia riu. Ela abriu bem os olhos, caiu no tapete de ioga, e *riu*.

Não foi um assassinato dramático, como eu planejava. Não chegou nem perto.

— Ah, fala sério! — choraminguei, que nem um dos filhos mais novos dela. — Você achou graça? — falei, batendo os pés para dar ênfase. — Sério?

— Uhum — disse ela, se endireitando e concordando com a cabeça. — Eu estou grávida, bobinha — falou, coçando a barriga. — Estava torcendo para alguém atirar em mim logo hoje. Não tem jeito nenhum de eu jogar. Quase pedi para Pestana me tirar do jogo, mas não queria atrapalhar as duplas.

Suspirei, sendo especialmente melodramática.

— Tá, *acho* que faz sentido.

Minha tia Rachel abriu um sorriso torto.

— Desculpa por não ficar chateada — falou, com um tapinha no tapete. — Vem aqui comigo.

Senti a barriga revirar. Claire acordava cedo para fazer ioga no fim de semana, e sempre demonstrava as poses difíceis quando a gente ficava de papo no quarto dela. Já eu me atrapalhava toda em qualquer tentativa de imitar.

— Não precisa — falei, baixinho. — Não sou flexível.

— Não é ioga — respondeu Rachel, igualmente baixinho. — Só meditação simples. Por favor, sente-se — insistiu, com mais um gesto para o tapete.

~

Fugi correndo do acampamento assim que tia Rachel me transferiu seu alvo, depois de uns vinte minutos de exercícios de meditação.

— Sentiu? — perguntou, durante uma sequência de respiração profunda. — Sentiu o fluxo?

— Senti — sussurrei, mesmo que não fosse exatamente verdade.

Eu tinha me sentido mais calma, mas não *tão* calma, pois precisava apertar os olhos com força para conter as lágrimas. Meditação podia não ser igual a ioga, mas ainda era coisa de *Claire*.

— Senti, sim — repeti.

Michael estava fazendo abdominais quando cheguei à choupana. *Que bom*, pensei; estava torcendo para ele e Wit terem voltado da corrida. Porque o nome no meu novo papel não me diz absolutamente nada.

— Oi — falei. — Wit está?

Dessa vez, ele nem mexeu a sobrancelha, continuou a fazer as abdominais, e ignorou a pergunta.

— Quem você matou? — perguntou.

— Não sei do que você está falando — respondi. — Fui só meditar no acampamento.

— Então foi a tia Rachel?

— Merda — murmurei.

— Não se preocupe — disse Michael. — Eu e Sarah somos imparciais. Pestana e Docinho nos fizeram jurar que não ajudaríamos com eliminação nenhuma.

— E você tem certeza que a Sarah vai obedecer?

Minha prima era péssima em guardar segredo. Claire sempre usava isso a seu favor, e dava informações erradas para Sarah espalhar a fofoca pela fazenda.

Michael riu.

— Ela vai fazer o possível.

— Então... — tentei depois de um segundo. — Wit?

— Ah — respondeu ele. — O que está rolando entre você e Witty, afinal?

— Nada — respondi, rápido.

Michael sorriu um pouco, achando graça.

— Imparcial — lembrou. — Sou imparcial.

Ele fez mímica de fechar a boca com zíper e apontou para o fundo da choupana, indicando o último quarto.

— Ele está no banho — falou —, mas o quarto dele é aquele ali.

— Valeu — falei, esganiçada, e corri até a porta de Wit antes que Michael pudesse dizer mais alguma coisa.

Eu me instalei no banco de madeira antigo na frente do quarto e, enquanto esperava, peguei o celular e mandei mensagem para Pestana, avisando que eu tinha eliminado tia Rachel.

Ele respondeu:

Entendido.

E depois:

Acordada a essa hora, Meredith?

Revirei os olhos e comecei a digitar uma resposta, mas ouvi uma exclamação surpresa:
— Ah.
Wit estava ali parado, só de toalha vermelha de praia amarrada na cintura. Nem pestanejei, habituada a ver gente andar por aí só de toalha, por causa dos chuveiros externos. Para a grande tristeza de tia Christine, tio Brad era infame por gostar de beber cerveja só de toalha enquanto escutava James Taylor no deque da casa do farol.
— Oi — falei, me levantando. — Missão cumprida — declarei, e dei um tapinha na pistola. — Foi menos dramático do que previsto, mas...
— Mas está resolvido. Maneiro.
Ele ajustou a toalha, e não era que eu *quisesse* dar uma secada nele, mas foi o que aconteceu. Fitei as gotas d'água escorrendo pelo peito, e pelo tanquinho rígido e bronzeado.
— Mas preciso da sua ajuda — continuei, pigarreando. — Não sei quem é essa pessoa daqui — expliquei, e tirei do bolso o papelzinho novo.
— Claro, tá legal.
Wit abriu a porta e eu fui atrás dele, mas então se virou e bloqueou a entrada, com um sorriso torto.
— Valeu a tentativa, gatinha — falou, apontando o corpo seminu. — Me dá um segundinho?
— Ah, claro, foi mal.
Meu rosto ardeu, tanto de vergonha quanto de irritação. Não gostava que me chamassem de gatinha. Ben sempre me chamava de gata.

Oi, gata.
Te amo, gata.
Tchau, gata.
No começo do namoro, ele me chamava de "menina" dele, de um jeito fofo e antiquado, e me parecia muito especial... até que, em algum momento, trocou para um impessoal "gata". Gata em particular, gata em público, sempre gata.

— Tudo bem! — chamou Wit, de dentro do quarto. — Pronto!

Ele estava ajeitando a camiseta quando entrei e fechei a porta, e precisei conter a gargalhada.

A camiseta era uma adaptação do convite de casamento de Sarah e Michael: azul-bebê, com um desenho de farol na frente, e, pelo reflexo no espelho, li #AgoraElaÉDupré nas costas.

— Agora ela é Dupré? — falei.

— Uhum — disse ele, olhando para trás. — É a hashtag do casamento. Sabe, para os posts no Instagram e tal.

Sorri.

— Sei para que serve, *gatinho*.

Wit corou por trás do hematoma.

Que bom, pensei. *Vingança.*

— Não sou muito de Instagram — disse ele, e deu de ombros. — Mas mandaram todos os padrinhos e madrinhas usarem essas camisetas quando fizermos qualquer coisa juntos.

— Foi ordem da minha tia Christine — adivinhei.

— Foi ordem da sua tia Christine, sim, mas com apoio total da Jeannie — disse ele, e se largou na cama de casal, coberta por uma manta de retalhos quadriculados. — A mãe do Michael.

Fiz que sim com a cabeça e me sentei na beirada da cama, olhando ao redor. Fazia tempo que eu não entrava na choupana, a casa com o estilo de decoração mais masculino na fazenda. As paredes do quarto de Wit eram revestidas por madeira, e a cômoda, verde-escura. Lembrei que na sala de estar tinha um quadro hilário de tão horroroso, mostrando

— Não. Meu pai é casado com a mãe do Michael. Nosso sobrenome é Witry.

— Que bela aliteração — falei. — Wit Witry.

— Hum, não é... — começou Wit, mas pegou no sono antes de concluir o pensamento.

Ele respirava devagar e regular. De repente, quis levar a mão ao seu peito e sentir os batimentos.

Em vez disso, me afundei mais no travesseiro, e fechei os olhos.

CINCO

Parte de mim queria convidar Wit para andar de boia quando acordamos, mas finalmente lembrei que, na verdade, era uma reunião da nossa aliança de Assassino e que Wit tinha obrigações de padrinho.

#AgoraElaÉDupré

Vai ser assim a semana toda?, me perguntei, quando ele mencionou que o ponto de encontro para as fotos era na casa do lago, pois tinha a vista mais impressionante do lago Oyster. *Ele vai passar o tempo todo com os padrinhos e madrinhas?*

— Vamos fazer alguma coisa mais tarde — soltei, antes de sair do quarto. — Quero levar você a um lugar.

Wit levantou uma sobrancelha.

— Quer me levar a algum lugar?

Levantei a sobrancelha também.

— Algum problema?

— Não — falou, e balançou a cabeça. — Mas acha boa ideia? Quer dizer, não é melhor a gente se manter discreto? Para ninguém desconfiar de nada?

— Hum, sinto muito, *docinho* — falei —, mas Michael nos viu conversando e, definitivamente, falou para a Sarah, então a fazenda toda já deve saber da nossa amizade.

Wit torceu o nariz.

— Não gosto de "docinho".

— Tranquilo, tira da lista.

Sorri, com o coração a mil. Eu não fazia ideia de onde vinha aquilo, quem era aquela pessoa dentro de mim, mas era bom. Eu me *sentia* bem, confiante e um pouco ousada.

— Nada de *gatinha* — continuei. — E nada de *docinho*.

— Combinado, querida — disse Wit, com uma piscadela. — E aonde vamos hoje?

— É surpresa, meu bem — respondi. — Me encontre no anexo às 13h15.

Ele fez que sim com a cabeça.

— Ok.

Eu retribuí o gesto.

— Ok.

— Então... — dissemos ao mesmo tempo, sem saber como nos despedir.

Um aperto de mãos desajeitado? Um abraço ainda mais desajeitado? Teria alguma alternativa que não fosse desajeitada?

— Boa sorte — falei um minuto depois, para quebrar o silêncio.

— Com meu alvo? Ou com a sessão de fotos e sua tia Christine?

— Ambos.

— Obrigado.

Ele sorriu, e fiquei tão ocupada com meu próprio sorriso que nem notei quando ele pegou a garrafa de Gatorade na cômoda.

— Boa reunião estratégica — falou.

Quando ele levantou a garrafa para esguichar em mim, eu saí correndo, tão graciosa que bati o joelho com tudo na porta. Ia ficar roxo, sem dúvida.

— Agora estamos quites, mozão! — gritou Wit.

Às 11h50, já tinha muitos Fox se esgueirando pela fazenda. Meu pai e meu tio Brad pareciam adolescentes, de chapéus camuflados, escondidos atrás de arbustos, e se arrastando pela grama alta, carregando armas d'água idênticas. Olhei para a estrada, identificando quem eles perseguiam: um casal mais velho a caminho da praia.

Enquanto isso, tia Julia não escolhera a mesma abordagem sutil dos irmãos; ela estava postada na frente da casa do farol, com a arma apontada para a porta.

— Sei que você está aí, Peter Fox! — disse. — Sei que está virando sua terceira xícara de chá, mas é bom se apressar, porque eu *também* sei que você tem compromisso daqui a pouco.

Peter. O irmão de trinta anos de Sarah, outro padrinho. Em vez da choupana, ele estava hospedado na casa do farol com a esposa e o bebê recém-nascido. *Terceira xícara?*, pensei. *Nell ainda deve estar passando a noite em claro.*

— Pega ele, tia Julia! — gritei, passando por ela, e logo apertei o passo, pois me ocorreu de repente que *meu* assassino poderia estar aí, à caça.

Senti um arrepio, como se um bicho subisse pelas minhas costas.

Quem teria me tirado?

Por garantia, saí da estrada de areia e peguei uma das trilhas na mata, optando pelo caminho mais labiríntico até a praia. Parecia saída de um conto de fadas, uma trilha no bosque, raios de sol escapando entre os galhos. Passarinhos cantarolavam no caminho.

Por fim, a trilha terminava na orla do lago Oyster e sua água azul-esverdeada e cintilante. Quando apertei os olhos, vi que um grupo já se aglomerara perto da água, na área que todos considerávamos a praia *de verdade*, um pedaço de areia entre o lago plácido e o mar agitado, que permitia nadar nas duas águas. O melhor dos dois mundos. Claire e eu tínhamos o hábito de nos desafiar a furar as ondas do mar, evitando ser pegas num caldo (quando uma onda estourava por cima de outra que estava voltando, puxando a gente para a água). Depois, íamos ao lago para boiar de costas por um tempo.

— Aqui é o paraíso — minha irmã dissera certa vez. — Eu amo tanto isso, Mere.

Fui andando pela água na direção oposta ao mar, encharcando os tênis, até chegar à pequena doca encaixada entre as dunas. Uma escadinha bamba levava à casa do lago, no alto da ladeira.

— Tia Christine está levando isso a sério *demais* — disse Eli, da lancha Boston Whaler de Pestana.

Fui a última a chegar. Pravika e Jake já estavam arrumando os coletes salva-vidas, enquanto Luli amarrava a boia imensa atrás da lancha, com um nó complicado. Eli apontou ladeira acima, onde estavam tirando as fotos dos padrinhos.

— Escuta — murmurou.

— Não, não, gente — dizia minha tia. — Sarah e Michael ficam no meio, e as madrinhas de um lado, os padrinhos do outro.

— Mas será que alternado não fica mais legal? — perguntou alguém, uma voz confiante que reconheci imediatamente.

Wit.

— É, mãe — concordou Sarah. — Michael e eu ficamos no meio, mas podemos dar uma variada, botar madrinha, padrinho, madrinha etc. Fica menos formal e bem mais divertido. É melhor poupar as poses mais tradicionais para o dia do casamento.

Um momento de silêncio, e então:

— Pode ser.

— Eba! — exclamou Sarah.

— Posso ficar do lado da Isabel! — disse Wit, ao mesmo tempo.

Não, pensei, contendo uma risada. *Não acredito, aqui, não.*

Isabel Davies, colega de quarto de Sarah na faculdade, e primeiro alvo de Wit.

— Ela já veio à fazenda — eu explicara a ele —, então conhece bem o terreno. Não vai passar o dia à toa na praia. Ela gosta de jogar tênis de manhã, fazer *stand-up paddle* depois do almoço e, no fim da tarde, em geral, fica lendo perto do lago Job's Neck.

— Pode ser, Wit — respondeu tia Christine, enquanto Jake me ajudava a subir na lancha e Luli acabava de amarrar a boia. — Mas se livre dessa garrafa d'água, por favor.

— Meu Deus do céu — murmurei.

Acredito, aqui, sim.

Infelizmente, não consegui escutar a matança de Wit, porque Eli ligou a lancha, e o motor abafou todo som.

— Vamos lá! — gritou Luli, mais alto que o ruído.

Eli nos conduziu mais ou menos até o centro do Oyster, a muitos metros da orla, desviando de caiaques, pranchas, veleiros, e nadadores. Nós quatro gritávamos "Oi!" e "Olá!" para todo mundo, mesmo que a gente não os conhecesse. Havia uma variedade de casas ao redor do lago, entre choupanas fofas e mansões grandiosas. Na minha preferida, sempre ocorria uma festa imensa de Dia da Independência, no quatro de julho, e, no nosso último verão juntas, eu tinha convencido Claire a ir comigo e entrar de penetra.

— Não vão nem notar — eu dissera. — Já tem tanta gente!

Olhei a casa imensa, de revestimento em cedro, e a extensão de praia particular, e me lembrei de Claire, que dera seu primeiro beijo naquela noite. Em um jogo bobo de verdade e consequência perto da fogueira, com um lindo garoto de olhos azuis.

— Pronto — disse Luli, depois de prendermos todos os coletes salva-vidas, mas ninguém seguiu para a boia. — Primeiro, quem vocês tiraram?

Sem hesitação, revelamos nossos alvos. Todo mundo tinha escolhido jogar Assassino, exceto Eli.

— Não dá, gente — disse ele, depois que resmungamos. — Vocês sabem que esse jogo me dá ansiedade. Até a pergunta no convite me deixou enjoado!

Não contei que tinha eliminado tia Rachel e confiei que ela também guardaria segredo. Por algum motivo, não queria que ninguém soubesse como eu estava levando o jogo a sério. Quer dizer, ninguém além de Wit.

— Então agora eu tenho o tio-avô Richard — disse Pravika, uns minutos depois, quando misturamos os nomes.

Uma das estratégias habituais da nossa aliança era vazar nossos alvos, ou nossos *supostos* alvos. Naturalmente, era ideia de Claire. Tio-avô

Richard era, na verdade, alvo de Jake, mas espalharíamos que era Pravika quem estava de olho nele.

— Genial, Claire — Luli dissera quando minha irmã apresentara o plano, alguns anos antes. — *Genial.*

Eu concordava, porque, quando não sabíamos quem nos tinha tirado em Assassino, ficávamos megaparanoicos, desconfiando de todo mundo. Porém, se descobríssemos que fulano estava de olho na gente, automaticamente confiávamos no restante das pessoas.

— Mas boa sorte com o seu, Meredith — disse Jake. — Daniel Robinson? — perguntou, balançando a cabeça. — Sei lá quem é.

— Ah, pois é, nem me fale — respondi, meio enjoada, e fingi gargalhar. — Um zé qualquer!

Graças a Wit, Daniel não me era mais mistério algum, mas eu nunca tinha mentido bem. Minha gargalhada saiu esganiçada, e senti Luli me olhar. Antes de ela perguntar, me ofereci para ser a primeira a encarar a boia. Pravika foi comigo, e nós duas deitamos de barriga para baixo, de braços, coletes e pernas bem encostadas, esperando Eli disparar pelo lago. Agarramos as alças com toda a força, já que Eli era famoso na fazenda toda por arrancar com violência.

Pravika suspirou e bateu o quadril no meu. Tínhamos amarrado bem as calcinhas do biquíni, mas sabíamos que mesmo assim elas iam se soltar quando caíssemos na água. Acontecia sempre.

— Por que a gente faz isso? — perguntou ela.

Eu sorri.

— Porque somos doidas.

Ela riu e, bem na hora, a lancha arrancou, fazendo a boia girar e espirrar água. Era o que Eli considerava um "aquecimento".

Mal deu tempo de aquecer. Ele logo fez o motor roncar e disparou na velocidade máxima. O vento ficou mais forte, desesperado para nos jogar para trás, e íamos sendo arrastadas atrás do barco que nem uma pedrinha quicando na superfície da água, pulando e caindo.

— Nossa Senhora! — berrou Pravika depois da primeira curva abrupta de Eli, que nos mandou girando para o outro lado. Ela sempre gritava sem parar quando a gente fazia aquilo, e nunca perdia a graça. — Meredith!

— Segura firme! — gritei de volta.

Tudo estava escorregadio, e a água ia sendo jogada na nossa cara. Fechei os olhos por um segundo, e entreabri um deles para ver a plateia ao longe. Jake estava fazendo sinal de joinha, mas a irmã estava de braços cruzados, com um sorriso de vilã. Ela adorava um tombo feio.

Engoli em seco, sabendo que ainda devia a ela aquele pedido de desculpas.

Eli logo atacou de novo, desacelerando para eu e Pravika sacolejarmos bem nas ondas.

Ai-ai-ai-ai-ai!

— Aaaaah, vou cair! — gritou Pravika depois de mais uma curva abrupta e um zigue-zague, a voz quase perdida no vento. — Acho que...

Ela não concluiu a frase, só *sumiu*. Fiquei sozinha na boia e, ao longe, vi Luli cobrir a boca. O tombo devia ter sido uma catástrofe completa.

Eli não parou por aí; ele só parava depois de obliterar todo mundo da boia. Pravika ficaria flutuando até eu perder o controle. Não achava que iria demorar — eu tinha escorregado na boia, e meus pés já estavam na água. Tentei me impulsionar para segurar as alças melhor.

Porém, eu também logo saí voando pelos ares, rangendo os dentes e me preparando para o impacto. Fui arremessada na água com um baque ruidoso. O lago Oyster me engoliu antes do meu colete salva-vidas me puxar de volta à superfície. Estava *tudo* doendo.

De repente, sem aviso, comecei a chorar, e já estava soluçando, descontrolada, quando Eli parou a lancha ao meu lado. Atordoada, deixei Jake e Luli me ajudarem a subir no barco, me perguntando se eu estava bem, enquanto minhas pernas bambeavam. Eu mal os escutava, de tanto que estava chorando.

Foi isso que ela sentiu? Eu não queria pensar naquilo, mas pensei. Era impossível não pensar. *Foi isso que ela sentiu na batida?*

~~~

Aleguei que o choro era por falta de treino.

— Sério, estou bem — falei aos meus amigos, enroscada na toalha, sentindo o corpo todo ainda em choque. — Só preciso me acostumar.

— Mas olha só — disse Pravika, apontando meu joelho —, você ficou roxa. — E se virou para Eli e exclamou: — Você é um monstro!

Eli se desculpou imediatamente, mas eu balancei a cabeça, porque meu braço estava tremendo demais para permitir um gesto maior. Foi, então, a vez de Jake e Luli subirem na boia. Eu não assisti, só me enrosquei em outra toalha e fiquei deitada no convés da lancha para me proteger do vento.

— Estamos combinados? — perguntou Luli, depois de ancorarmos o barco perto da praia.

Pestana e alguns pais vinham na nossa direção, logo atrás de crianças apressadas. Era a vez delas brincarem.

— Hora do vazamento? — acrescentou.

Pravika, eu e Jake concordamos. A praia era o lugar perfeito para começar a espalhar mentiras; o sol estava alto no céu, e a maioria da fazenda se instalara para passar o dia ali. Meus pais acenaram para mim, em uma roda de cadeiras de praia, com tio Brad, tia Christine, a mãe de Michael e um homem loiro grisalho que provavelmente era o pai de Wit. Docinho e tia Julia supervisionavam os pequenos Ethan e Hannah, que brincavam com alguns dos mais jovens entre os Dupré na beirada do lago. Uma pistolinha verde estava enfiada no elástico do maiô da tia Julia e ela não parava de olhar para trás, analisando a praia.

— Tia Julia! — chamou Pravika. — Pegou Peter hoje?

Minha tia sorriu.

Sim.

Vários metros adiante, tia Rachel estava tranquilíssima, bebendo água tônica e lendo revistas de fofoca com a irmã mais velha de Michael, Kasi.

Também estavam lá Sarah, Michael, e sua galera. Estavam curtindo a parte rasa do lago, espalhados em boias gigantescas. Uma era na forma de um flamingo cor-de-rosa, outra, de um cisne, e a terceira, de um unicórnio arco-íris, tão grande que o noivo e três padrinhos cabiam ali em cima com conforto.

— Aqui, gente! — gritou Danielle, a madrinha principal, da areia, com o celular erguido. — Para o Insta!

Todo mundo riu.

Nós cinco nos despedimos e nos espalhamos por grupos diferentes para semear a mentira. Mas, depois de conversar com meu pai por alguns minutos, perguntei as horas. Ele sorriu e disse que era melhor eu correr. Era uma da tarde, e todo mundo no Vineyard sabia que as tortas famosas da Morning Glory eram servidas às duas. O tempo estava acabando.

Procurei meu parceiro, mas não encontrei Wit. Ele provavelmente já estava a caminho do anexo.

— Até mais tarde, Meredith! — gritou Docinho, enquanto eu tentava correr pela areia (um feito impossível).

Só desacelerei quando passei da duna, caminhando entre os carros empoeirados no estacionamento da praia. *Sucesso*, pensei, já que não tinha ninguém por lá. O estacionamento parecia deserto e seguro.

Até que ouvi uma voz.

— Oi, Meredith — disse Luli, e eu me virei, vendo que ela me seguia. — Não está no clima de praia?

— Ah, é, não — falei, me lembrando de que o alvo dela era outra pessoa da família Fox, e *não* eu. — Na real, preciso resolver uma coisa, então...

Apontei as casas.

— Para o jantar de Pestana e Docinho?

Concordei com a cabeça. Meus avós iam servir um jantar no casarão à noite, mas apenas para os parentes mais próximos: filhos, netos, namorados e maridos ou mulheres. Podia parecer exclusivo, se visto de fora, mas era uma das únicas vezes no ano em que nos reuníamos.

— Sem desculpa nem reclamação — Docinho dizia sempre. — Tem que sentar a bunda na cadeira!

Luli e eu continuamos a andar juntas e, quando nos aproximamos das casas, eu sabia que não podia mais esperar. Era hora.

— Me desculpa, Luli — falei. — Me desculpa por tudo que fiz ano passado.

Parei para suspirar, para minha voz não tremer.

— Ou pelo que *não* fiz, na verdade — continuei. — Fui péssima... Devia ter respondido suas mensagens, telefonemas e Snaps.

Luli ficou em silêncio. Meu coração estava a mil, mas se acalmou quando vi Wit parado perto do anexo. A camiseta dele era verde, não mais a azul do casamento.

— Obrigada, Meredith — disse Luli, finalmente. — Esse pedido de desculpas é muito importante para mim. Sério — falou, chutando a areia. — Mas por quê? — acrescentou, a voz fraca. — *Por que* não me respondeu? Você sabe como eu a amava — disse, abaixando ainda mais o tom. — Nós duas precisávamos...

— Oi! — chamou Wit, interrompendo-a. — Anjo!

Luli parou de repente.

— Hum, licença?

— Não se preocupe — falei. — É só brincadeira. Ele é inofensivo.

Em seguida, gritei para Wit:

— Cala a boca, demônio!

Wit abriu o sorriso torto.

Luli suspirou.

— Então é ele, né?

Fiz que sim com a cabeça.

— É, é o irmão do Michael, Wit. A gente se conheceu ontem. Ele é...

— O novo Ben — concluiu ela, seca, e apontou Wit, que estava vindo correndo. — Ao que parece.

O novo Ben? Apertei a toalha com força. *Como assim?*

— Soube que você foi correr hoje com ele e Michael. Tipo, de madrugada. Quando é que você começou a acordar cedo assim?

Valeu, noivinhos, pensei. Michael tinha contado para Sarah, e ela espalhara que eu tinha feito amizade com Wit. Isso não me incomodava... Mas por que Luli estava no meu pé por isso? Por que mencionar Ben?

— Não consegui dormir bem — murmurei quando Wit chegou ao meu lado, ainda sorrindo.

Ao vê-lo, quis sorrir também. Mesmo que eu *tivesse* combinado de manter segredo da nossa amizade, nunca teria durado. Wit sorria demais comigo, e eu sorria demais com ele.

— Oi — disse Wit para Luli, oferecendo a mão para um cumprimento. — Luli, né?

— Isso — confirmou ela. — E você é o padrinho que levou uma porrada na cara na balsa.

Wit deu uma cotovelada em mim, me causando uma sensação estranha — faíscas girando sob a pele.

— Graças a essa aqui.

Luli me olhou.

— É uma longa história — falei, puxando a manga de Wit na direção do depósito, para pegar as bicicletas. — Depois conto.

— Tá — disse ela, devagar. — Você tem coisas a resolver.

— Espera aí, que coisas a resolver? — disse Wit. — Achei que você fosse me levar para conhecer um lugar especial.

— A fazenda Morning Glory *é* especial — argumentei.

Luli riu disso.

— É, sim, cara — disse ela a Wit. — A fazenda Morning Glory é *muito* especial.

Nós duas sorrimos.

Eu esperava que isso significasse que estávamos bem, mesmo que desconfiasse que Claire teria dito que o sorriso de Luli era tenso.

SEIS

A fazenda Morning Glory ficava a um trajeto curto de Paqua, mas, primeiro, eu e Wit tínhamos que seguir por cinco quilômetros na estrada de chão arenoso da fazenda.

— Cinco segundos! — pedi a ele depois de Luli voltar à praia.

Prendi o cabelo em um coque frouxo e corri anexo adentro para trocar de roupa. Como meus tênis ainda estavam encharcados do lago, troquei por outro par.

Em seguida, pegamos as bicicletas e pedalamos sob o sol forte, aliviado por uma brisa agradável. Eu chutaria que estava fazendo uns 25 graus, a temperatura perfeita do Vineyard. Queria perguntar para Wit sobre a eliminação de Isabel, mas ele não parava de virar a cabeça para admirar a vista e a magia do ambiente. Os longos carvalhos e os arbustos baixos, com galhos que lembravam patas de aranha; a erva-doce e as violetas espalhadas, sem nenhum poste de luz artificial.

— Quando a gente era menor — falei, em certo momento —, era um desafio.

— Que desafio? — perguntou Wit.

— Isso — falei, apontando a estrada. — Quando Claire e eu estávamos na pré-adolescência, os irmãos de Sarah nos desafiavam a andar a estrada toda e voltar, sozinhas.

Wit não se impressionou.

— Parece bem possível.

— À *noite* — acrescentei. — Escuridão pura, sem lanternas, à vista de todos os bichos.

— Ah, saquei — disse ele, depois de um instante. — Dá para entender.

— Mas Claire e eu aceitamos o desafio — falei, com um nó na garganta. — A gente passou o caminho todo dançando, cantando músicas da Taylor Swift a plenos pulmões.

O álbum *Fearless* passou pela minha memória. A gente tinha cantado todas as músicas, bem alto e desafinadas, para afastar gambás, guaxinins, ou raposas.

Wit riu.

— Ganharam alguma coisa?

— Nada. Acho que ganhamos o direito de nos gabar, apesar de Peter e Ian nunca terem acreditado de verdade na gente — falei, e revirei os olhos. — Minha mãe diz que ganhamos autoconfiança.

Ele assentiu.

— Bom, eu topo — falou. — Vamos fazer isso essa semana?

— Tá... — falei, devagar.

Já nos imaginava andando juntos. Que nem na véspera, pela fazenda, conversando, brincando e rindo.

— *Tá...* — repetiu Wit. — Não me convenceu muito.

— Não, vamos, sim — falei, pestanejando um pouco, antes de abrir um sorriso de soslaio. — Esteja oficialmente desafiado.

— Excelente. E, olha, se ainda estiver com medo, pode trazer sua *faca* para se proteger.

Minha faca — o canivete suíço com o qual eu o ameaçara no escuro.

— Na verdade, tenho mesmo um canivete — falei, quando chegamos ao obelisco de pedra no fim da estrada, com PAQUA entalhado na vertical. — Pestana me deu de aniversário este ano, mas deixei em casa.

Escondido na caixinha de joias, porque Ben achava esquisito eu ter aquilo. *Para Meredith*, dizia a dedicatória gravada na lâmina. *Que você sempre arrase nas brigas e na vida.*

Wit e eu viramos na ciclovia pavimentada da rua West Tisbury.

— Ah, pode deixar, achei que fosse verdade. Parece totalmente a sua cara.

Totalmente a minha cara?

— Como assim? — perguntei, meio sem fôlego. — Qual é minha cara?

Talvez eu quisesse que ele me contasse. Talvez quisesse saber o que ele achava de mim.

Porém, ele apenas sorriu e deu de ombros.

Por isso, eu fiz cara feia e continuei a pedalar, passando dez minutos em silêncio até chegarmos ao destino.

— Seja bem-vindo a Morning Glory! — falei, freando e saltando da bicicleta.

Wit fez o mesmo, e encostamos as bicicletas na cerca de madeira.

A fazenda Morning Glory era um dos meus lugares preferidos no Vineyard: 26 hectares de terreno, com celeiros, estufas e, melhor ainda, a feirinha comunitária. Era o contrário de qualquer supermercado no continente, uma casinha cheia de calor, vigas de madeira, frutas e verduras frescas, e muitas guloseimas artesanais. Morning Glory era tão famosa que tinha até publicado um livro de receitas. Claire comprara um exemplar de Natal para meus pais certa vez, e a lombada já estava gasta de tanto uso.

Vi Wit admirar a fazenda, sem dúvida notando todas as pessoas desembrulhando e mordendo sanduíches deliciosos às mesas desbotadas de piquenique, as crianças brincando de pique-pega, e os cachorros correndo por ali. Olhei o celular, e vi que já eram cinco para as duas. Tínhamos pouco tempo.

— Tá, tá bom — falei, pegando ele pela camisa. — Vem logo!

Ele me deixou arrastá-lo pela trilha de cascalho, passando por baldes transbordando de buquês lindos de flores silvestres, degraus do alpendre e portas de vaivém. Vozes reverberavam no pé-direito alto, e todas as cores do arco-íris nos acolheram. Eu queria mostrar tudo para Wit, mas, primeiro, tínhamos uma missão a cumprir. A multidão já estava começando a se aglomerar.

— Vai me explicar o que está acontecendo? — perguntou.

— As tortas — cochichei, como se fosse um segredo enorme, e não um fato de conhecimento comum. — As tortas saem às duas, mas são imediatamente atacadas. Esgotam em quinze minutos.

Wit levantou uma sobrancelha.

— Então são bem gostosas?

— *Bem* gostosas? — perguntei, dando uma olhada para ele. — São *uma delícia*! Meu pai e meu tio Brad uma vez comeram *nove* tortas em *cinco* dias...

Parei de falar; a história ficaria para outra hora. Dava para sentir o cheiro doce das tortas, enquanto os confeiteiros da Morning Glory as tiravam da cozinha e arrumavam no mostruário. Precisávamos nos concentrar.

— Aqui — falei, pegando Wit pela cintura e o empurrando por alguns passos. Senti um formigamento nos dedos por causa do calor da pele dele pela camisa. — Fique aqui parado, não se mexa. Você precisa servir de barricada.

— Por quê?

Apontei para os outros clientes se aproximando das tortas. Espaço pessoal não existia naquele momento. E eu não tinha medo de jogar sujo, de me abaixar e me arrastar entre as pessoas à frente. Era a vantagem de ser pequena.

Quando voltei a olhar para Wit, ele estava parado, que nem um pilar esguio. Porém, tinha inclinado a cabeça e aberto um leve sorriso. O cabelo loiro caía na testa.

— O que foi? — perguntei.

— Nada — disse ele. — É que você é...

— Não diga fofa — interrompi, com o pescoço ardendo. — Todo mundo diz isso.

Ben, por exemplo, especialmente quando eu ficava muito entusiasmada ou apaixonada por alguma coisa. Por exemplo, pelo Vineyard.

— E as tortas! — me lembrei de contar uma vez, com a voz alta de orgulho. — São feitas toda tarde, e nem precisa esquentar de novo para jantar. Elas continuam *quentinhas*, e se servir com uma bola caprichada de sorvete...

Depois, ele tinha me beijado e me chamado de fofa pela milésima vez. Era que nem ser chamada de gata. Claire sabia que me incomodava, então, quando estava de mau humor e queria que eu calasse a boca e deixasse ela em paz, dizia, seca:

— Ah, você é fofa, Meredith.

Wit me olhou, sardônico.

— Não era bem nessa palavra que eu estava pensando...

O fim da frase foi abafado pelo ruído, pois começou a briga pela melhor posição. Comecei a empurrar as pernas em movimento, sorrindo. Era oficialmente hora da torta.

— Minha nossa! — exclamou um confeiteiro quando pulei na frente do mostruário, sem mais nada que me afastasse do tesouro. — De onde você veio?

~

Depois de conseguir comprar três tortas (blueberry, pêssego, e ruibarbo com morango), as entreguei para Wit e peguei uma cesta de vime para enchermos.

— O pão de abobrinha é incrível — falei, pegando um. — E essas uvas também — acrescentei, sacudindo um cacho de uvas roxas, fofas e minúsculas na frente de Wit. — Especialmente congeladas. São o lanchinho perfeito para a praia.

Nossa cesta ficou cada vez mais pesada, pois Wit acrescentou ameixas maduras, framboesas, pimentões grandões, tomates e suco natural de laranja. Logo pegamos mais uma cesta, para guardar as duas dúzias de espigas de milho. Em seguida, pedimos sanduíches no balcão: peito de peru, cheddar e maçã fatiada, em pão *sourdough*.

— Uau! — comentou a moça do caixa quando finalmente chegamos. Com o cabelo loiro preso em um rabo de cavalo, ela olhou para o hematoma de Wit, mas não disse nada. — Que compra caprichada!

Fiz que sim com a cabeça, e batemos papo enquanto ela passava nossas compras; quer dizer, ela bateu papo com *Wit*. Ela sorriu ao notar a camiseta dele, amarrotada por tê-lo puxado para o mercadinho. SUGARBUSH, dizia a estampa no peito.

— Pois é, é que sou de Vermont — explicou ele. — Minha mãe trabalha lá como professora de esqui.

— Eu amo Sugarbush! — disse ela, e escondi as mãos atrás das costas, cruzando bem os dedos, para resistir à vontade de ajeitar a camiseta de Wit. — Eu e minha família passamos Natal lá, e fica a apenas uma hora de Middlebury. Vou entrar no segundo ano da faculdade agora.

Wit ficou em silêncio.

— A primeira faculdade que eu queria frequentar era Middlebury — acabou falando. — Mas agora estou estudando em Tulane.

— Que legal, Nova Orleans!

A atendente continuava a tirar comida da cesta, passar no leitor e guardar na sacola; tinha talento para fazer várias tarefas ao mesmo tempo. SAGE era o nome no crachá.

— Tenho uma amiga em Tulane — continuou —, e estou pensando em visitar no Mardi Gras. Você conhece...

Tá, já basta, pensei, soltando as mãos e me aproximando de Wit, até encostar o braço nele. *Cansei!*

Estiquei a mão e alisei a camiseta de Wit, sentindo o peito dele estremecer. O coração dele acelerou, assim como o meu, quando ele passou o braço tranquilamente ao redor do meu ombro, os dedos acariciando minha clavícula.

— Ah — disse Sage, e eu prendi a respiração. — Ah, não... Desculpa, não era nada disso.

Ela riu e balançou a cabeça, antes de passar o último item: uma torta.

— Morango com ruibarbo é a preferida do meu namorado — acrescentou, e o rosto dela se iluminou como o sol. — Ele diz que é totalmente épica.

A farsa de casal acabou tão rápido quanto começou, bem quando passei o cartão de crédito do meu pai para pagar a conta absurda. Wit ficou completamente chocado.

— Jura? — perguntou, quando voltamos às bicicletas e arrumamos as sacolas de papel nos engradados velhos amarrados atrás. — *Cada uma* dessas tortas custa vinte e cinco dólares?

— Uhum — respondi, antes de recitar um dos ditados preferidos de Pestana: — É impossível sair da Morning Glory com tortas e uma conta de menos de cem dólares!

Wit riu, mas eu só conseguia pensar nos seus dedos na minha clavícula, no toque em minha pele, nos choques de eletricidade. Eu tinha ficado tão tonta que estava até cambaleando.

— Ei.

A voz de Wit me fez pestanejar. De algum modo, tínhamos nos sentado frente a frente a uma mesa de piquenique, para comer os sanduíches.

— Está tudo bem? — perguntou.

— Está — falei, e me obriguei a morder o sanduíche. — Tranquilo.

Ele não pareceu se convencer.

— Tem certeza?

Evitei a pergunta, rebatendo com outra dúvida.

— Você queria estudar em Middlebury?

— Pois é — confirmou. — Fiquei bem chateado quando não passei.

— Então por que foi para Tulane? — perguntei. — Parecem faculdades opostas.

Wit suspirou.

— Porque, se não fosse Middlebury, queria que a faculdade fosse uma aventura. Nova Orleans parecia a maior das aventuras — falou, e deu de ombros. — Meu pai mora lá, mas eu nunca tinha passado tanto tempo na cidade. Sempre morei com minha mãe — explicou, e desviou o olhar por um segundo. — E meu pai obviamente adorou a ideia, já que os Dupré gostavam do lugar.

— Mas você não gosta, né? — adivinhei. — Não é uma aventura?

— Ah, é uma aventura, sim — disse Wit. — Só não sei se é *minha* aventura — riu. — Vou calar a boca agora. Não quero estragar a utopia de Nova Orleans de Michael e Sarah para você.

— Já foi estragada — murmurei, mais para mim do que para ele. — Faz tempo.

Wit escutou, e arregalou os olhos.

— Cacete — falou. — Desculpa, Meredith. Pode me chutar — acrescentou, com um tapinha na parte do rosto que não estava roxa.

Sacudi a cabeça e tentei sorrir.

— Vamos mudar de assunto.

Ele fez que sim com a cabeça, passou as pernas para o outro lado do banco, e veio sentar no meu — bem perto, que nem na fila do caixa.

— Tem entrado no Instagram?

— Hoje, não — falei, vendo ele abrir o app no celular. — E achei que você não usava Instagram — acrescentei, lendo o nome dele na tela. — Aparentemente foi engano meu, @sowitty17.

Wit suspirou.

— Sarah pediu para eu me esforçar.

— Ah, entendi — respondi. — E sou só eu que acho seu *username* tosco?

A única resposta que tive foi um resmungo.

Eu ri e, distraída, encostei o dorso da mão no hematoma dele. Ainda estava grande e azulado, e, pela careta de Wit, extremamente sensível. Ele parou de digitar.

— Ai — falei, como se doesse em mim. — Foi mal.

Malíssimo.

Wit se virou para mim, com os olhos turquesa brilhando ao sol, os arcos dourados reluzindo.

— Você é muito afetuosa — falou, encontrando meu olhar. — Sabia?

Balancei a cabeça, sem saber responder. Quem falava uma coisa dessas? *Afetuosa?* Não imaginava que Ben, nem nenhum amigo dele, usaria aquela palavra. E o *jeito* de Wit falar, a *voz*. Era gentil, honesta, íntima. Como podia ser íntima assim? A gente mal se conhecia.

Minha irmã diria que não faria diferença. Claire amava astrologia, e acreditava que algumas pessoas estavam destinadas a se conectar, conforme escrito nas estrelas, e, apesar de eu sempre revirar os olhos, talvez estivesse começando a acreditar nela. Senti calafrios lembrando o toque do joelho de Wit no meu ao firmar nosso pacto, e a decepção que senti quando nos despedimos. *Quero ver ele amanhã* tinha sido meu último pensamento antes de pegar no sono na sala do anexo. Era inegável que tinha *alguma* coisa entre a gente.

Eu só ainda não sabia identificar o que era.

— Só uma observação — sussurrou Wit, depois de vários segundos de silêncio, então se ajeitou no lugar e voltou a atenção ao celular.

#AgoraElaÉDupré, digitou na busca, e dei um pulo quando notei o que ele queria me mostrar.

— Ai, meu Deus! — exclamei. — A foto em grupo!

Wit riu daquele jeito melodioso.

— Espera só para ver.

Ele passou por algumas fotos com a hashtag do casamento — vi uma de Michael com os três padrinhos na boia de unicórnio —, e finalmente clicou em um post de @Sarah_Jane. A foto tinha sido tirada nos fundos da casa do lago, e Sarah e Michael estavam abraçados no meio, com o padrinho do lado da minha prima e a madrinha do lado de Michael. Os sorrisos eram todos impecáveis.

Só que, no finzinho da fileira, havia uma expressão de puro e completo *horror* no rosto da madrinha Isabel. Ela estava de olhos tão arregalados que, dando zoom, parecia que iam saltar da cara, e a boca aberta, gritando.

Porque Wit, sorrindo para a câmera, como combinado, tinha levantado bem o braço para jogar toda a água da garrafa na cabeça de Isabel.

— Puta merda — sussurrei, maravilhada. — Por que não esguichou só um pouco?

A tampa laranja da garrafa tinha sumido, aberta e jogada fora antes do momento.

— Ela tinha me chamado de *moleque* antes — respondeu.

Fingi ficar horrorizada.

— Como ousa!

Wit franziu a testa.

— Não gosto que me chamem de moleque — falou. — Só minha mãe me chama assim.

— E depois, o que aconteceu? — perguntei, desejando que Eli tivesse esperado mais um minuto para ligar a lancha.

A gente podia ter ouvido o drama todo!

— Bom, ela me xingou sem parar antes de entrar na casa com sua tia, exasperada, pegar uma blusa limpa e secar o cabelo. Quando elas voltaram vinte minutos depois, tivemos que tirar outra foto.

— E ela passou o alvo para você?

— Depois de me xingar mais um monte, sim.

Eu ri.

— E aí, quem é? Quem você tirou?

Wit se abaixou e cochichou um nome conhecido ao pé do meu ouvido, com um toque leve da mão no meu joelho. Ele não apertou, como Ben fazia para me acalmar; só deixou a mão ali... O que, por algum motivo, me acalmou ainda mais. Calor se acendeu sob o toque dele, e eu senti vontade de entrelaçar nossos dedos.

— Você também é afetuoso — murmurei e, quando Wit me olhou, sorri. — Só uma observação.

SETE

Quando Wit e eu voltamos a Paqua, minha aliança tinha sofrido sua primeira baixa.

— *Jura*, pai? — perguntei mais tarde, a caminho da casa de Pestana e Docinho para o jantar, com meus pais carregando sacos de milho, e eu, as tortas. — Não podia ter poupado Pravika mais um pouquinho?

Meu pai suspirou.

— O que quer que eu diga, Meredith? Ela estava *bem ali*. Sei que ela é da sua galera, mas estava de guarda baixa, e não deu para perder a oportunidade.

Ao lado dele, minha mãe conteve uma gargalhada. Eu a olhei com irritação.

Pravika tinha mandado uma mensagem para o grupo enquanto eu voltava para casa.

Meredith!!! Seu pai!!!

Jake explicara:

Ela estava dormindo na praia, e digamos que seu pai a acordou.

Luli depois mandara o vídeo, filmado pelo tio Brad, que mostrava meu pai indo de fininho até a canga de Pravika, fazendo joinha para a câmera e acabando com a carreira dela no jogo, derramando na cara de

Pravika um dos baldinhos d'água dos meus primos. Ela tinha acordado no susto e, depois de se orientar, gritado:

— Eu te odeio, tio Tom!

A única vantagem era que a gente sabia quem era o próximo alvo do meu pai. No vídeo, Pravika tinha revirado a bolsa de praia e jogado o papelzinho nele com raiva. Era outro primo.

Tio Brad comemorou com meu pai de novo quando chegamos ao casarão. Ele também tinha eliminado seu primeiro alvo.

Deixei as tortas na bancada da cozinha, bem atrás, a salvo da golden retriever dos meus avós: Clarabelle era conhecida por fuçar as bancadas, e acabar com muitas refeições. Os cachorros pareciam saber do evento da noite, porque tinham abandonado suas aventuras para se congregar na cozinha. Até Loki, que eu não via desde a manhã.

— Comporte-se — mandei.

Afinal, ele era batizado em homenagem ao deus das travessuras.

A cozinha estava lotada; ninguém tinha obedecido à tradicional regra do jantar, em que cada um trazia sua contribuição. Todos tinham levado ingredientes, mas toda a comida ainda precisava ser preparada. Sarah estava na pia, lavando alface para uma salada, enquanto Michael, ao seu lado, picava pepino. Pestana e tia Julia estavam temperando bifes na outra ponta da bancada. Minha mãe tinha se dedicado a salpicar manjericão na travessa de tomate e mussarela, enquanto tia Rachel conferia o forno. O irmão mais novo de Sarah, Ian, estava preparando drinques à mesa. Ele tinha acabado de fazer vinte e um anos, atingindo a maioridade, e aparentemente queria aproveitar para pagar de barman.

Senti um nó no estômago. Tinha gente saindo pelo ladrão, mas, ao mesmo tempo, a casa parecia *vazia*. Onde estava ela? Onde estava Claire, equilibrando pratos, copos d'água e talheres para arrumar a mesa? *Onde* estava ela?

— Tudo bem, tudo bem! — exclamou Docinho, empurrando Ethan e Hannah, que estavam brincando de brigar, para fora. — Esse milho não vai se debulhar sozinho!

Ela se virou para mim, e me obriguei a parar de pensar em minha irmã.

— Ensina pra eles, Meredith? — pediu.

— Claro — falei, mas apontei o corredor. — Só preciso ir ao banheiro antes.

— Vou ficar de olho neles, Docinho — disse Kate, esposa de Peter, antes que eu conseguisse escapar da cozinha, e entregou o bebê babão para o marido. — Pete cuida de Nell.

Perfeito, pensei, mas, em vez de entrar no lavabo do térreo, subi de fininho a escada de carvalho velha do casarão e entrei no quarto que hospedava o tio-avô Richard e sua terceira esposa. Eles tinham saído para jantar em Vineyard Haven, então a barra estava limpa. Engoli em seco e olhei a janela saliente do quarto — uma janela que não apenas tinha vista para o mar, como tamanho para alguém pular, vindo do telhado do alpendre.

— Sei que ajudar com a execução não é parte do pacto — dissera Wit no almoço —, mas, já que você estará lá hoje para o jantar, a hora parece ideal.

De início, eu hesitei. Não tínhamos mesmo combinado ajuda na eliminação — apenas a troca de informação e possíveis ameaças. Fim. Montar uma armadilha juntos nos tornaria cúmplices imediatos. Meus amigos ficariam putos.

Mas...

— Vou abrir a janela para você — eu dissera, depois de ele explicar o plano. — Só isso. Vou abrir a janela para você saber qual é o quarto, e só.

Eu tinha pensado um momento e acrescentado:

— E você não pode fazer nada até que eu esteja de novo com o restante da família. Não vou aceitar que me conectem a isso.

Eu me sentei no banco aconchegante junto à janela, e esperei que Wit estivesse à vista, fingindo correr no fim do dia. Quando ele apareceu, cumprimentou os debulhadores de milho e os parentes que tinham migrado para o alpendre.

— Witty! — ouvi Michael gritar enquanto eu abria a janela, torcendo para a voz retumbante abafar o rangido das dobradiças, que precisavam de lubrificação. — No ataque de novo, né?

Imparcial, Michael!, pensei. *Não dê ideia para ninguém!*

De fones de ouvido, Wit apenas sorriu e acenou outra vez. Ele nem parou para conversar; na verdade, apertou o passo. Considerei que era meu sinal para descer, sabendo que Wit planejava sumir de vista antes de dar a volta e entrar de fininho pela porta dos fundos.

Eu aproveitei e abri a porta dos fundos para ele, prendendo com uma das pedras pintadas de Docinho, para ninguém ouvir o rangido das dobradiças, que também precisavam de lubrificação. Na verdade, quase todas as dobradiças da fazenda precisavam, exceto as da casa do farol, porque tia Christine cuidava dessas coisas.

Ao me ver parada na porta, Wit levantou a sobrancelha.

— Achei que tínhamos combinado de não conspirar — disse, tirando os fones de ouvido e sorrindo com certa malícia. — Esperar aqui não configura conspiração?

Optei por ignorar o comentário.

— Cadê sua arma? — perguntei, baixinho. — A garrafa?

— Todo mundo sabe que usei contra Isabel — respondeu ele, ainda mais baixo. — Não daria para eu passar pela família Fox com isso. Seria suspeito.

— E aí? E agora?

Wit tirou a pistolinha cor-de-rosa do elástico da bermuda.

— Agora você vaza — falou, apontando a casa. — Vamos nos ater ao nosso plano.

— Ao *seu* plano — corrigi.

— Ao *nosso* plano — disse ele, com uma piscadela, e foi embora.

Revirei os olhos e tentei sair com uma postura tranquila. Michael e Sarah estavam na rede, conversando com tia Christine sobre o casamento, e sabiamente bebendo uns drinques. Docinho ajustava os jogos americanos na mesa comprida do alpendre, e, felizmente, parecia que meus priminhos e Kate não tinham progredido muito com o milho. Estavam sentados juntos nos degraus largos do alpendre, o que era a melhor situação para Wit; eles não estavam protegidos pelo telhado.

Porém, na minha ausência, Peter tinha devolvido Nell para Kate. *Não*, pensei, avançando. *Nada de bebês na linha de fogo.*

— Ah, obrigada, Meredith — disse Kate, quando peguei Nell do colo dela. — Esquecemos a mamadeira, então Peter foi correndo buscar no farol — explicou e se virou, sorrindo para Ethan e Hannah. — Agora, sim, a gente pode atacar *mesmo* isso aqui. Prestem atenção, famílias Epstein-Fox.

Aquele lado do casarão era de frente para a água, mas eu me instalei na grama, com Nell no colo, de costas para a vista milionária.

Porque a vista *bilionária* tinha começado. Fingindo assistir aos meus primos, que aprendiam a debulhar milho, eu não parava de olhar de relance para o segundo andar, onde Wit cuidadosamente saía pela janela, subindo nas telhas. Ele ficou parado um segundo, como se precisasse respirar fundo, então se ajoelhou. Quando nos entreolhamos por acidente, ele me soprou um beijo... E eu juraria ter sentido o beijo atingir meu rosto, leves cócegas seguidas por uma onda de calor.

Merda, pensei, com medo de alguém notar.

Parecia, porém, que ninguém prestava atenção, muito menos o alvo de Wit.

— Não, Han, espera um segundo — disse Kate. — Precisa tirar bem todo o cabelo — explicou, e pegou a espiga de Hannah para demonstrar, puxando as demais fibras finas. — Assim, viu?

Wit estava engatinhando devagar pelo telhado, com a pistola cor-de-rosa em mãos. Ele avançava aos poucos, parando a cada trinta centímetros, para escutar a conversa e garantir que ainda estava tranquilo. Meu coração estava a mil quando ele parou rente à calha, deitado de barriga para baixo, com Kate bem na mira. Ele estava pronto.

Senti vontade de rir, e me forcei a engolir. Não podia estragar nosso plano. Era bom demais.

Porém, Kate não sentiu o primeiro tiro de água, ainda distraída com Ethan e Hannah, que debulhavam o milho.

Por isso, Wit atirou de novo.

Dessa vez, ela levou a mão ao pescoço. *Ela acha que está imaginando coisa*, pensei. Aquelas arminhas eram muito sutis.

Wit obviamente sabia disso, e sorriu torto ao atirar água em Kate pela terceira vez. Ele não queria se anunciar como assassino; queria que ela o descobrisse.

Kate coçou o pescoço de novo, olhou o céu azul, e se voltou para mim.

— Estou doida de cansaço por ser mãe — perguntou —, ou está chuviscando? Senti um pingo...

Wit a emboscou. Bang, bang, bang!

— Está me zoando? — perguntou ela, pulando do degrau e se virando para olhá-lo no teto. — Só pode ser zoeira!

— O que foi? — perguntou Peter, saindo correndo da casa com a mamadeira de Nell. — O que houve?

— Meu irmão assassinou sua esposa — disse Michael, ao meu lado na grama, com um sorriso orgulhoso e nada imparcial. — Foi o que houve.

— Não.

Peter balançou a cabeça e, erguendo o olhar, viu Wit girar a arminha no dedo. Metido demais, mas eu não consegui controlar a gargalhada.

— Não — repetiu Peter, enquanto Pestana, Docinho e todo o restante da família saíam para ver o que estava acontecendo. — Não assassinou, não, porque a área "externa" é só a partir de três metros de distância da porta — falou, apontando da porta para os degraus. — Isso não é três metros de jeito nenhum.

Kate concordou.

— Nem a pau.

— Não sei — disse tia Julia, analisando a distância. — Talvez seja.

— Humm, Jules talvez esteja certa — opinou tio Brad. — Mesmo que eu não queira concordar com ela...

Tia Julia revirou os olhos.

— Cala a boca, Brad.

— Ei, ei — disse meu pai, tentando mediar, como um típico irmão do meio.

Michael e Sarah se entreolharam, enquanto Peter e Kate insistiam que os degraus ficavam a apenas dois metros da porta, ou dois e meio. Dois e setenta, no máximo.

Ainda no telhado, Wit mudou de posição, e se agachou, em pose intimidadora.

— Tá bom — falou, frio, levantando o queixo. — Vamos pegar a trena.

— Com prazer! — disse Pestana, batendo as mãos e sorrindo por causa da discórdia, que era sua parte preferida de ser comissário de Assassino.

Assim começou a investigação.

— Kate, meu bem — disse Docinho, quando Pestana entrou na casa —, por favor, sente-se exatamente onde estava quando levou o tiro de Wit...

Kate suspirou, e se sentou no degrau mais alto do alpendre.

— Não é aí... — comecei a dizer.

— Não, Kate — interrompeu Ethan, lá de baixo, sacudindo a cabeça. — Você estava sentado aqui comigo e com a Hannah, lembra? Para nos ensinar a debulhar o milho?

Isso, pensei, ao ver Kate, relutante, descer para o último degrau. *Mandou bem.*

Wit estava assobiando, parecendo não se incomodar nem um pouco. Em algum lugar, me perguntei se ele tinha ido até ali mais cedo só para medir a distância.

Pestana reapareceu.

— Tá, aqui vamos nós.

— Quanto vai ser? — ouvi tio Brad murmurar para meu pai. — Três redondo?

— Três e vinte — murmurou meu pai.

— Vinte pila?

— Apostado.

Eles bateram os punhos para fechar acordo.

Pestana esticou a trena da porta da casa até o pescoço da esposa do neto.

— E aí? — perguntou Kate, com a voz esganiçada.

— Qual é o veredito, Pestana? — perguntou Peter.

Prendi a respiração enquanto meu avô apertava os olhos para ler o número na trena.

— Acho que preciso dos óculos — falou, depois de um instante. — Docinho, pode...

Todo mundo resmungou, sabendo que era brincadeira. Pestana não usava óculos.

— Três e dez. Três metros e dez centímetros! — anunciou, fechando a trena. — É uma morte legítima!

— Bum! — gritou Wit lá de cima, e desceu escorregando por uma pilastra do alpendre até se aproximar de Kate, sorrindo. — Prazer, Kate. Eu me chamo Wit.

— Eu sei — disse ela, rangendo os dentes, e revirando o bolso para tirar e entregar o papelzinho com o alvo, soltando um resmungo. — Boa sorte.

— Obrigado — disse Wit, guardando o papel no bolso e acenando para nós. — Agora deixarei vocês em paz. Bom jantar.

Vi que Docinho olhava para Pestana, e ele respondeu com um gesto.

— Um momento, Wit — disse minha avó. — Por que não fica? Temos muita comida e, se não se incomodar de ficar meio apertado na mesa...

— Por apertado, ela quer dizer que você vai sentar no banquinho — traduziu Sarah, apontando a mesa.

Já que éramos muitos, nos sentávamos em uma mistura de móveis externos, cadeiras da cozinha, um banco do lobby decorado com uma colagem de fotos da família, e, no canto da mesa, um banquinho alto de madeira. O banquinho famoso por ser desconfortável.

Claire sempre se oferecia para sentar lá.

— Ah. É muita gentileza sua — disse Wit, e passou a mão no cabelo, parecendo nervoso por invadir. — Mas...

Michael avançou e sacudiu os ombros do irmão, antes de cobrir a boca de Wit com a mão.

— Ele vai adorar, Docinho — falou. — Muito obrigado pelo convite.

— Sim — concordou Wit, dando uma cotovelada em Michael depois do irmão soltá-lo, os dois sorrindo. — Muito obrigado pelo convite.

~

Wit acabou mesmo no banquinho. Pestana e Docinho se sentaram às cabeceiras, e eu me instalei no lugar de costume: a antiga cadeira de capitão do iate clube de Edgartown, que normalmente ficava no pequeno escritório de Pestana. Por acaso, meu lugar era bem ao lado de Wit. O banquinho de Claire era mais alto que minha cadeira, tanto que Wit poderia comer com os joelhos, se tal coisa fosse possível.

— Estou no lugar de honra, né? — perguntou ele, ao notar que eu o olhava.

— Sim — foi tudo que eu disse, num sussurro.

— Bom, é uma honra — retrucou ele, também num sussurro.

Forcei um sorriso e cutuquei a salada; eu nunca tinha gostado muito de salada. Claire também não. A gente chamava de "comida de coelho", e sempre preferia pedir sopa de entrada nos restaurantes.

Do outro lado da mesa, Sarah notou que eu estava empurrando a alface pelo prato e, apesar de ter sido ela que preparou a salada, riu.

— A salada não te apeteceu, Mere? — perguntou.

Todas as outras conversas cessaram. Era impossível ignorar a gargalhada luminosa da minha prima. Se ela risse, todo mundo queria saber o motivo.

— Não, não é isso — falei, balançando a cabeça. — Está boa... muito, hum, fresca — falei, e olhei para Michael. — Os pepinos foram um ótimo toque.

Sarah se inclinou para a frente e sorriu para mim.

— Mentirosa — disse, antes de se endireitar e se dirigir aos demais da mesa. — Claire fez uma coisa hilária em Nova Orleans — falou, com um sorriso mais triste. — A gente levou ela para jantar em um dos nossos restaurantes preferidos, com um monte de gente, e ela ficou tão perdida com o tamanho do cardápio que deixou alguém escolher por ela...

Abaixei o garfo, perdendo o apetite. Na nossa última conversa por mensagem, minha irmã tinha dito:

> O lugar se chama Basin. Sarah disse que fica no Garden District, mas, depois, ela e os amigos vão me mostrar todo o French Quarter! A rua Bourbon! Está morrendo de inveja?

O French Quarter era o bairro mais antigo de Nova Orleans, e a rua Bourbon, famosa pela vida noturna. Boates de jazz, holofotes, e bares com drinques absurdos. Nossa prima estava comemorando com Claire o ano-novo e o fato de ter passado para Tulane, enquanto eu estava em casa. Eu tinha respondido:

> Estou com muita inveja. Por que não estou aí?!

— Danielle não fazia ideia disso da salada — contou Sarah, envolvida na história —, e é óbvio que Claire, educada, não quis dizer nada.

A maioria da mesa riu.

— Nossa Claire querida — disse Docinho, e olhei de relance para meus pais.

Eles estavam escutando com uma expressão agradável, mas notei que meu pai tinha abraçado minha mãe. Ela beijou os dedos dele.

Sarah continuou a falar:

— Então, depois de ela engolir o primeiro prato, uma massa com queijo e lagostim *maravilhosa*, chega a salada césar com ostras, e eu juro que ela não comeu *uma* garfada sequer. Ela só fingiu. Não lembro quem estava ao lado dela... — disse, pensando um instante, antes de balançar a cabeça. — Mas Michael e eu vimos ela mexer os talheres pelo prato, e conversar sem parar. Ela estava falando tanto, que ninguém notou que ela não tinha mastigado nem engolido nada — falou, rindo. — Quando o garçom veio buscar os pratos, até parecia que ela tinha comido bastante!

Mais uma vez, gargalhadas se espalharam pela mesa. Meu peito estava doendo. *Eles não sabem?*, me perguntei, e senti ao meu lado a presença de Wit, provavelmente desconfortável no banquinho. *Estão fingindo? Ou não perceberam mesmo que foi o dia em que aconteceu?*

— Comida de coelho — acrescentou Sarah, cutucando meu pé com o dela por baixo da mesa. — Foi isso que ela disse quando fomos embora. Ela falou que vocês duas chamavam salada de comida de coelho, em segredo.

— Bom, agora não é mais segredo — tentei brincar, mas saiu frio e seco... porque eu sabia o que tinha acontecido depois.

Todos os ruídos ao meu redor ficaram indecifráveis enquanto eu me lembrava do celular vibrando às três da manhã daquela noite, dezoito meses antes. Eu tinha atendido sem nem abrir os olhos.

— Alô? — dissera, sonolenta, e ouvira a voz de Michael do outro lado.

— Meredith, Meredith — chamara ele, apressado. — Seus pais. Estou ligando para os seus pais. Cadê seus pais?

Eu tinha bocejado.

— Apagadaços. Demos uma festa, e meu pai fez aquela margarita famosa...

— Por favor, acorde eles — Michael interrompera.

— Quê?

— Acorde eles!

A voz dele soava frenética; ele não parecia em nada o noivo tranquilo de Sarah.

— Sarah — dissera. — Minha Sarah... e Claire — acrescentara, hesitante, como se chorasse. — Claire...

A menção ao nome da minha irmã me fizera despertar, afastar as cobertas e correr pela casa escura até o quarto dos meus pais.

— Mãe! — gritara, acendendo as luzes. — Pai!

Minha mãe tinha gritado depois de pegar o telefone, e, mesmo sem ouvir o que Michael dizia, eu *sabia*.

Claire morreu, eu tinha pensado, caindo de joelhos, lágrimas já escorrendo pelo rosto. *Minha irmã morreu.*

Tinha sido um acidente de carro causado por motorista bêbado. Um drinque já era mais do que o suficiente para Claire no passeio pelos bares da rua Bourbon, mas aparentemente Sarah estava acabada, então tinha entregado as chaves para minha irmã.

— Seja minha motorista! — dissera Sarah. — Vou até no banco de trás!

Juntas, elas tinham voltado ao carro da minha prima, estacionado em fila dupla logo nos arredores do French Quarter. Claire era uma motorista capaz e cuidadosa, e sempre conferia tudo várias vezes antes de dar a partida, mesmo que fosse só sair da garagem.

Porém, naquela noite, ela não tivera nem a oportunidade de ajeitar os retrovisores e analisar a pista. Claire tinha prendido o cinto, se virado para ver se Sarah tinha prendido o dela, e, assim que ia virar a chave, um SUV imenso tinha surgido do nada e batido nelas. O motorista tinha consumido três vezes mais álcool do que o limite permitido.

Sarah tinha quebrado vários ossos, sofrido uma concussão séria e ficado com cicatrizes.

Mas minha irmã tinha morrido instantaneamente.

Instantaneamente.

No dia seguinte, meus pais pegaram o primeiro voo para Nova Orleans, mas eu tinha ficado em casa, completamente paralisada. Ben tinha ido me ver, e eu o abraçara e chorara até Pestana e Docinho chegarem.

— Meu bem — dissera minha avó.

Apesar de eu esperar que ela falasse mais alguma coisa, ela não o fizera. Apenas mordera o lábio, contendo as próprias lágrimas. Porque, honestamente, o que poderia dizer?

Claire se fora.

Senti os olhos arderem e a mão de Wit nas minhas costas, dedos sutis levemente acariciando meu cabelo. Ele sabia, por instinto, que eu precisava de conforto. Quis encostar em alguma parte dele também, mesmo que fosse só a barra da camisa, mas, antes disso, ouvi meu nome.

— Meredith!

Luli estava subindo o alpendre, abanando o celular.

— Por que não estava respondendo no grupo?

— Porque proibimos celular à mesa — respondeu Pestana, apontando a pilha de iPhones no centro da mesa. — Jantar em família.

— Ah, entendi — disse Luli, e se voltou para mim. — Seu alvo...

— Não se preocupe, Luli, todo mundo sabe o alvo de Meredith — disse tia Julia, e encontrou meu olhar, com os olhos brilhando. — Não precisam de segredo.

Luli corou, notando que minha tia sabia da nossa estratégia de misturar nossos nomes.

— Enfim... — disse Luli, pigarreando. — Aparentemente seu alvo está em Edgartown, e Pravika acha que você consegue pegar ele. Tipo, *hoje*.

— Espera, como assim? — perguntei, e olhei para Pestana, antes de me levantar.

Ele assentiu. Permitido.

— Daniel Robinson está com a namorada em Edgartown — repetiu Luli quando chegamos sozinhas à cozinha. — Jake serviu sorvete para eles na Mad Martha's, e Pravika prevê que agora vão dar um pulo em Murdick's.

— Ok — falei. — Me dá um segundo para pensar.

Daniel Robinson... De manhã, Jake e eu tínhamos brincado que ele era um desconhecido, mas, depois de meu pai eliminar Pravika, ela tinha se declarado pesquisadora principal da aliança. Mais cedo, eu tinha recebido uma mensagem com a informação de que Daniel estava hospedado na casa do brejo, e uma foto do Instagram que mostrava ele e a irmã mais nova de Michael, Nicole. Era claro que eu já sabia disso. Wit também me contara que Daniel estudava biologia marinha, então eu planejava matá-lo no lago Oyster, fingindo que queria mostrar os caranguejos. Era uma estratégia discreta, mas elegante.

Mas... eu podia pegar ele *imediatamente*?

Claire pegaria *imediatamente*.

— Tá legal — falei para Luli. — Mande Eli buscar o jipe, e me encontrem na frente do anexo.

Porque Claire também diria que aquela missão pedia uma arma melhor.

Respirei fundo e voltei ao alpendre depois de Luli confirmar o plano com Eli.

— Podem guardar um pouco de torta para mim? — pedi. — Tenho trabalho a fazer.

— Claro, meu bem — disse Docinho.

— Não prometo nada! — disseram meu tio Brad e meu pai ao mesmo tempo.

Revirei os olhos e me virei para Wit, ainda sentado no banquinho. *Você vem?*, quase perguntei, até me lembrar que não estávamos colaborando. Aquele dia tinha sido um acontecimento pontual. Não éramos cúmplices declarados.

— Vou guardar uma fatia de morango com ruibarbo para você — disse ele, depois de eu olhá-lo bastante. Sorri em resposta, pois sabia que era seu jeito de me desejar boa sorte.

⁓

— Meredith! — gritou Eli. — Tudo bem?

Estávamos acelerando pela estrada de Paqua no jipe velho de Pestana, o carro no qual todos aprendemos a dirigir, muitos anos antes de podermos tirar carteira de verdade. Não tinha teto nem portas, então o vento nos fustigava. Eu estava encolhida no banco da frente, com os olhos bem fechados, abraçada à armona neon de Claire. *Mais devagar*, pensei, com um nó no estômago. *Mais devagar, por favor.*

— Mais rápido, Eli! — ouvi Luli gritar do banco de trás. — Pravika disse que eles já entraram no Murdick's!

O jipe só desacelerou quando chegamos ao centro de Edgartown, em meio às casas de madeira branca e telhas de cedro, à igreja de Old Whaling, às calçadas de tijolo e ao iate clube na beira d'água. Era noite e a cidade estava cheia de gente entrando e saindo das lojas, e tomando casquinha de sorvete. Dava para ouvir as risadas da varanda do restaurante Alchemy. Antigamente, eu considerava aquela a *nossa* varanda, porque os Fox sempre comemoravam os aniversários importantes lá. O último fora o de dezoito anos de Claire. Eu a obrigara a usar uma tiara luminosa ridícula. Ela estava linda.

— Ok, soltem os cintos — disse Luli quando Eli virou na rua North Water e passamos pela sorveteria Mad Martha's, pois a loja de doces Murdick's ficava logo à frente. — Soltem os...

— Ai, meu Deus! — interrompeu Eli, girando a cabeça de repente. — Ali está ele!

— Quem?! — gritamos eu e Luli. — Daniel?!

— Não, o homem dos meus sonhos!

Ele esticou ainda mais o pescoço e o jipe sacolejou. Meu coração sacolejou junto.

— Ele está lá atrás — falou —, de gravata de anarruga e paletó azul!

— Eli, a rua! — falei, socando o braço dele. — A rua! Se concentre *na rua*!

— Meredith! — gritou Luli.

Ela se inclinou para a frente e apontou a Murdick's, pois Nicole Dupré e o tal Daniel Robinson tinham acabado de empurrar as portas, carregando uma sacola branca pesada com doces (e eu admito que senti água na boca, me perguntando o que eles tinham escolhido). O casal parecia que pretendia subir a calçada, mas, para nossa sorte, decidiram atravessar a rua para dar um pulo na loja de joias do outro lado.

O resto aconteceu em aproximadamente três segundos:

Eli desacelerou até quase parar o carro.

Eu soltei o cinto e, antes de pensar duas vezes, me levantei de um salto.

— Ei! — gritou Luli, enquanto eu posicionava a arma por cima dos para-brisas do jipe. — Daniel!

Daniel nos olhou, vendo a arma d'água apontada diretamente para ele, e arregalou os olhos.

— Corra, Dan! — gritou Nicole, praticamente o empurrando. — Corra!

Já era tarde.

— Olhe isso, Claire — cochichei, e apertei o gatilho.

~

Felizmente ainda tinha sobrado muita torta quando voltamos à fazenda. Eu tinha insistido em dirigir, então parei o jipe bem na frente do alpendre do casarão.

— Como foi? — perguntou minha mãe, enquanto eu procurava Wit, porque o banquinho estava vazio.

— Puro sucesso — disse Luli. — Parecia coisa de James Bond.

Acabamos reencenando a vitória para todos, botando Sarah e Michael no papel de Nicole e Daniel.

— Ela não para de me mandar mensagem — disse Michael, depois, olhando o celular antes de se virar para Pestana. — Disse que não valeu, porque foi no centro, e não aqui.

Pestana riu. Era seu segundo decreto do dia.

— Lembre-a das três regras, Michael — disse ele, servindo-se de mais torta de pêssego. — Primeira regra: O jogo ocorre vinte e quatro horas por dia — listou, e pegou uma bola de sorvete de baunilha. — Segunda regra: O jogo só ocorre em áreas externas — acrescentou, pegando uma garfada. — E terceira regra...

— Nada deve interferir com os eventos oficiais do casamento — concluiu tia Christine, tomando um gole de vinho. — O ataque de Meredith não entra em conflito com nenhum desses parâmetros. Tecnicamente, nada impede a atividade de Assassino além das divisas da Paqua.

Docinho deu um tapinha na mão da minha tia.

— Você será uma comissária excelente um dia.

Tia Christine sorriu.

Michael mordeu o lábio, digitou uma mensagem para a irmã e soltou um suspiro quando ela respondeu.

— Ela ainda acha injusto, mas Daniel diz que vai deixar o alvo na caixa de correio do anexo mais tarde — relatou, tossindo. — E mandou muitos emojis furiosos.

Nós rimos.

— É melhor todo mundo se cuidar — disse tia Julia. — O primeiro dia ainda nem acabou e Mere já eliminou dois alvos. É uma verdadeira ameaça.

— Espera, *dois*? — perguntou Luli, franzindo a testa. — Achei que Daniel fosse seu primeiro alvo! Você não falou nada na praia.

Fez-se um momento de silêncio, e senti o rosto corar de vergonha. Por que eu não tinha contado aos meus amigos? Eram minha aliança!

— Bom, hum, também eliminei a tia Rachel — falei. — Hoje cedinho.

— Enquanto eu meditava — acrescentou tia Rachel, definitivamente para aliviar o clima. — Nem vi ela se aproximar, e pedi para ela guardar segredo — explicou, com um beijo no rosto de tia Julia. — Não queria decepcionar Julia tão cedo.

— Ah — disse Luli —, então você *não foi* correr com Michael e Wit.

Neguei com a cabeça.

— Mas, falando em Wit — disse tio Brad —, é preciso ficar de olho nele também... é outro que matou duplamente.

Ele nos olhou, e acrescentou:

— E aquele golpe...

— Que golpe? — perguntou Luli.

Kate, como vítima, explicou tudo, e, na volta para casa, muito depois do pôr do sol, meu pai trouxe o assunto à tona outra vez.

— Foi tão *esperto* — disse —, e a execução foi excelente. Será que ele está trabalhando com alguém?

Ele deixou a pergunta no ar, e senti seu olhar de soslaio.

— Afinal, como ele sabia? — continuou. — Como sabia que íamos jantar lá hoje?

Minha mãe riu.

— Tom, *todo mundo* sabia que a gente ia jantar lá hoje!

— Tá — concordou ele —, mas e o restante? Como ele sabia que Kate estaria lá fora e que a janela do tio Richard era o ponto de entrada ideal? — perguntou, assobiando, quando chegamos ao anexo. — Brad está certo, o moleque é perigoso.

— Ele não gosta de ser chamado de *moleque* — murmurei.

— O que você disse, Mere?

— Nada — respondei, hesitante.

Meu pai estava segurando a porta para mim, mas eu ainda não queria entrar. Especialmente ao pensar em dormir sozinha na beliche...

O quarto era silencioso e sufocante.

— Meredith?

Eu pestanejei.

— Vou dar uma volta — falei, mesmo que já fosse quase meia-noite. — Sabe, ver um pessoal.

Meu pai abanou a mão no ar, o jeito dele de dizer para eu ficar à vontade. Eu tinha dezoito anos; nenhuma regra se aplicava mais a mim.

— Divirta-se! — disse minha mãe, depois que eu peguei meu novo alvo na caixa de correio.

Ela provavelmente achava que eu ia até as barracas armadas para falar com meus amigos. Ao complexo residencial de Nylon de Eli.

Não estava tão equivocada. Eu ia *mesmo* encontrar um amigo.

Só não nas barracas.

⁓

A choupana estava escura, porque os padrinhos certamente ainda estavam curtindo com as madrinhas em Oak Bluffs. Sarah e Michael tinham ido embora do casarão para encontrá-los, mas Wit...

Segui para o último quarto e, ao ver a luz escapando pela persiana, abri a porta, e encontrei Wit na cama. Ele estava debaixo da coberta, lendo o que parecia um guia de viagens da Nova Zelândia, mas deixou cair o livro quando as dobradiças da porta anunciaram minha chegada.

— Vixe Maria, senhora! — disse. — Já ouviu falar de bater?

— Peço perdão, meu senhor — falei, sorrindo. — Mas ninguém *bate* na fazenda Paqua.

Em seguida, fiz uma reverência exagerada.

Wit riu e me chamou para a cama.

— É a segunda vez que vem aos meus aposentos hoje — comentou, quando me aproximei, e fechou o guia antes de me entregar o saco de gelo da mesinha de cabeceira. — Veio cuidar de meus ferimentos?

— Sim, senhor — falei, e encostei o gelo no hematoma dele, rindo quando soltou um gemido melodramático. — Lembre-se de que seu retrato será pintado no fim da semana!

Wit sorriu.

— E aí? Quer falar dos alvos? Vi o vídeo do seu ataque a Daniel.

Levantei uma sobrancelha.

— Tem vídeo?

Ele fez que sim com a cabeça.

— Sua amiga Pravika tirou, parece. Está em várias contas do Instagram.

— Hashtag AgoraElaÉDupré.

— Precisamente.

Sorri e balancei a cabeça.

@sowitty17.

— E aí? — perguntou de novo.

Senti o canto dos olhos arder.

— Quero contar uma coisa para você — falei, com certo tremor na voz. — Mas precisa jurar não contar a ninguém.

Wit ficou quieto.

Meu coração martelou no peito.

— Combinado?

— Combinado — concordou ele, e me ofereceu o dedo para enganchar no meu. — Eu juro.

TERÇA-FEIRA

OITO

Acordei com o som de uma respiração pesada e corei ao notar que era Wit. Eu estava no quarto de Wit, na cama dele, sob as cobertas dele. *Ele respira pela boca,* pensei, já que estava de boca bem aberta, como se tivesse pegado no sono enquanto falava. Provavelmente era verdade — a gente tinha conversado até tarde da noite.

Não estávamos exatamente abraçados, mas meu rosto ficou mais quente quando notei que nós dois tínhamos esticado o braço, um instintivamente procurando o outro. O braço dele estava na minha cintura, e o meu, em seu peito. Por um momento, imaginei como seria rolar e me aninhar ali, sentir seu coração bater.

Pensar nisso fez meu coração dar um pulo, e então senti um desejo profundo me puxando.

— Hora de ir — sussurrei baixinho, e saí das cobertas antes de escapar pela porta com ainda mais cautela.

Aquelas dobradiças antigas rangeram, é claro. Wit não acordou, mas Michael, que se alongava antes de malhar na frente da lareira externa, virou o rosto. De início, ele não disse nada, e apenas levantou a sobrancelha ao notar minha roupa: o mesmo vestido rendado que eu tinha usado para jantar no casarão. A diferença era que estava todo amarrotado, e eu ainda por cima vinha carregando a sandália nas mãos. Todos os sinais indicavam uma volta envergonhada para trás depois de uma noite agitada.

— Não aconteceu nada! — soltei.

— Eu não disse nada — respondeu ele.

— A gente conversou até pegar no sono — expliquei. — Foi completamente inocente.

Michael fez que sim com a cabeça, mas parecia estar contendo uma gargalhada. Nós nos entreolhamos por alguns segundos antes de ele sorrir e dizer:

— Completamente inocente, é?

Fiz cara feia e mostrei o dedo do meio para ele, o que só o fez sorrir ainda mais.

— Escute aqui, Michael Dupré — comecei, mas, quando uma outra porta se abriu com um rangido, fui embora sem dizer mais nada.

A paranoia estava começando a me afetar: *Quem* seria meu assassino? Não tinha nenhum rumor circulando. Poderia ser qualquer um, até um padrinho de ressaca.

Quando cheguei ao anexo, meus pais já estavam acordados, comendo ovos mexidos e torrada com a geleia caseira de amora de Docinho, sentados à mesinha da sala de estar.

— Bom dia — me disseram, e nem perguntaram onde eu tinha dormido, provavelmente supondo que fosse com Luli e Pravika.

Não parecia que tinham dormido muito. Meu pai estava com olheiras fundas.

— Vou ao acampamento — falei, de repente. — Meditar com tia Rachel.

Minha mãe se animou.

— Ok — disse, sorrindo. — Boa ideia.

— Não esqueça sua arma — disse meu pai, bebendo café, depois de eu me trocar. — Nunca se sabe quem você vai encontrar.

Em vez de desfilar pelo campo aberto, à vista das casas, me esgueirei pela mata, chegando ao acampamento pelos fundos. Lá dentro, as coisas estavam agitadas — ouvi tia Julia falar com Ethan que ele tinha exagerado no chantilly nos waffles —, mas, como na véspera, tia Rachel estava em paz, perto do mastro.

— Oi — disse ela, quando me sentei a seu lado de pernas cruzadas. — Pronta para mais um pouco?

— Hoje, não — falei, balançando a cabeça.

Um nó apertou minha garganta. Porque Claire... Aquilo era tão Claire, e eu achava que ainda não conseguiria me concentrar de verdade. Voltaram lembranças de minha irmã me acordando depois da aula de ioga. Ela pulava na minha cama, toda suada, e me fazia cócegas até eu não conseguir mais respirar. Meu peito doía só de pensar.

— Mas eu gostaria de ficar aqui sentada um pouquinho — falei, em voz baixa —, se puder.

Tia Rachel se inclinou e deu um beijo no alto da minha cabeça.

— Claro que pode, Mere — sussurrou. — Claro que pode.

Talvez deixar minha tia me ensinar técnicas de meditação fosse melhor, porque, sentada em silêncio de olhos fechados, acabei voltando à noite anterior, pensando em Wit e no que eu admitira.

— Às vezes eu fico furiosa com ela — eu tinha dito depois da promessa, e de ele apagar a luminária, porque, de certa forma, a escuridão ajudava a falar. — Não guardo rancor, mas, às vezes...

Eu tinha deixado a conclusão no ar para que Wit pudesse me perguntar de quem eu estava falando, mas ele não dissera nada.

Ele sabia.

— Foi a mesma noite — eu continuara, com a voz falhando um pouco. — Por que ela precisou contar aquela história? Da salada, e tal? Foi na mesma noite, *naquela* noite. Claire me mandou mensagem *naquele dia* para dizer que eles iam ao French Quarter depois do jantar.

Eu sentira os olhos arderem e, logo depois, os dedos de Wit levemente entrelaçados nos meus. Ao apertar a mão dele, eu deixara as lágrimas escorrerem.

— Você não a culpa — dissera ele, uma pergunta, mas feita como afirmação.

— Não culpo, não — eu respondera, engasgada. — Não culpo, mesmo. Ela não fez nada de errado. Ela não embebedou Claire, não tentou dirigir, foi um acidente bizarro e imprevisível, mas ainda sinto *raiva*. Claire tinha só dezoito anos. Por que Sarah foi arranjar uma identidade falsa para levá-la até a rua Bourbon? Por que elas não foram visitar durante o dia, que nem os outros turistas? — continuara, com o coração a mil. — Eu amo Sarah, e fico muito feliz por ela estar bem, e por estar se casando com Michael, mas... às vezes sou uma pessoa horrível. Acho que, se Sarah não tivesse levado Claire, ela ainda estaria aqui. Ela estaria *aqui* agora. Comigo, com a gente. Você teria conhecido ela — dissera, secando mais lágrimas, com os olhos já inchados. — Queria que você conhecesse ela.

Wit tinha engolido em seco, tão forte que eu escutara. Após um longo intervalo, ele murmurara:

— Você *não é* uma pessoa horrível. É só uma *pessoa*. Acredite, eu sei o que você está sentindo. Já passei por isso — dissera, entrelaçando mais os dedos, quase pegando minha mão. — Já passei por isso...

Agora, depois de vários minutos, eu me empertiguei.

— Na verdade, sim — disse para tia Rachel. — Por favor, me ensine mais.

— É tão fácil — disse Pravika para Luli. — Vai lá e resolve.

Luli suspirou.

— Esse é o *problema* — respondeu ela. — É fácil *demais*. Quero que meu primeiro assassinato dê manchete — falou, e me olhou. — Que nem o ataque de Wit no telhado, ou o seu momento de 007.

Nós três estávamos flutuando no lago Oyster, na orgulhosa boia gay de unicórnio arco-íris. Tínhamos roubado a boia dos fundos da casa do lago depois das madrinhas saírem para almoçar na baía, no Atlantic, com os padrinhos. Danielle, uma das madrinhas, tinha postado um vídeo de Sarah e Michael dando ostras na boca um do outro. A legenda dizia: 5 DIAS! #AgoraElaÉDupré.

Wit e eu ainda não tínhamos trocado números de telefone, então eu tinha mandado uma DM para @sowitty17 aconselhando-o a pedir o guacamole de lagosta de entrada. Era servido em um pilão de pedra, com nachos deliciosos. Isso já fazia algumas horas.

Luli, Pravika e eu estávamos espionando a prima Margaret, alvo de Luli. Ela era parente dos Fox, mas seria preciso uma árvore genealógica para entender. Minhas únicas certezas eram que ela tinha trinta e tantos anos, contava as histórias mais engraçadas depois de beber algumas margaritas do meu pai, e Pravika estava certa: seria moleza Luli acabar com ela. No momento, Margaret estava sentada em uma cadeira de praia, a cara enfiada em um romance, usando um chapéu largo e óculos redondos enormes.

— Olha — falei, depois de mais uns minutos observando Margaret virar as páginas do livro. — Infelizmente, esse ataque não vai ser chamativo. — Dei de ombros, pensando no assassinato decepcionante de tia Rachel. Era uma etapa, apenas. — Se quiser drama — acrescentei —, chegue dando estrela, sei lá.

— Isso — concordou Pravika. — Dê estrela, e atire nela.

Luli mordeu o lábio e concordou.

— Tá.

Voltamos à orla e nos despedimos rapidamente. Pravika foi devorar um sanduíche do nosso cooler, e Luli voltou à canga para pegar a arminha, que escondeu no elástico colorido prendendo o cabelo escuro, que solto ia até a cintura, em um rabo de cavalo frouxo.

Enquanto isso, peguei uma redinha de pesca e fui me juntar a Ethan e Hannah na parte rasa do lago Oyster. Eles estavam catando caranguejos e os depositando em "tanques" cavados na areia. Cada tanque tinha um canal de conexão ao lago, para renovar a água.

— Não, Ethan! — gritou Hannah. — Não bota eles para brigar!

— Espera aí, brigar?

Dei as costas para Luli, que estava cumprimentando tranquilamente todas as pessoas aglomeradas nas cadeiras de praia a caminho de Margaret.

— Você está botando eles para *brigar*? — insisti.

— É — disse Ethan, e apontou uma das piscininhas, que continha apenas dois caranguejos machos, bem grandes e azuis, paralisados em seu confronto. — Esse é o ringue.

Ele cutucou um dos bichos com o cabo da redinha, como se para encorajá-lo a agir.

— Tá, nada disso — falei, sacudindo a cabeça. — Brigar é proibido, Ethan, *sempre*.

Com a redinha, peguei um caranguejo e o joguei no tanque que Hannah tinha cavado, porque, com ou sem provocação, às vezes os caranguejos machos brigavam.

Ethan bufou, e seguiu de novo para dentro d'água. Eu voltei a atenção para Luli, que estava a um ou dois metros do alvo. Se ela tinha dado estrela, eu não vira. Ela se virou de frente para o mar.

— Acho que vou mergulhar! — ouvi Luli dizer. — Quer vir comigo, Margaret?

Margaret não desviou o rosto do livro, e estendeu a mão.

— Estou quase acabando o epílogo.

Luli puxou o elástico e sacudiu o cabelo de forma dramática. Ela pegou a pistola antes de ela cair na areia, e a escondeu atrás das costas, com o dedo encaixado no gatilho.

— Tem certeza? — perguntou. — Meredith disse que a água está uma delícia.

Fala sério, Luli!, pensei. *Eu nem cheguei perto do mar hoje!*

Margaret ergueu o rosto.

— Disse mesmo? — perguntou, com a voz leve, levantando os óculos para ver Luli. — Porque, na verdade, ainda não vi Meredith nadar.

Isso fez Luli entrar em pânico. Ela avançou alguns passos, endireitou os ombros e, de repente, apontou a arma para Margaret.

Margaret, mais uma vez, apenas levantou a mão.

— Última página, Luli — disse. — Última página do livro.

A arma de Luli começou a tremer. A praia estava vidrada, meu pai e tio Brad esticados para assistir à cena. *Isso está demorando*, pensei. *Talvez Margaret esteja só saboreando o fim, mas...*

Foi então que aconteceu.

Em um piscar de olhos, Margaret se levantou de um salto, bateu na mão de Luli, fazendo ela soltar a arma, e saiu correndo pela orla. A brisa soprou seu chapéu, que girou no ar antes de cair na areia.

— Cacete! — gritou Luli, antes de pegar a arma e correr atrás de Margaret.

Todo mundo caiu na gargalhada, até eu. No fim, tinha espaço, sim, para drama.

Ethan voltou do lago com três caranguejos na rede. Ele era bem talentoso na pesca, para uma criança de seis anos. Vi ele depositar os bichos na piscininha maior, e um dos caranguejos ficou com a garra embolada na rede. Em seguida, ele cochichou algo que me causou calafrios.

— Quê? — pedi. — Repete?

— Ouvi minhas mães conversando — respondeu, chutando areia molhada. — Sobre você... elas sabem quem te tirou.

Meu coração parou.

— Quem foi? — perguntei, tentando não hesitar e me manter tranquila. — Quem me tirou?

Ethan deu de ombros.

— Pergunta para elas.

Perguntar para elas?

Não, eu não podia perguntar. Se elas ainda não tinham me dado a dica, era porque não estavam do meu lado. Eu não podia confiar nelas.

— Não, Ethan — falei, sacudindo a cabeça. — Estou perguntando para *você*.

Ele hesitou.

— Ethan... — insisti.

— Ian — murmurou. — Elas disseram que Ian te tirou.

Soltei um suspiro. Estava explicado. O irmão de Sarah era afilhado de tia Julia, então era claro que a lealdade dela seria com ele.

Você precisa ir embora, me aconselhou de repente a voz de Claire em minha mente. *Ele está aqui, lembra? Ele não foi almoçar no Atlantic, porque preferia surfar.*

Merda, pensei, depois de notar meu primo flutuando na prancha no oceano. Claire estava certa; eu precisava ir, porque era impossível o único motivo para Ian recusar ostras ser pegar onda. Ele logo pararia de surfar e, se eu estivesse pegando sol na canga, ou fazendo castelinhos de areia...

Não anunciei que ia embora. Arrumei a bolsa rapidamente e em silêncio, pendurei a toalha no pescoço, e enfiei os chinelos.

Ainda assim, ouvi tia Julia gritar pelo querido megafone do tio Brad:

— Tchau, Meredith!

Meu coração estava a mil. Será que Ian tinha saído da água?

Não se vire, disse Claire, e eu me controlei. *Não se vire, nem saia correndo. Vai entregar tudo. Eles vão saber que você sabe!*

Por isso, acenei com o braço rígido.

Porém, assim que sumi da vista deles, comecei a correr.

Minha vida dependia disso.

～

Quando estava na segurança do anexo, tomei um banho na água fervendo do chuveiro — puro êxtase — e, depois, vesti uma regata e meu short desbotado preferido da J. Crew. Peguei o celular do carregador na sala e me larguei no sofá para ver as notificações, me perguntando se @sowitty17 tinha respondido à minha sugestão de guacamole de lagosta. Será que ele tinha pedido?

Porém, em vez de notificação do Instagram, eu tinha cinco mensagens não respondidas.

Todas de Ben.

— Que porra é essa? — falei, em voz alta, e digitei a senha para lê-las. — Que *porra* é essa?

Primeira: Oi, Mere.

Segunda: Como vai aí?

Terceira: Parece que está se divertindo muito.

— É — resmunguei. — Porque você não veio.

Quarta: Você estava muito bonita ontem.

Aha!, pensei, com o corpo todo fervendo, ao abrir meu perfil, @meredithfox, no Instagram. *Está aí a resposta!*

Na véspera, eu postara uma foto do jantar de Pestana e Docinho. Minha mãe tinha tirado a foto depois de Luli, Eli e eu voltarmos de Edgartown. Nós três estávamos abraçados, com o pôr do sol rosa-alaranjado no fundo (Claire teria chamado de *pôr do sol de limonada rosa*). Eu estava sorrindo no meio, com o rosto corado pela emoção da adrenalina de Assassino, e o cabelo voando na brisa. A legenda era "Primos!", e eu tinha esquecido completamente a hashtag do casamento. Muita gente tinha curtido, mas fazia tempo que eu desligara as notificações daquelas fotos. Não pude, porém, deixar de notar o primeiro comentário: @benfletcher tinha deixado três emojis de foguinho. Revirei os olhos. Ben me amara, mas eu tinha entendido que, para ele, nunca tivera muita profundidade. Seus elogios eram sempre para minha aparência.

Abri de novo as mensagens, e li a última que Ben mandara: Acho que a gente precisa conversar.

— Não precisamos, não, Escroto — resmunguei, e pensei em jogar o celular para longe.

Em vez disso, me contentei com apagar as mensagens de Ben. Em seguida, voltei ao Instagram e fiz uma breve mudança de identidade.

Passei uns minutos olhando meu feed. Stories de colegas da escola fazendo piquenique na praça de Clinton, vídeos das minhas bandas preferidas em turnê, fotos de cachorros fofinhos, e memes engraçados. Curti o post mais recente de Timothée Chalamet. Ele estava de férias na Itália.

A postagem seguinte, porém, chamou mais a atenção do que a de Timothée... porque era uma foto *minha*. Não de agora, mas de *anos* antes. Eu devia ter uns dez anos, de cabelo trançado e guardanapo preso na blusa, e imediatamente reconheci a cadeira de palha na qual estava sentada. Ajoelhada, na verdade, já que não tinha tamanho para alcançar a mesa.

E eu *precisava* alcançar a mesa, e a tigela de pedra gigante diante de mim, repleta do famoso guacamole de lagosta do Atlantic. Porém, em vez de usar meus modos e mergulhar um nacho educadamente, eu tinha pegado um monte de guacamole e espalhado na minha cara. Tinha sido um desafio.

É o quê?

Meu choque se dissipou o suficiente para piscar e ver quem era responsável por tamanha blasfêmia. @sowitty17 tinha escrito: Que delícia. Obrigado, minha lagosta, pela recomendação! #AgoraElaÉDupré.

Eu respondi imediatamente: DE ONDE VOCÊ TIROU ESSA FOTO?!?!

E depois: Você vê *Friends*?

Porque "minha lagosta", o apelido carinhoso que Wit escolhera, não era apenas uma piada com a refeição, mas uma referência direta à série. Phoebe tinha a teoria de que, quando lagostas cruzavam as garras, era porque estavam apaixonadas e ficariam juntas para sempre. "Ela é sua lagosta", era o que sempre dizia para Ross a respeito de Rachel. Era icônico.

Wit! Parte de mim queria dar outro chutão na cara dele, mas outra queria sorrir e gargalhar com ele. Porém, minha única opção era conferir se ele tinha respondido a mensagem.

Ainda não.

De onde ele tirou essa foto?, me perguntei de novo, olhando ao redor da sala, para os porta-retratos nas paredes. Minha foto não estava lá, mas fotos da família Fox decoravam *todas* as casas em Paqua. Sorri. Todas as casas eram decoradas, mas só *uma* abrigava Wit.

Vários minutos depois, entrei pisando duro na sala de estar vazia da choupana, com sua lareira de pedra imensa, coleção de sofás de couro rachados e pintura de tigre furioso. Eu tinha pegado a trilha da mata, para o caso de Ian estar à espreita por perto. *Relaxe, relaxe*, disse para meu coração. *Você está dentro de casa. É seguro.*

Olhei ao redor da sala uma, duas, três vezes, antes de notar a sequência de fotos emolduradas em cima da lareira. A maioria tinha sido tirada dois séculos antes, mas, entre o mar de preto e branco, havia uma mancha de cor.

E é claro que era eu.

— Te peguei — falei, e, atravessando a sala para pegar o porta-retratos, senti o celular vibrar no bolso.

Quando peguei, tinha uma DM de @sowitty17: Deslizou a foto para a direita?

@irma_da_claire digitou de volta: Deslizar para a direita? Foi mal, mas acho que a gente não deu match no Tinder.

A resposta veio: Não demos. Não tenho Tinder.

Nem eu, quase respondi, mas chegou outra mensagem de Wit:

Estava falando daqui, do bom e velho Insta. Deslizou para a direita no post?

Deslizar para a direita no post? Franzi a testa e voltei para o post, e só então notei que ele tinha postado mais de uma foto.

Duas fotos.

Ah, não, pensei, com o dedo hesitando acima da tela. *Não tem jeito de ele...*

Mas tinha, sim. Quando passei a foto, vi Wit Witry, aos dezenove anos, imitando completamente a pequena Meredith Fox. Que nem eu, ele estava com um guardanapo azul preso na gola da camisa, diante do pilão pesado de guacamole na mesa, e, também como eu fizera, tinha pegado um monte de guacamole e espalhado na cara sorridente.

Senti um frio na barriga.

Wit talvez tivesse mandado outra mensagem depois de eu curtir a foto, mas eu estava ocupada demais para responder, pois arrisquei outro encontro com Ian para roubar uma coisa do acampamento.

A lagosta vermelha de pelúcia de Hannah.

Ela não vai notar, me convenci, voltando correndo à choupana, ao último quarto. *Ela tem tantos brinquedos, nem vai notar!*

Wit não tinha feito a cama, mas eu ignorei esse fato para decorar a mesa de cabeceira. Tirei o saco gelado da noite anterior, e arrumei ali meu porta-retratos, e a lagosta em cima do guia da Nova Zelândia. *Vai viajar com a mãe?*, chutei. *Talvez no fim das férias?*

Notei a cama desfeita mais uma vez antes de sair... E, por isso, quero dizer que parei e fiquei olhando de um jeito bem esquisito. A manta estava chutada até o pé, os lençóis tinham ficado um pouco sujos de areia, e ainda dava para ver onde tínhamos dormido. As marcas pesadas dos nossos corpos no colchão estavam um pouco próximas demais para serem platônicas. Lembrei da manhã, de acordar ao lado dele e ver nossos braços esticados.

Sim, pensei. *Quero sorrir e gargalhar com ele...*

Meu coração deu um pulo, notando que não era *só* isso que queria fazer.

Eu também queria beijar ele.

Eu queria beijar Wit.

NOVE

Subi até o complexo residencial de Nylon por volta das quatro da tarde. A aldeia de barracas ficava à beira de uma das trilhas sinuosas, perto da única mansão genérica da fazenda: a casa do brejo.

— Os Dupré devem estar numa *alegria* — alguém tinha brincado na véspera, quando eu passara por lá. — Nosso acampamento estraga a vista toda.

E, de certa forma, era verdade: as doze barracas atrapalhavam a vista perfeita que a casa do brejo tinha do lago Job's Neck.

Eli e eu entramos na barraca dele, e fechamos o zíper para conversar. Pravika e Jake tinham ido trabalhar, e eu não via nem sinal de Luli desde a praia.

— Será que ela ainda está à caça? — perguntei. — Esperando Margaret aparecer em algum lugar?

— Humm, pode ser — respondeu Eli, desviando o olhar do livro que estava distraidamente lendo. — Talvez esteja se escondendo do próprio assassino.

Eu resmunguei. Ian também tinha passado o dia desaparecido, mas isso não me aliviava em nada — na verdade, me deixava mais tensa. Depois de deixar a lagosta no quarto de Wit, eu tinha conferido três vezes se a barra estava limpa para voltar de fininho ao anexo.

— Pelo menos agora você sabe quem te tirou — comentou Eli, e voltou a ler.

Quando olhei ao redor, notei uma pilha de livros novos perto do saco de dormir dele.

— Eli... — falei, devagar. — Aonde você foi hoje de manhã?

Sem resposta.

— Não foi à livraria, foi?

Eli apertou mais o livro, até os dedos ficarem pálidos.

Eu ri.

— Se ele trabalha no iate clube, não vai aparecer na livraria de...

— Fui na hora do almoço! — exclamou ele, esganiçado. — Porque nunca se sabe!

— E aí? Seu professor de vela apareceu, afinal?

Eli murchou.

— Não — falou, balançando a cabeça. — Mas o vendedor de hoje era bonitinho... cabelo preto, óculos de casco de tartaruga, um tipo bem leitor. — Ele hesitou, e acrescentou: — Mas era tímido. Disse oi e logo voltou a ler atrás do caixa.

— O atendimento ao cliente não parece bom — comentei, pensando em Claire.

Se ela estivesse trabalhando na livraria nessas férias, teria feito recomendações para todo mundo. Ninguém iria embora da loja sem uma sacola em mãos. Teriam adorado ela.

— Aposto que o serviço do professor de vela é ótimo... — resmungou Eli.

— Nossa Senhora, Eli! — falei, jogando um livro nele. — E como você sabe que eles são gays?

Eli fez uma careta, e mudou de assunto.

— Vai ao salão de jogos hoje?

— Vou — falei. — Desde que Ian não me embosque no caminho.

— Não, ele vai estar ocupado. Ele agora é anfitrião, lembra? Desde que a fulana se formou?

Ele inclinou a cabeça para o lado, confuso com minha confusão, até entender.

— Ah, é — falou, baixinho. — Você não veio ano passado.

— Pois é.

Balancei a cabeça e ignorei o nó no meu estômago antes de conferir o celular e ver que já eram quase 16h30. Quase hora da ação.

— Boa sorte — disse Eli, quando abri o zíper da barraca. — Me conta como foi.

— Pode deixar.

Fui fazendo alguns dos exercícios de respiração da tia Rachel no caminho da casa do brejo por entre as barracas. Porque era desesperador pensar que estava caçando e *sendo caçada* ao mesmo tempo. Meu cérebro me mandava abortar a missão, voltar à posição defensiva e me esconder em algum lugar. Afinal, como ia saber? Ian talvez estivesse me perseguindo atentamente. Também não ajudava que no papelzinho do meu bolso estivesse escrito OSCAR WITRY.

Na véspera, eu ficara muito nervosa antes de contar a Wit que meu próximo alvo era seu pai, especialmente depois da nossa conversa, mas, quando eu finalmente admitira, ele tinha caído na gargalhada.

— Que hilário. Sério, é muito engraçado — dissera, com um bocejo. — E tem uma hora ideal para pegar ele, já que ele está no clima de férias total.

Pensar na gargalhada de Wit me deu saudades repentinas dele. Eu ainda não tinha encontrado ele aquele dia todo; depois do almoço mais relaxado do mundo, ele tinha me mandado mensagem, dizendo que passariam a tarde em uma visita por Chappaquiddick. A ilha ficava logo além da costa de Edgartown, a uns cento e cinquenta metros, pelo canal. Era claro que uma madrinha tinha postado uma foto de todo mundo na balsa, carinhosamente apelidada de Chappy. Wit não estava olhando para a câmera, mas virado para observar algo que chamara a sua atenção, com o cabelo claro fustigado pelo vento.

Ele está sempre em movimento, pensei, lembrando nosso passeio de bicicleta até a Morning Glory, quando ele virara para todos os lados, observando tudo. *Quer admirar tudo.*

Eu gostava disso.

Sentia um desconforto na barriga ao chegar à casa do brejo pela trilha que eu tomara pela floresta, me deixando no quintal lateral.

— Ele vai estar sozinho — me dissera Wit. — Quer dizer, sozinho com um charuto e um uisquinho. Ele gosta de admirar o dia e aproveitar o silêncio no jardim.

Porém, em vez de silêncio, ouvi *vozes*. Meu coração acelerou quando ouvi os sons do quintal dos fundos. *Bocha*, desconfiei, e me encostei no revestimento de madeira branca da casa para me recompor. Se estivessem jogando bocha, no mínimo quatro pessoas estariam ali. Três convidados que poderiam alertar o pai de Wit.

Foi quase, pensei, decidindo que tentaria de novo no dia seguinte.

Foi então que ouvi uma mulher rir.

— Oscar, o que foi *isso*? — disse Kasi Dupré, e eu estiquei o pescoço para ver, pelo canto da casa, o jogo em curso.

A cancha de bocha tinha uns dezoito metros de comprimento, e quatro de largura, coberta pelo mesmo saibro verde de uma quadra de tênis. A irmã mais velha de Michael estava de um lado, com o irmão mais novo, e, do outro, estavam o pai e a madrasta de Wit. Os dois bebiam uísque, e Oscar, de fato, fumava seu charuto.

Ele riu.

— Ainda estou aprendendo, Kase.

— E todos nós evoluímos — disse o irmão de Michael, seco, ao rolar sua bola pesada pela cancha, jogando para longe uma das de Oscar. — Menos você.

Oscar bufou, daquele jeito bem de pai.

— Ah, *cher bébé* — disse a esposa, com um beijo no rosto dele. — Não se preocupe.

Do nada, meu rosto pegou fogo, e eu confirmei que a pistola d'água estava bem presa na cintura do meu short. Eu tinha ido até ali para assassinar Oscar Witry, e era exatamente o que faria.

— Entendo o que você sente. Já passei por isso — dissera Wit, apertando meus dedos, depois de eu falar de meu ressentimento incômodo contra Sarah. — Eu *amo* os Dupré. Jeannie, Kasi, Michael, Nicole, Lance... amo todos eles, mas demorou. — Ele hesitara. — Meus pais se separaram quando eu tinha catorze anos; ficamos em Vermont, e ele se mudou para Nova Orleans. A gente manteve contato, ou pelo menos tentou, mas nunca falava de nada importante — continuara, com um suspiro. — "Como vai? E a escola? Tem esquiado?" Todo telefonema terminava com "A gente precisa organizar uma visita sua para cá".

— Quando aconteceu a visita? — eu tinha perguntado, depois de ele se calar.

Wit tossira.

— Dois anos depois. Sempre achei que o "a gente" fosse eu e ele, mas não era. Ele estava se referindo a ele e a Jeannie — dissera, mexendo nos meus dedos. — Porque, quando finalmente comprou uma passagem de avião para mim, foi para o *casamento* deles.

— Não — eu tinha suspirado. — Está de brincadeira.

— Não estou. Eles começaram a namorar uns meses depois de ele se mudar, e ele nunca pensou em mencionar — dissera, antes de fazer a voz ficar mais grave. — "Seja bem-vindo a Nova Orleans, meu filho! Conheça sua futura madrasta!"

Eu sentira o coração afundar.

— Wit...

— Eu fiquei tão chateado — cochichara ele. — Tão furioso, que pensei em pegar o avião de volta para casa na mesma hora.

— E o que aconteceu? — eu retrucara.

Ele tinha dado de ombros.

— Eles se casaram. Eles se casaram e, de repente, eu tinha quatro irmãos que, de início, fizeram eu me sentir uma merda. Quatro irmãos que fizeram eu me sentir esquecido, porque, ao ver meu pai com eles... — dissera, deixando a frase no ar. — Era óbvio o quanto ele os amava.

— Você se sentiu substituído.

— Sim, e guardei rancor por muito tempo, até muito depois de eu também começar a amar os Dupré — dissera ele, e quase dava para vê-lo sorrir no escuro. — É muito fácil amá-los.

— Pois é — eu tinha concordado, pensando em Michael, que se encaixara tranquilamente na família Fox assim que Sarah o apresentara. — Muito fácil.

Depois disso, tínhamos ficado muito tempo em silêncio, tanto tempo que eu acreditara que Wit tinha pegado no sono, até que eu o ouvira dizer:

— Escolhi Tulane por causa dele. Sei que falei que escolhi pela aventura, mas não é aventura nenhuma, e eu *sabia* que não seria. Não a quinze minutos da casa do meu pai — dissera, com um suspiro pesado. — Escolhi Tulane porque achei que, assim, ele me notaria.

— E aí? Ele te notou?

— Notou, sim. Ele me notou, eu notei ele, nós nos notamos — dissera Wit, fazendo um intervalo. — E agora eu quero uma aventura — concluíra, em voz mais baixa.

~

Tentei ainda caminhar tranquilamente pelo quintal até a cancha de bocha, mas, por dentro, meu peito estava a mil.

— Oi, Meredith! — cumprimentou Kasi. — Está atrás do Wit?

— É, isso — menti. — Sabe se ele já voltou?

Kasi negou com a cabeça.

— Ainda não. Nicole mandou mensagem e disse que estão pensando em jantar numa outra cidade. Chill alguma coisa?

— Chilmark — falei. — Deve ser na Chilmark Tavern.

— Estamos perdendo muita coisa? — perguntou Jeannie, com um sorriso agradável.

Ela e Michael tinham os mesmos olhos castanhos, que deixavam qualquer um à vontade.

— Não tanto. A comida é uma delícia, mas o restaurante é *muito* barulhento — respondi, sorrindo de volta. — Minha irmã dizia que ouvir tantas vozes era que nem bater a cabeça na parede.

O grupo todo gemeu de frustração.

— Wit vai odiar — comentou Oscar. — Ele gosta de tranquilidade.

Ele se virou para olhar a esposa. Então, aproveitei para pegar a pistola e, quando ele se virou de volta, a ergui.

— Não é pessoal, sr. Witry — falei —, mas precisa ser feito.

Oscar assentiu. Os filhos gritaram para ele correr, mas o pai de Wit fechou os olhos e fingiu cair quando eu o atingi no meio do peito. Contive uma gargalhada; me lembrava de algo que o filho dele faria.

— Não faço a mais vaga ideia de quem seja — disse ele, me entregando o alvo. — Perguntei para Michael, mas é claro que ele está fingindo imparcialidade, e Sarah se desculpou profusamente quando perguntei para ela.

Li o nome e sorri.

— Conhece?

— Conheço.

— Bem, boa sorte, srta. Meredith.

O pai de Wit ofereceu a mão, e eu a apertei.

— Obrigada, sr. Witry.

~

Minha barriga roncou enquanto eu descia a trilha de conchinhas da casa do brejo, então, em vez de voltar devagar ao anexo — me escondendo atrás das árvores e olhando para trás a cada cinco segundos —, decidi entregar para Deus e voltar correndo. Supus que, se eu estava com fome, Ian estava ainda mais faminto. Talvez ele até tivesse ido encontrar os demais padrinhos para jantar em Chilmark.

Eu estava correndo pela curva do lago Job's Neck quando ouvi uma voz que me fez parar bruscamente.

— Não, é uma besteira *ridícula* — dizia uma mulher, e, quando me virei, vi quem era, andando perto de um carvalho, de fone de ouvido, e falando no celular. — Estou dormindo em um sofá, em uma casa com os priminhos dela, que acordam cedo para cacete.

É bom demais para ser verdade, pensei, deixando a arma preparada antes de saltitar até Viv Malitz — uma amiga íntima de Sarah, mas não o suficiente para ser madrinha.

— Não paro de dizer que não é bem assim — explicara Sarah —, mas ela ainda está tão irritada que eu quase preferia que ela não tivesse vindo.

Tive certeza que Viv preferia o mesmo.

— Vou precisar te ligar de volta mais tarde — disse ela, sem emoção, depois de eu molhá-la.

Foi um tiro de misericórdia, só umas gotas no braço. Mesmo assim, ela me olhou com tremenda raiva.

— Pode me dar seu alvo? — perguntei, com a voz fraca.

— Eu estava no telefone — respondeu ela, apontando os fones de ouvido.

— Eu sei. Mas, hum, o jogo ocorre vinte e quatro horas ao dia — falei, evitando encará-la, por medo de ser perfurada por seu olhar gélido. — E você, hum, está na área externa, então... — continuei, e engoli em seco. — O alvo, por favor?

Viv me fitou, com o olhar penetrante como facas.

— Não tenho.

— Como assim?

— Não está comigo — falou. — Está no acampamento, provavelmente melado de manteiga de amendoim, graças aos seus primos.

Quase falei que Ethan era alérgico a amendoim, mas não queria mudar de assunto. Mudei o peso de um pé para outro.

— Podemos nos encontrar mais tarde? — perguntei. — Ou talvez você possa deixar na minha caixa de correio? Ou eu pegar na sua? É importante, para continuar...

— Nossa Senhora! — interrompeu ela. — Tá, pode ser, dane-se! Relaxe, vou encontrar!

Em seguida, ela ajeitou os fones e desbloqueou o celular.

Considerei que era uma despedida.

— Preciso de ajuda — disse ela, de volta ao telefonema, enquanto eu me afastava. — *Preciso* que você me tire dessa ilha.

~

Acabou que, em vez de ir até Chilmark, os padrinhos e madrinhas voltaram à fazenda para jantar, e meus pais sugeriram que fôssemos comer em Coop de Ville. Era uma barraquinha de frutos do mar em Oak Bluffs, famosa por moluscos fritos, frutos do mar no vapor, e asinhas de frango. Em vez de mesinhas espalhadas, as mesas eram compridas e estreitas, com bancos longos e banquinhos altos, e as paredes internas da barraca eram decoradas com bandeiras de futebol internacional e placas velhas anunciando HOJE TEM VIEIRAS! e JANTAR: CHURRASCO DE MARISCOS!. Coop era um dos restaurantes preferidos de Claire. Meu pai sempre tinha que insistir muito para ela dividir a comida.

Nós três pegamos banquinhos de frente para a baía e, depois de pedir frango, meu pai falou de Assassino. Ele tinha eliminado um primo e herdado outro, e minha mãe admitiu estar esperando o momento certo de perseguir Nicole Dupré.

— É difícil, porque ela é madrinha — falou. — Elas vivem nesses passeios e daqui a pouco o casamento começa para valer.

Depois, fiz meus pais gargalharem quando contei da minha visita à casa do brejo para matar o pai de Wit.

— Ele encarou como homem — falei, mastigando o frango apimentado, com a boca provavelmente manchada de molho.

— Bom, ele é muito simpático, mesmo — comentou minha mãe, antes de eu mencionar meu encontro com Viv. — Ontem conversamos umas duas horas na praia — falou, tomando um gole d'água. — Dá para ver que ele ama muito o filho.

Ao ouvir isso, minha perna começou a tremer. Wit, Wit, Wit. Por que eu não tinha me despedido de manhã? Devia ter me despedido, e *teria* me despedido, se soubesse que ia passar o dia todo sem vê-lo.

Não, esquece, pensei, balançando ainda mais a perna. *A gente vai se ver mais tarde.*

Antes de sair da barraca de Eli, mais cedo, eu tinha mandado uma DM para ele:

Tem um negócio hoje mais tarde no salão de jogos.

Tinha vindo a resposta:

Negócio? Quer dizer festa?

Isso. Começa às 21h.

Sem ofensa, mas talvez eu não vá. Depois de passar o dia todo com essa galera, estou meio de saco cheio.

Não, não, é diferente. Prometo.

Alguns minutos, e então:

Jura de pés juntos?

Eu tinha sorrido.

Juro de pés juntos.

— E aí, como está sua conta, Mere? — perguntou meu pai, chamando a minha atenção de volta ao jantar. — Quantos já matou?
— Quatro — falei, sem hesitar. — Derrubei quatro alvos.
Meu pai levantou a cerveja.
— Um brinde.
— Quem vai ser o quinto? — perguntou minha mãe, depois de brindarmos.

— Não sei — falei, franzindo a testa.

Será que Viv deixaria o alvo dela na nossa caixa de correio? Ou eu teria que ir atrás dela?

— Não sei mesmo — concluí.

O salão de jogos ficava bem ao lado da quadra de tênis de Paqua e, apesar de ter o revestimento de cedro tradicional por fora, era diferente das outras casas. Na verdade, nem era uma casa. Por dentro, parecia um porão inacabado, e o propósito era tão confuso que o espaço era usado para muitos fins. Tinha apenas dois cômodos, e o maior continha aparelhos de ginástica, sofás desconfortáveis, uma televisão velha que não funcionava mais, um aparelho de som ainda mais velho que, estranhamente, ainda funcionava, e uma estrutura de madeira incompreensível que meu pai e meu tio Brad insistiam ser um bar, e que eles próprios tinham construído na adolescência. Para deixar o bar mais óbvio, tinham colocado uma geladeira atrás dele, toda coberta de adesivos de para-choque.

Do outro lado da parede ficava uma mesa de pingue-pongue e um quadro-negro enorme para registrar os torneios — Pestana era nosso campeão inveterado. Luzinhas pisca-pisca cobriam o teto, e ainda tinha uma máquina de pinball no canto (a especialidade de Docinho).

Em suma, o salão de jogos era a área perfeita para uma festa.

Por isso, quando voltamos de Oak Bluffs, meus pais foram até a casa do farol encontrar tio Brad e tia Christine, enquanto eu, Luli e Pravika fomos nos arrumar no anexo.

— Delineador! — gritou Luli. — *Tout de suite!*

Ela ainda estava agitada por causa do ataque da manhã; Margaret tinha conseguido fugir dela, no fim.

— Já vai! — gritei de volta, desligando o secador e remexendo nas maquiagens.

Em seguida, fui até o quarto dos meus pais, onde ficava o melhor espelho da casa.

Luli se virou, e nos entreolhamos.

— O que foi? — perguntei, meio tímida, de repente.

— Nada — respondeu ela.

— Ainda é para se arrumar, né? — perguntei, porque a tradição sempre fora que as meninas se arrumavam, e os meninos vestiam... qualquer coisa. — Ou mudou?

— Não mudou, não.

Em seguida, perguntou, casualmente, se Wit ia.

— Vai, eu convidei — falei.

Luli abanou a cabeça.

— Legal.

Senti o pescoço arder. Pela voz dela, não parecia ser legal; parecia que eu tinha feito alguma coisa errada.

— Ele é muito simpático — falei, tentando manter leveza no tom de voz, e entreguei o delineador. — Talvez hoje a gente possa...

— Puta merda, Meredith! — exclamou Pravika, entrando no quarto, depois de pintar as unhas na cozinha. — Como você está *sexy*.

Ela apontou meu vestido, que era, mesmo, meio sexy: preto, de frente única, com decote tão profundo atrás que deixava as costas quase completamente nuas. Sarah tinha me dado de presente em abril.

— Vestiu isso para alguém especial? — perguntou ela.

— Só para mim — respondi, mentindo um pouco. — Foi presente da Sarah.

Para encantar alguém, ela tinha escrito no cartão.

Era a primeira vez que eu usava aquela roupa, e fiquei muito feliz por Ben nunca tê-la visto. Eu tinha usado muitos vestidos bonitos com ele, mas nunca aquele. Talvez, inconscientemente, eu soubesse que ele não era "alguém".

Senti um aperto no estômago, lembrando a mensagem que ele mandara mais cedo, pedindo para conversar.

Até que relaxei, lembrando também que eu tinha apagado a mensagem. O que os olhos não veem, o coração não sente.

Assim que Pravika e Luli acabaram de se aprontar, vesti a capa de chuva com capuz do meu pai. Não estava chovendo, mas eu não queria que Ian me visse até eu estar em segurança.

Porém, quando chegamos ao salão de jogos, notei que não havia necessidade de disfarce. Ian estava muito ocupado na função de leão de chácara, impedindo alguns convidados de passarem pela porta de correr.

— Sério, Ian — dizia Michael, acompanhado por Sarah e por uma fila ávida de seus amigos. — Deixa a gente entrar.

Meu assassino cruzou os braços.

— Você já tem mais de vinte e um anos, Michael? — perguntou ao quase cunhado, e apontou o restante do grupo com o queixo. — Vocês não são *todos* velhos demais?

— Ian! — resmungou Sarah.

Ele assobiou.

— Conhece as regras, mana!

Pravika, Luli e eu rimos, passamos por eles e entramos pela porta larga. Eu tinha dito a Wit que a festa era diferente, e não era mentira. Era *mesmo* diferente, pois era exclusiva para "os jovens" da fazenda, como diziam meus avós.

Mesmo assim, tinha um pouco de bebida. Era para ser segredo, escondido dos nossos pais, mas, já que a maioria dos adultos em Paqua fora adolescente em Paqua, o segredo não era nada secreto; afinal, meu pai e tio Brad tinham construído aquela imitação de bar com um motivo.

— Pestana já passou aqui — disseram Eli e Jake ao nos cumprimentar, e nos entregaram latas de água tônica alcoólica White Claw. — Já fez o discurso.

Assentimos juntos. Meu avô tinha regras claras, e sempre aparecia nas festas do salão de jogos para relembrá-las.

— Se alguém não quiser beber, *não* obriguem a beber — ele costumava dizer. — Nada de bebida forte, só cerveja e aquele negocinho com gás. Nada daqueles jogos de carta ridículos, por favor, e *não* apostem com cerveja na minha mesa de pingue-pongue. E, finalmente, se *qualquer um* entrar em um carro, mesmo que não seja no volante, vou encontrar as chaves e jogar pessoalmente no lago Oyster!

— Está com frio, Meredith? — perguntou Jake, tomando um gole de cerveja.

Eu não tinha reparado que estava tremendo... e não era porque tinha tirado a capa.

— Um pouquinho — falei, pestanejando rápido e abrindo a latinha.

A água tônica alcoólica tinha sabor de cereja, e eu só beberia um golinho.

— Botei a gente na lista do pingue-pongue — disse Jake para a irmã, enquanto eu observava o ambiente.

Tinha música pulsando no aparelho de som medieval, e algumas pessoas já dançavam, enquanto Nicole Dupré e o derrotado Daniel Robinson cochichavam no sofá. Grupos de primos conversavam perto do bar. Estava bem cheio.

— Arrasou — disse Luli, apontando com a latinha para o outro ambiente, de onde vinha uma série de vivas. — Vamos dar uma olhada na concorrência.

Ela e Jake foram para a arena de pingue-pongue e, alguns minutos depois, Eli puxou Pravika para a pista de dança (que, na verdade, era um tapete felpudo horroroso dos anos 1970).

— Mere! — chamaram, acenando. — Vem com a gente!

Porém, de repente, a música e as vozes se misturaram em ruído distante, porque um grupo de garotas se afastou do bar e revelou uma pessoa conhecida encostada na parede dos fundos. A postura não era desajeitada nem nada — parecia apenas que esperava alguém.

Com o coração martelando no peito, fui até ele.

DEZ

Wit estava recostado na parede de madeira rústica, mas se endireitou ao me ver.

— Olá — falou. — Passou tranquila pela porta?

Mais cedo eu tinha mandado uma mensagem para ele:

Ian é meu assassino. Fiz Ethan dedurar.

A resposta logo viera:

Turminha de seis anos é bem útil. A gente vai dar um jeito nisso.

Não *você* vai dar um jeito nisso, mas *a gente*.

— Uhum — confirmei. — Ian está lidando com outra situação.

Apontei a porta atrás de mim. Sarah e Michael ainda não tinham desistido, e discutiam com meu primo.

Wit riu, e eu não pude deixar de admirá-lo. Normalmente, os meninos usavam mesmo qualquer roupa nessa festa — Jake ainda estava com a camiseta roxa e manchada de sorvete da Mad Martha's —, mas Wit tinha vestido calça jeans e uma camisa de botão listrada, em verde-escuro e branco. A camisa estava desabotoada, por cima de uma camiseta cinza, e as mangas, arregaçadas, exibindo o relógio com pulseira de couro. Meu coração quicou que nem uma pedrinha no lago Paqua.

— Ei, seu hematoma está melhorando — comentei; o azul estava desbotando e esverdeando. — Tia Christine vai ficar feliz.

— Foi porque botei gelo ontem — respondeu.

Eu levantei uma sobrancelha.

— *Você* botou gelo?

Wit deu uma piscadela, e praticamente pulei em cima dele. Com as luzinhas acima de nós, o cabelo loiro dele brilhava, assim como os olhos turquesa dignos de romance de fantasia.

Notei, então, que ele também me admirava — meu cabelo comprido e solto, o vestido de costas nuas. Esperei ele me dizer que eu estava bonita.

Ele não disse, e, por mais estranho que parecesse, fiquei feliz.

O que ele disse foi:

— Tem certeza que é o melhor sapato para hoje?

— Ah — falei, olhando minhas sandálias de salto anabela. Se Ian decidisse correr atrás de mim na volta para casa, eu não teria a menor chance. — Bom...

Wit sorriu, e tomou um gole do que parecia vinho tinto.

— Espera, isso é vinho? — perguntei. — De onde você tirou *vinho*?

— De lugar nenhum. Não é vinho — respondeu, me oferecendo o copo para eu provar. — É suco de cranberry. Encontrei na geladeira — explicou, e deu de ombros. — Não sou muito de cerveja.

— Ah.

Todos os garotos que eu conhecia gostavam de cerveja.

Passou-se mais um momento de silêncio.

— Obrigado pelo presente, por sinal — disse Wit, todo tranquilo. — Vou dormir abraçado nele toda noite.

Engasguei de rir, e o gole de suco quase saiu pelo nariz. Ele estava falando da lagosta de pelúcia de Hannah.

— Não vai, não.

Ele sorriu.

— Não vou, não. Devolvi enquanto você estava jantando. Dava para escutar de longe o surto no acampamento.

— Aposto que sim — falei.

Pensei no choro agudo de Hannah. Era besteira achar que ela não notaria o roubo. Mesmo tendo tantos brinquedos, a lagosta estava entre seus preferidos.

— E o resto do seu dia, como foi? — perguntou Wit, e se recostou na parede. — O gesto nos distanciou um pouco, então avancei, para nos reaproximar. Chutei de leve os pés dele, abrindo espaço para eu me postar entre os dois. — Meu pai me contou do jogo de bocha — falou, pigarreando. — Ele gostou dos seus modos.

— E eu gostei de ele não fugir — respondi, antes de contar de Viv. — Eu estava correndo para casa, até que, de repente, ela estava bem ali no telefone, dando voltas debaixo da árvore...

Quando acabei a história, Wit tinha apoiado a mão na minha cintura. Senti o calor dos dedos dele através do tecido fino, ativando aquela sensação de tontura. Ouvi vagamente Pravika chamar meu nome, e dizer que Luli e Jake iam entrar na partida de pingue-pongue.

— É bom a gente ir assistir — disse Wit, descendo a mão da cintura para minha lombar.

Tanto eu quanto meu peito demos um pulo com o contato direto.

— Nossa, desculpa — disse ele. — Está com frio? — acrescentou, convencido.

— Estou congelando — brinquei.

Quando chegamos ao salão de pingue-pongue estava lotado, e acabamos em outro cantinho. Luli e o irmão estavam disputando com Nicole e o namorado, e Eli servia de juiz. Eu estava assistindo, mas, ao mesmo tempo, *não* assistindo. Wit tinha soltado minhas costas, e entrelaçado nossos dedos. *Pegue minha mão*, pensei. *Pegue minha mão...*

— Quer voltar? — perguntei, depois de metade do jogo, porque meus amigos estavam ganhando, e já tinham muitos fãs. — Está meio barulhento aqui.

Não estava tão barulhento assim.

Wit concordou, e logo voltamos ao ponto inicial. Minha bebida ainda estava intacta, então eu a abandonei — já estava boba e sorridente, mesmo sóbria. A boca de Wit estava manchada de vermelho-escuro por causa do suco, e ele sorriu um pouco quando acariciei seus lábios com o dedo.

— Sua boca é muito bonita — falei.

Achando graça, ele baixou o copo e me abraçou.

— É?

— É, sim — confirmei. — Quero beijar essa boca um pouquinho — sussurrei.

— Um pouquinho? — riu ele. — Só *um pouquinho*.

Perdi o fôlego. Pronto. Era minha deixa.

Porém, quando me aproximei mais, Wit se esquivou.

— Aqui, não — falou, balançando a cabeça, e olhou a porta. — Venha comigo.

Meu coração estremeceu, e deixei ele me levar, ainda boba, até a porta de correr — onde nosso caminho foi prontamente impedido por Ian, com a arma d'água enfiada no bolso.

— Oi, Mere — disse ele. — Já vai?

— Não — falei, me escondendo atrás de Wit. — Ainda não.

Eu me abaixei um pouquinho para soltar as sandálias. Pé esquerdo, e pé direito.

— Só vamos mudar de ares — acrescentei, tirando os sapatos. — Eu e Wit vamos ficar um pouco no deque.

Ian nos acompanhou, claro; ele não tinha nascido ontem.

— Onde isso vai parar? — cochichou Wit, enquanto eu digitava uma mensagem.

— Espere um segundo — cochichei de volta.

Cinco segundos depois, Pravika apareceu na porta.

— Ian! — exclamou. — Entra aqui! Sarah e Michael estão tentando invadir pela porta dos fundos!

— Ok, corre — falei para Wit, puxando ele pelos degraus enquanto Ian entrava para investigar. — Corre!

Caímos na gargalhada ao chegar na choupana, e nos largar na cama de Wit.

— Ian vai ficar com sangue nos olhos — disse Wit, quando nos acalmamos. — A atuação de Pravika merece um Oscar.

Eu concordei, e então nos calamos. Nós dois sabíamos o que estava prestes a acontecer, mas um pouco da magia anterior tinha se dissipado. As luzinhas, o canto discreto, os dedos de flerte. Fugir de Ian tinha mudado o clima.

Para retomar o clima, minha estratégia foi me levantar, apontar o vestido, e perguntar:

— Posso tirar isso aqui?

Wit arregalou os olhos, e se levantou, atrapalhado.

— Hum, claro. Se quiser — falou, coçando o pescoço. — Sem pressão...

Eu ri, e sacudi a cabeça. Era divertido ver ele nervoso assim.

— Não, seu tonto. Só nos seus sonhos — falei, e apontei a cômoda. — Me empresta uma camiseta?

Wit concordou, e remexeu na primeira gaveta, antes de me jogar uma camiseta azul.

— Vire de costas, por favor — pedi.

Ele obedeceu.

Como eu já estava de short justinho por baixo, deixei o vestido cair no chão e pus a camiseta.

— Ok — falei. — Pronto.

Wit se virou, mas, mais uma vez, não sabíamos o que fazer. Ele estava do lado oposto do quarto.

Avancei um pouquinho.

Parei.

Ele me entendeu, e também avançou.

Eu avancei mais.

Ele avançou mais.

O frio na minha barriga estava intenso quando nos encontramos no meio, especialmente quando Wit abriu um meio sorriso e começou a acariciar meu rosto devagar com a ponta dos dedos. Minhas sobrancelhas, minhas pálpebras, meu nariz, minhas bochechas — e minha boca por último.

— Também quero te beijar um pouquinho — murmurou ele. — Pode ser?

— Pode — murmurei de volta. — Definitivamente, e de preferência logo.

— Ei — disse ele, levantando as mãos. — Estou sendo cavalheiro.

Eu suspirei.

— De preferência *agora*, Wit.

— Tá, não precisa implorar...

Não deixei ele terminar. Em vez disso, pulei no colo dele, envolvendo a cintura com as pernas para beijá-lo. Ele riu, e senti sua boca sorrir junto à minha enquanto eu passava as mãos por seu cabelo volumoso. Ele tinha o gosto doce do suco que tomava na festa, e algo estourou sob minha pele, meu corpo tomado por pequenas faíscas espiraladas e, enfim, por ondas sísmicas. Um gemido escapou de mim quando finalmente nos afastamos.

Wit sorriu um pouco.

— Vou tomar isso como elogio.

Eu corei.

O sorriso dele aumentou, todo torto.

Eu o beijei.

QUARTA-FEIRA

ONZE

Acordei com uma leve dor de cabeça, e escutei uma vibração no chão. Estava um breu no quarto de Wit, mas, diferentemente da manhã anterior, nossos braços tinham se encontrado — Wit abraçando minha cintura, e eu, segurando a camiseta dele. Nós dois estávamos de roupa, e tínhamos pegado no sono, relutantes, depois de nos beijarmos por tempo insuficiente. Fiquei rindo sozinha.

A vibração parou, mas voltou. Saí da cama com cuidado e encontrei o celular junto dos sapatos e do vestido que eu tinha tirado. *O que está rolando?*, me perguntei, bocejando ao me abaixar para pegar o aparelho. *Deve ter passado das duas da manhã, já...*

Minhas pernas bambearam quando cliquei na tela. Tinha passado bastante das duas, mesmo, e eu vi algumas chamadas perdidas de Ben, além de uma mensagem na caixa eletrônica.

Não, pensei, com um calafrio. *Por quê?*

Por que as mensagens não podiam ser o fim?

Eu queria que tudo com ele *acabasse*.

Não escute a mensagem, ordenei para mim mesma. *Bloqueie, e deixe por isso mesmo.*

Mas a curiosidade me dominou. Olhei de relance para Wit, ainda dormindo profundamente, e respirando pela boca daquele jeito engraçado.

— Já volto — sussurrei, saindo de fininho do quarto.

Felizmente, as dobradiças da porta colaboraram.

O céu não mostrava estrelas. Estava inteiramente coberto por nuvens e o vento uivava no ar. Desci do alpendre e vaguei pelo quintal, me afastando da casa. Meus dedos tremiam ao digitar a senha do celular, e meu corpo inteiro tremeu quando comecei a escutar a mensagem de Ben.

"Oi, Mere", dizia, com a voz lenta e arrastada. Eu quase enxergava o brilho bêbado que sempre tomava seu rosto. "Estamos aqui na casa do Finn." No fundo, ouvia música e gargalhadas. Ben respirou fundo. "E queria dizer que estou com saudade, gata. Muita. Tipo, muita mesmo. Naquela foto que você postou outro dia, estava muito bonitinha." Respirou fundo de novo. "Estou achando que nos apressamos. Talvez a gente ainda não devesse ter decidido nada ainda."

Meu rosto ardeu. *A gente? Você que terminou comigo, Ben Fletcher. Não ouse botar essa na minha conta.*

"Eu teria ido com você", continuou. "Gata, eu teria mesmo ido com você ao casamento." Ele riu e repetiu o que tinha repetido na noite do término: "Você ainda é minha garota preferida para andar de braços dados."

Você ainda é minha garota preferida para andar de braços dados.

Eu amava essa cantada antigamente, mas tinha passado a odiar. Era o fim. Era o *fim*, de uma vez por todas. Desliguei a mensagem, liguei para ele, e, quando Ben atendeu, eu falei o que deveria ter dito no mês anterior. Se tivesse mais força. Se tivesse notado que o relacionamento era desequilibrado, sempre pendendo a favor de Ben.

Se tivesse mesmo escutado Claire.

Fiz questão de falar em alto e bom som.

— Só para deixar bem claro, seu escroto, eu não estaria de braços dados com *você* — falei, engolindo em seco e segurando o celular com toda a força.

Então desliguei e bloqueei o número.

Parecia que meu coração tinha sido solto das correntes.

Da próxima vez que abri os olhos, luz do dia entrava pelas janelas, e eu estava aninhada no peito quente de Wit, com a perna cruzada por cima da coxa dele.

— Acorde — cochichei, com um beijo nele. — Fofinho, acorde.

Wit resmungou alguma coisa.

— O que foi? — perguntei.

— Falei que *fofinho* não, de jeito nenhum — murmurou. — Não tenho a idade do Ethan.

— Mas você ainda é fofo — falei, roubando um beijo na boca quando ele abriu os olhos. — Incrivelmente fofo.

Ele retribuiu o beijo, e soltei um gritinho quando ele me prendeu nos braços e começou a fazer cócegas.

— Que tal bonitão? — perguntou, encontrando todos os meus pontos mais sensíveis com os dedos. — Posso ser bonitão?

Eu ri.

— Também pode ser.

Era, sim. Até de cabelo desgrenhado, camiseta amarrotada, e hematoma azul-esverdeado, ele era muito bonito.

Wit sorriu e continuou as cócegas até eu gritar de novo, o que fez alguém esmurrar a parede do outro lado.

— Porra, Wit! — gritou o padrinho principal de Michael. — Não são nem sete ainda!

Fez-se uma pausa.

— Mas, tipo, arrasou, bróder — acrescentou.

Eu e Wit caímos na gargalhada. Ele me rolou de costas e nos cobriu com o edredom para abafar o barulho.

— É melhor eu ir — falei, depois de um tempo, apesar de amar o corpo comprido de Wit por cima de mim, a boca macia dele no meu pescoço. — Preciso ir.

— Não precisa, não — respondeu ele. — Fique aqui com o bonitão.

— Tá, não vou chamar você de "bonitão" — falei. — É muito superficial, não diz nada de você.

Pensei em Claire, na tendência dela a arranjar apelidos particulares, carinhosos, e engraçadinhos. Ela acreditava que tornavam o relacionamento mais íntimo.

— Era só brincadeira — disse ele, se apoiando no cotovelo. — Isso me faria parecer um babaca.

Em seguida, ele me olhou demoradamente e acrescentou:

— Mas, devo dizer, você é bem bonitona.

Meu coração parou.

Bonitona.

Wit começou a desenhar espirais na minha pele.

— Ontem, não consegui falar — disse. — Quer dizer, eu estava *nervoso*, mas, sim, você é muito...

— Não me chame de bonita — interrompi, com o peito a mil. — Por favor, não me chame de bonita, de fofa, de... nada disso.

Ele franziu a testa.

— Por que não?

Balancei a cabeça.

— Preciso ir. Tia Rachel provavelmente está me esperando para meditar.

— Nem a pau, Matadora — disse Wit. — Você não vai a lugar nenhum.

— Wit — choraminguei, tentando sair debaixo dele.

— Meredith — disse ele, direto. — Você vai *mesmo* arriscar ir ao acampamento?

Levei um segundo para entender.

— Se sua tia Julia está mesmo do lado de Ian — disse ele, tirando as palavras da minha boca —, aposto que ela deu a dica, e que ele está totalmente à espreita.

Suspirei. Wit provavelmente estava certo, o que me decepcionou, especialmente porque na véspera eu tinha avançado muito na meditação. Com a ajuda de tia Rachel, tinha mesmo conseguido me desligar e relaxar. Tinha me ajudado a entrar nos eixos.

— Faz um reconhecimento do terreno para mim? — perguntei.

Wit afastou a coberta. Eu senti um calafrio quando ele saiu da cama, e seu calor corporal parou de me aquecer. Ele revirou a cômoda em busca de um moletom e, antes de sair, se virou para me olhar.

— Fique aqui.

Eu puxei as cobertas, como se planejasse voltar a dormir.

Porém, como queria vê-lo nervoso, que nem na véspera, tirei dramaticamente a camiseta e a joguei nele. Meus ombros nus ficaram visíveis acima do lençol.

Wit abriu a boca, fechou.

— Reconhecimento — lembrei, e ele corou.

Ele concordou com a cabeça, devagar, e se virou para partir para a guerra. Soprei um beijo que ele não viu.

A porta se fechou com um rangido, e eu o ouvi murmurar:

— Puta *merda*.

Caí nos travesseiros, cobri o rosto com as mãos, e ri.

Ele voltou em dez minutos, e eu já estava de pé, vestida de novo.

— Espera aí, como assim? — perguntou, ao me ver afivelar a sandália. — Achei que você não ia embora.

— E não fui — falei, girando. — Estou bem aqui.

Wit passou uma mão no cabelo.

Eu sorri.

— Ah, fala sério. Era só provocação.

— É — murmurou ele —, e foi maldade.

Fui até ele e o abracei, segurando bem pela cintura.

— Desculpa.

Ele respondeu descendo os dedos devagar pelas minhas costas.

— Wit! — exclamei, e minha voz saiu rouca.

— O que foi? — perguntou ele. — Foi só provocação.

— Não tem graça.

Bati a cabeça no peito dele algumas vezes. Ele riu e beijou meu ombro. Balançamos por um momento, e então fiz a pergunta importante:

— Ele estava lá?

— Estava — disse Wit. — Com o próprio tapetinho de ioga.

— Provavelmente é da tia Julia — resmunguei.

— Imaginei.

Soltei o abraço.

— Então nada de meditação hoje.

Wit levantou uma sobrancelha.

— Você ia mesmo meditar com esse look?

Levantei os punhos, brincando, como se me preparasse para brigar. Ele sorriu.

— E agora, aonde vai?

— Para casa — respondi. — Tenho que dar um oi para os meus pais.

Eu me aproximei para um beijo, e quase explodi quando ele aprofundou o toque.

— Mas me encontre daqui a pouco na garagem de trator — acrescentei, com uma piscadela. — Vou levar você para o café da manhã.

Quando voltei ao anexo, me troquei e fui beber um copo d'água na pia.

— Café da manhã com Wit? — perguntou meu pai, acenando com a cabeça. — Boa estratégia, Mere. Tire ele da fazenda, faça ele se sentir confortável, faça ele se abrir.

— Tom, algo me diz que isso não tem nada a ver com Assassino. Absolutamente *nada* — disse mamãe, me olhando com certa graça. — É lá que você passou essas últimas noites? Na choupana?

Pensei em mentir. Em casa, eu tinha um toque de recolher rígido: tinha que voltar à meia-noite e, se mudassem os planos e eu quisesse passar a noite fora, precisava telefonar para pedir a eles.

Portanto, eu não era sempre honesta. Às vezes, falava para os meus pais que ia dormir na casa de uma amiga, sendo que estava na casa de Ben.

Porém, ali, eu não menti. Em Paqua, as regras dos meus pais ficavam mais flexíveis, e eles estavam de bom humor.

— Isso — falei. — Tenho andado bastante com ele. A gente... pega no sono conversando.

Dei de ombros.

— Bom, não sei... — começou meu pai, mas minha mãe o interrompeu, com a mão no braço dele.

A expressão de humor dela se transformou em um sorriso.

— Divirta-se — disse ela, e eu saí correndo pela porta com a mochila antes de eles poderem perguntar outra coisa.

~

Todo mundo da área tomava café no Dock Street Coffee Shop, mas, por sorte, Wit e eu só precisamos esperar alguns minutos para arranjar dois lugares no restaurante estreito. Com a placa icônica na frente, Dock Street tinha um estilo de lanchonete retrô, com o toque certo de fuleirice. Uma mistura eclética de fotos e desenhos cobria as paredes, e todos os assentos eram banquinhos vermelhos de frente para o balcão comprido. Logo atrás do balcão ficava a cozinha, com uma chapa gigantesca e cortinas quadriculadas em vermelho e branco protegendo os armários. Dava para ver o café da manhã sendo preparado.

Nossos banquinhos eram no fundo, bem na ponta do balcão. Tivemos alguns minutos para folhear os cardápios antes de um garçom aparecer para pegar nosso pedido. *Nossa*, pensei, já que ele era muito musculoso. Um verdadeiro Adônis, de aparência mais jovem do que Michael.

— Legal, o que vocês vão querer? — perguntou o garçom, cujo cabelo loiro-arruivado escapava de sob um boné azul-escuro, com BULLDOGS escrito na frente. — Alguma coisa para beber?

— Café — respondemos eu e Wit ao mesmo tempo.

— Com leite? Açúcar? — perguntou. — Xarope de bordo? — acrescentou, depois de um instante de hesitação.

Fiz uma careta.

— Xarope?

Nosso garçom coçou a barba ruiva.

— Sei lá — explicou. — Meu irmão jura que é bom.

Preferimos ser tradicionais e pedir leite com açúcar.

— Sabe quem é esse? — perguntou Wit, quando o garçom saiu para pegar o café.

— Hum, não — respondi. — Era para saber?

Wit bateu com o joelho no meu.

— Você acompanha hóquei universitário?

Sacudi a cabeça em negativa, e ele suspirou. Nitidamente, ele adorava o esporte.

Porém, Ben jogava basquete, então eu acompanhava basquete. Eu tinha ganhado nosso bolão três anos seguidos. Villanova não decepcionava.

O bambambã do hóquei voltou com duas canecas e um decantador de café.

— Agora, comida — disse ele, quando começamos a mexer o café. — Qual é a ideia?

Pedi o de sempre, panquecas com batata frita e bacon, mas Wit não sabia se queria o sanduíche de linguiça, ovo e queijo, ou o Monte Cristo. Com os olhos brilhando, ele perguntou ao nosso garçom o que recomendava.

— Bom, os dois são épicos. Mas eu pediria o Monte Cristo — respondeu ele, com uma covinha no rosto. — É o preferido da minha namorada.

Wit fez que sim com a cabeça e, vinte minutos depois, observei enquanto ele mordia o sanduíche. Queijo derretido escorreu do pão, pingando no prato.

— Está bom? — perguntei.

De boca cheia, Wit me olhou com incredulidade, como se perguntasse se eu estava de brincadeira.

— Bom? — perguntou, depois de engolir. — *Bom?*

Ele inclinou a cabeça para trás e, sem a menor vergonha, gritou:

— Onde estava esse lugar na minha vida?!

— Em Vermont é que não! — respondeu uma mulher.

— Nem em Nova Orleans! — acrescentou outra.

As vozes dela me eram familiares... até *demais*.

— Ai, meu Deus do céu!

Segurei o braço de Wit ao notar Docinho e Sarah sentadas do outro lado do balcão, a vários bancos da gente. As duas ignoravam o cardápio, preferindo nos espionar.

— Esconda-se! — falei.

— Onde? — perguntou Wit, acenando para elas. — Por quê?

— Porque elas são as maiores fofoqueiras dessa ilha! — falei.

Wit sorriu, com a boca ainda suja de açúcar.

— Mas — disse com leveza — o que elas teriam para fofocar?

— A gente — sussurrei.

Wit arregalou os olhos.

— Ah.

— Não é brincadeira. Sarah vai voltar à fazenda e contar para Michael que...

— Viu a gente tomar café — interrompeu Wit, com a mão no meu joelho. — Aí Michael vai continuar me perguntando de você — falou, inclinando a cabeça. — Parece que você esbarrou nele na saída do meu quarto um dia desses?

Só consegui corar.

Wit roubou um pedaço do meu bacon.

— Coma direito — falou, apontando minhas panquecas fofinhas. — Tem outro dia cheio de Assassino pela frente.

— Cacete — falei.

— É o que você vai descer na galera, sim.

— Não — falei, negando com a cabeça enquanto cobria as panquecas de xarope de bordo. — *Cacete*, todo mundo vai achar que somos cúmplices.

— Por quê? — perguntou Wit. — Porque estamos tomando café juntos?

Eu o olhei. *Pois é, né.*

Ele tomou um gole demorado de café, pensativo, antes de dar de ombros.

— Tá, deixe acharem.

Ele virou meu banquinho de frente para o dele, abrindo as pernas para me encaixar entre elas. De repente, Sarah, Docinho e o café desapareceram; havia apenas nós dois.

— Não precisamos confirmar nem negar nada em público — continuou. — Mas, tudo bem, vamos deixar acharem que somos o poderoso casal de assassinos.

As palavras de Wit me causaram calafrios. *Poderoso casal.* Eu sabia que ele estava só exagerando, mas ainda assim me tocou.

— Temos mesmo um pacto — lembrei.

Wit riu e mordeu o sanduíche de novo.

— Como pode só fazer três dias?

— Não faço ideia.

Eu sorri, e não me contive — cheguei mais perto e o beijei, limpando o açúcar de sua boca.

— Gosto de você — cochichei. — Gosto muito de você.

— Também gosto muito de você — disse ele, sorrindo. — Gosto muito mesmo de você.

Depois de pagar a conta, Wit perguntou se podíamos dar uma volta por Edgartown.

— Claro, eu adoraria — falei, com as sobrancelhas franzidas. — Mas você passou o dia todo aqui ontem.

— É, mas não deu para *explorar*. Fui pastoreado de um lado para o outro — falou, botando as mãos nos meus ombros para me empurrar pela calçada de tijolinhos. — Não, pode seguir em frente, Witty — disse, imitando Michael. — Temos reserva!

Eu ri e me desvencilhei para pegá-lo pela mão.

— Vou comandar a visita guiada, então — falei. — Vamos a todo e qualquer lugar.

Parei, sentindo o sol brilhar.

— Mas insisto em começar no lugar preferido de um certo alguém — acrescentei.

A livraria. Sempre que eu e Claire íamos ao centro, prendíamos nossas bicicletas ali por perto e começávamos o passeio pela Edgartown Books. Era uma casa branca linda, com venezianas pretas e um toldo verde e branco para proteger a varanda tranquila. Naquele momento, duas menininhas estavam sentadas nas cadeiras da varanda com os avós, lendo os livros que tinham comprado. Por um momento, as observei, e fiquei agradecida por Wit pegar minha mão.

Entramos, ouvindo o sino tocar acima de nós, e vimos a escada que subia ao segundo andar. Livros de todas as cores estavam pintados em cada degrau da escada, junto ao gênero escrito em letra cursiva e delicada. *Sim*, pensei. *Cá estamos.*

O paraíso da minha irmã.

— Por aqui — falei, e conduzi Wit pela porta arqueada à direita. — Claire chamava essa área de salão.

Porque, quando a casa pertencia a uma família, aquele ambiente provavelmente era *mesmo* o salão. As janelas grandes deixavam o lugar iluminado e arejado, e as paredes eram pintadas de amarelo-creme, e cobertas de estantes de madeira de bordo. A placa acima de uma das estantes dizia MARTHA'S VINEYARD — era a seção local. Wit, sendo o explorador que era, soltou minha mão e foi direto até lá. Enquanto isso, apenas me deleitei com o calor brilhante.

Até ouvir alguém falando do balcão do caixa, perto da janelona da frente da livraria. Não era um cliente, e sim o livreiro. Ele estava com um livro aberto e na outra mão o celular, grudado à orelha.

— Não, não aguento outro sanduíche de lagosta — disse, em voz baixa. — Que tal você pegar uns sanduíches no Skinny e vir aqui me encontrar? A gente pode comer lá fora.

Vixe, pensei, ao notar os óculos de casco de tartaruga e o cabelo preto. "Um tipo bem leitor", dissera Eli.

Aquele cara combinava com a descrição e era bem gatinho.

— Peito de peru com queijo e pimenta no pão *sourdough*, por favor — disse ele. — Com alface, tomate, e cebola.

Uma pausa.

— Ah, e molho de mostarda e mel — acrescentou, revirando os olhos.

— Uhum, você me conhece melhor do que eu mesmo — falou, com um sorriso. — Também te amo.

Ok, ok, pensei, enquanto Wit mencionava que ia à seção de viagem. *Então ele está num relacionamento...*

Depois do livreiro desligar e guardar o celular no bolso, eu andei até as estantes da seção de viagem, e encontrei Wit, carregando um livro de história de Martha's Vineyard debaixo do braço e folheando algo sobre a Austrália.

— Vou subir para dar uma olhada na parte juvenil — falei, bagunçando o cabelo dele.

Ele fez que sim e, sem desviar o olhar do livro, apontou a própria bochecha.

Eu dei um tapinha carinhoso de vovó.

— Eu queria um beijo — disse ele, quando nos encontramos de novo no caixa.

O livreiro tímido passou nossas compras discretamente, acrescentando marcadores de páginas turquesa da livraria na sacola.

— Humm, queria? — falei, seca. — Não reparei.

Então, apontei minha própria bochecha.

Wit me deu um peteleco.

— Ai! — exclamei.

— Cinquenta e três e oitenta e oito — disse o livreiro.

Notei que ele estava olhando o relógio, esperando que chegasse a hora de almoçar com seu amor. Seria dureza dar essa notícia a Eli mais tarde; felizmente ele preferia o professor de vela. Mais uma vez, pensei em

Claire, e em como ela teria encantado os clientes daqui, com sua energia infinita e a paixão por livros.

Você também poderia fazer isso, Mere, disse ela, em um sussurro na minha mente. *Não sou a única com energia e paixão...*

— E agora? — perguntou Wit, quando o sino tocou lá fora, balançando nossa sacola. — Qual é a próxima parada da excursão de Claire Fox?

Excursão de Claire Fox.

Eu me alegrei imediatamente.

— O Candy Bazaar — falei, pegando a mão dele de novo. — Ali perto do cais do iate clube.

Wit fez que sim com a cabeça. O gesto parecia meio travado, mas ele o repetiu.

— Vá na frente — pediu.

— Ok — falei, me esticando para dar um beijo na bochecha dele. — Venha comigo.

DOZE

Wit me convenceu a deixar ele dirigir o jipe na volta, e seguiu o limite de velocidade cuidadosamente... até chegarmos à estrada da fazenda. Foi então que passou a marcha e soltou um gritinho animado. De início, eu ri, mas, quanto mais rápido, mais meu peito acelerava.

— Pode desacelerar? — pedi. — Wit...

Ele não me escutou, nuvens carregadas de pó voavam atrás de nós. Rangi os dentes, com medo do carro velho de Pestana capotar. Já tinha acontecido uma vez, quando meu pai e tio Brad estavam na faculdade. Eles estavam de zoeira em um dos campos, e, acidentalmente, tinham virado. Ninguém se machucara, mas o carro acabara caído de lado. Meu avô tinha ficado furioso.

E Claire... Eu estava pensando em Claire, e na velocidade do SUV que bateu no carro de Sarah. Apesar de mal ter a largura necessária, a estrada de Paqua tecnicamente tinha duas pistas. O que aconteceria se a gente precisasse desviar de outro carro?

— Wit — insisti, e, dessa vez, pus a mão no joelho dela e apertei. — Wit!

Algo brilhou nos olhos dele quando ele se virou e notou o pavor em meu rosto. Antes de eu contar até dez, ele freou devagar, virou para o acostamento, e estacionou o jipe.

— Merda, merda, merda — ouvi Wit murmurar enquanto descia do carro, dava a volta e abria minha porta. — Me desculpa — falou, olhando para mim, que ainda estava bem no alto, sentada no banco do carona. — Sou um babaca. Me desculpa.

Não chore, pensei. *Não chore.*

Ele tinha levado menos de dez segundos. Tinha levado *menos de dez segundos* para entender, sendo que Ben *nunca* tinha entendido.

— Não, me desculpa — consegui falar. — Eu só...

Desviei o rosto, sem conseguir olhar para ele.

— Eu gosto de controlar a direção. Desde... — falei, e uma lágrima escorreu no meu rosto ardendo. — Sinto que preciso estar no controle.

Wit apontou o banco do motorista.

— É claro — falou. — Por favor, dirija.

— Não. Você queria dirigir — falei, respirando fundo, e me recostei no banco. — Tenho que superar isso.

Tinha mesmo. Não podia continuar apavorada sempre que não estivesse atrás do volante. Precisava voltar a confiar em outros motoristas.

— Mas não precisa superar hoje — disse Wit. — Está tudo bem.

Não soltei meu cinto.

Ele concordou, deu a volta pela frente do jipe, e subiu de novo no banco do motorista. Virou a chave, engatou a primeira, e pegou a estrada depois de deixar o Range Rover de tia Christine passar.

O velocímetro não passou de quarenta pelo restante do caminho, até estacionarmos o jipe na frente da garagem de tratores. Wit me acompanhou a pé até o anexo, me abraçando pela cintura, e carregando meus tesouros de Edgartown (livros, doces e uma nova camiseta do Black Dog) como um verdadeiro cavalheiro.

— Alguma coisa? — perguntou, quando procurei meu novo alvo na caixa de correio.

Como Viv não aparecera na véspera, eu tinha mandado uma mensagem para o comissário Pestana. A resposta logo viera:

Que baboseira tremenda. Se amanhã não chegar, me avise, que eu resolvo.

— Não — suspirei. — Nadica de nada.

— Jura? Que ridículo.

— O que é ridículo? — perguntou alguém, e, quando nos viramos, vimos Luli dando a volta na casa.

Wit deu um beijo carinhoso na minha cabeça.

— Até mais tarde — sussurrou, e disse que Michael precisava dele.

Achei que ele estava com certo medo de Luli, então ri um pouco quando eu e ela ficamos a sós... mas ela não achou a mesma graça. Em vez disso, observou Wit voltar à choupana.

— Tchauzinho — disse, com um toque de nostalgia na voz. — Tchau, tchau, novo Benzinho.

Senti um nó no estômago. Luli estava falando de Ben de novo. Por quê? Peguei as sacolas e a olhei com irritação.

— Pode chamar ele pelo nome, por favor? — pedi.

Luli riu.

— Meredith, o que aconteceu com "Quero só comemorar Sarah e Michael, e passar um tempo com minha família e meus amigos"?

— Nada — falei. — É exatamente o que estou fazendo.

Empurrei a porta do anexo, e Luli entrou atrás de mim. Meus pais tinham saído, provavelmente para a praia. Estava um calorão *daqueles*, mais de trinta graus.

— Tá — disse Luli —, mas e sua história de não arranjar peguetes? Você falou...

— Relaxa — interrompi, sentindo um incômodo. — Wit não é um peguete.

Luli levantou uma sobrancelha.

— Não? Vocês foram o assunto preferido da fazenda hoje. Todo mundo viu vocês saírem juntos do salão de jogos.

Procurei uma boa resposta, porque ainda não sabia bem o que eu e Wit éramos.

Foi então que lembrei o que meu pai dissera quando eu mencionara que Wit e eu iríamos a Dock Street. *Boa estratégia, Mere. Tire ele da fazenda, faça ele se sentir confortável, faça ele se abrir.*

— Relaxa — insisti. — A gente está curtindo, sim, mas também estou usando Wit para conseguir informação — falei, me empertigando. — Para fortalecer nossa aliança de Assassino.

Achei errado dizer aquilo, mas, quando Luli curvou a boca em um sorriso malicioso, soube que era o *certo* a dizer. Pelo menos por enquanto.

— Aaah, que maléfica. Intimidade com o inimigo. Amei — falou, e se largou no sofá. — Falando nisso, preciso da sua ajuda hoje à tarde. Óbvio que ainda tenho Margaret, mas acho que consigo pegar ela...

— Foi mal — falei, com um nó no estômago. — Wit e eu combinamos uma coisa... Será que, hum, Pravika ou Jake pode me substituir?

— Os dois estão trabalhando — disse Luli, seca.

— Eli? — sugeri.

— É, pode ser — falou, depois de hesitar. — Você já sabe o alvo do Wit?

— É meu objetivo para hoje — menti.

Ela sorriu.

— Que bom.

Fiz uma careta.

— Manda mensagem quando descobrir?

— Claro — falei, concordando rápido com a cabeça, tentando juntar entusiasmo. — Pode deixar.

~

Em vez de nos juntarmos a todo mundo na faixa principal da praia, Wit e eu fomos ao lago Paqua.

— Você vai gostar — falei, quando ele me encontrou no anexo. — Quase ninguém vai lá. Claire e eu chamamos de praia secreta.

— Sensacional — disse ele, e pendurou no ombro minha bolsa de lona, que continha todo o essencial para a praia: toalhas, filtro solar, livros, água gelada, sanduíches e outros lanches. — Você me convenceu com "secreta" — acrescentou, com uma piscadela.

Atravessamos o campo, mas viramos a trilha que cruzava a mata no lado oposto ao oceano e ao lago Oyster. Por garantia, nós dois estávamos armados. Ouvi Wit relatar as informações que tinha reunido dos outros padrinhos.

— As madrinhas estão sendo derrubadas aos montes — falou. — Tio Brad bombardeou o café da manhã e acabou com Danielle.

— Ai, jura? — falei, em meio aos passarinhos que piavam, e senti o suor já escorrer pelas costas.

— Uhum. Ela tentou argumentar que o café da manhã era um evento oficial do casamento, já que todas as madrinhas estavam presentes, mas Pestana rejeitou a alegação em questão de segundos.

Eu ri.

— Ian ainda está no jogo, então temos que tomar cuidado com ele. E acho que você devia mandar mensagem para Sarah, e pedir o número daquele pesadelo.

— Relaxa — falei, dando um soquinho de brincadeira no braço dele, que também estava molhado de suor. — Viv não é um pesadelo. É só...

— ... Insuportável — concluiu Wit. — Sarah e Michael já me arrastaram para jantar com ela em Nova Orleans. Acredite em mim, ela é insuportável — falou, sacudindo a cabeça. — E é claro que não entregou o alvo.

— Humm — murmurei, sem muita vontade de procurar Sarah. — Pestana disse que ia cuidar disso.

Wit fez que sim com a cabeça, e se calou, com uma expressão pensativa.

— Quem você acha que me tirou? — perguntou, soando nervoso. — Estou começando a surtar de leve.

— Não sei — respondi. — Meu pai está destruindo os primos, minha mãe tirou Nicole, o novo alvo de Jake é um padrinho, tio Brad agora está com o antigo alvo de Danielle, e Luli... — falei, mordendo o lábio. — Seu nome nunca surgiu.

— Desculpa pela Luli, por sinal. Eu abandonei você na hora — disse ele, rindo. — Parte de mim desconfiava que *ela* tinha me tirado, e a outra parte só tem medo dela mesmo.

— Ela não tirou você — garanti.

Mas agora eu preciso contar para ela quem você *tirou...*

Wit e eu concordamos que não confirmaríamos nem negaríamos qualquer aliança de Assassino, mas onde caía aquela promessa para Luli? Eu já sabia quem era o próximo alvo de Wit, então, tecnicamente, podia ter contado para ela na mesma hora. Ai. Eu não ia trair Wit assim, né?

De qualquer modo, não podia contar para ele.

— Ei, que árvore legal — disse ele, me arrancando dos pensamentos.

Ele tinha parado diante de uma árvore de galhos grossos e cipós absurdos enroscados no tronco. Meu coração deu um pulo. Papai tinha levado a mim e a Claire em inúmeras caminhadas quando éramos menores, e sempre apontava a "árvore da selva".

— Olha isso! — falei.

Abri um sorriso e passei correndo por Wit, para subir na árvore em tempo recorde. Eu me equilibrei em um galho e, afastando umas folhas, vi que ele me olhava.

— O que foi? — perguntei.

Ele sorriu.

— Nada.

Eu ri.

— Eu adoro trepar em árvore.

— É — disse ele, curvando o canto da boca. — Que nem ama trepar em *mim*.

Perdi o fôlego.

Que nem ama trepar em mim.

— Safado — falei.

— E você adora — retrucou ele, quando pulei para o chão.

A praia secreta estava lindamente deserta. O lago Paqua reluzia sob o sol, e a plataforma flutuante de madeira só esperava que eu e Wit entrássemos na água e nadássemos até lá.

— Mas preciso esperar o filtro solar secar — disse ele, suspirando quando o olhei. — Olha, não posso me queimar — explicou, apontando o hematoma. — Michael disse que tia Christine ainda está considerando me cortar das fotos do casamento. Se eu estiver estropiado *e* torrado, aí, sim, me ferro.

Resmunguei.

— Tá bom.

Então nos deitamos nas toalhas de praia, comemos sanduíches de rosbife e lemos um pouco. Eu tinha trazido o último livro da série de fantasia preferida de Claire, mas não parava de olhar para Wit, sem camisa, esticado, acompanhado dos guias da Nova Zelândia e da Austrália.

— Ok — falei, finalmente —, quando você vai?

Ele me olhou de relance.

— Ah, Michael contou da viagem?

Sacudi a cabeça em negativa.

— Não, mas você está obcecado... afinal, comprou *mais um* guia hoje — ri. — Quando viaja para o sul?

— No fim do verão.

— E volta quando?

Wit hesitou e fechou o livro devagar.

— Em maio.

— Espera — falei, me sentando de repente. — Como assim?

Wit também se sentou.

— Minha aventura — falou. — Lembra? A aventura que eu queria?

Fiz que sim, em silêncio.

— Bom, é essa — explicou, mostrando o guia. — Vou trancar um ano da faculdade e viajar para a Nova Zelândia. Eu e meus pais concordamos que é a melhor coisa para mim agora. — Ele hesitou. — Porque Tulane...

— continuou, dando de ombros. — Sei lá... talvez eu volte para lá, talvez peça transferência. Preciso pensar.

Mais uma vez, só fiz que sim com a cabeça.

Wit me olhou.

— Meredith?

— Um ano inteiro? — soltei.

— Um ano *inteiro*, não. Só do fim de agosto ao fim de maio. Um ano letivo.

Por algum motivo, eu estava tonta. Talvez fosse o calor extremo.

— O que vai fazer lá? — perguntei.

— Tudo. Viajar, é claro, mas, primeiro, vou trabalhar de guia em um parque nacional. Um dos amigos de Michael fez isso na época da faculdade, e me ajudou a arranjar o trabalho. Vou para a Austrália, também — falou, com um sorriso. — Pode parecer ridículo, mas quero trabalhar um pouco em uma fazenda. Está na minha lista de desejos. Não ria — acrescentou, com a boca curvada.

Eu não ri. Porque a verdade estava me batendo, me batendo *de verdade*. Eu tinha dito a Luli que Wit não era um peguete, mas, sim, era *exatamente* um peguete — era exatamente aquilo que éramos. Depois de Sarah e Michael dizerem "sim" no sábado e saírem para viver felizes para sempre, Wit e eu nos despediríamos — ele atravessaria meio mundo, e eu iria a Hamilton. De repente, senti que navegava em águas desconhecidas, e não gostei. Ben e eu tínhamos namorado *quatro anos*; eu não entendia bem como era ter um peguete casual nem tinha experiência naquilo.

— Ei — disse Wit. — Dane-se o filtro. Vamos mergulhar.

— Isso, finalmente.

Eu pulei da canga encharcada de suor e soltei um suspiro contente quando a água fresca atingiu minha pele. Wit imediatamente afundou na parte rasa, e plantou uma bananeira torta antes de sair disparado para a plataforma flutuante. Eu me virei na água e o acompanhei com meu melhor nado de costas.

Ele foi o primeiro a subir na plataforma e, ao chegar na beirada, esticou a mão para me ajudar a subir, antes de imediatamente cairmos contra as tábuas de madeira gasta e nos beijarmos. A plataforma estava aquecida pelo sul, mas eu estremeci um pouco. A pele molhada de Wit junto à minha era muito *gostosa*. Ele passou os dedos em uma dança pela minha cintura, e eu enrosquei as mãos no cabelo dele, e nossos beijos fizeram faíscas lentas me percorrerem antes de eu precisar pegar fôlego.

— Puta merda — suspirei.

— Foi o troco por hoje de manhã.

Eu ri quando ele mexeu nos nós do meu biquíni.

— Você não é *nada* sutil.

Ele deu de ombros.

— Só se você se sentir confortável.

— Claro, sim.

Desci as mãos pelos ombros dele, até os braços finos, mas musculosos. Porque, sim, com ele, eu me sentia confortável, e, se só tivéssemos mais alguns dias juntos, eu queria aquilo.

— Mas aqui, não — falei, com um beijo na clavícula dele, porque, mesmo que só estivéssemos nós na praia secreta, não era um ambiente *exatamente* particular. — Mais tarde?

— Hummm, sim — murmurou Wit. — Mais tarde. Claro, tá bom — falou, parecendo nem estar pensando direito. — Legal, tudo certo.

Então, ele rolou da plataforma com o corpo todo reto, caindo de uma vez no lago. Uma espécie de banho de água fria, provavelmente. Foi hilário.

— Safada — disse ele, ao irromper pela superfície.

— E você adora — retruquei, balançando as pernas para fora da plataforma.

Wit jogou água em mim.

Eu chutei água nele.

Como era possível só termos mais quatro dias juntos?

TREZE

À tarde, minha mãe decidiu me carregar ao território inimigo. Wit e eu ficamos na praia secreta por mais uma hora, antes de nos embrulharmos em toalhas e nos arrumarmos para progredir no jogo. Quer dizer: Wit ia progredir; já eu continuava no limbo, pois a caixa de correio do anexo *ainda* estava vazia. *Cacete, Viv!*, pensei.

Mesmo assim, levei Wit ao depósito e ofereci a arma imensa de alta pressão da Claire. Eu me ateria à arma intermediária, porque, só de tentar prender a maior nas costas, já me atrapalharia — era elaborada a *esse* nível.

— Já se espalhou que você é um perigo — falei para Wit. — Use e abuse.

— Tem certeza? — perguntou, admirando a arma d'água com reverência.

Confirmei. Claire gostaria que ele a usasse.

Wit me beijou — me beijou *de verdade*. Passei a mão devagar pelo cabelo dele e sorri ao sentir calafrios pela nuca.

— É melhor a gente ir — sussurrou ele, depois. — Preciso... — hesitou — ... de um tempo.

Levantei uma sobrancelha.

— Um tempo?

Ele fez que sim, com o rosto um pouco corado.

— Para me recompor.

Abri um sorriso malicioso.

— Se recompor?

— Isso, me recompor — disse Wit, com um sorriso igual, levando a mão à minha nuca e me apertando contra o peito, até eu sentir seu coração bater. — Sabe, me concentrar — falou, e pigarreou. — Para o jogo.

— Claro — falei, contendo um sorriso. — Faça isso.

Uma onda de inveja me tomou. Porque eu não só estava excluída do jogo por enquanto, como Wit e eu tínhamos revisado nosso pacto na volta da praia: não nos ajudaríamos nas eliminações.

Por isso, acabei de volta ao anexo, onde minha mãe imediatamente me entregou uma lista de compras.

— Julia e Rachel vão ao mercado — falou. — Preciso que você vá junto para comprar umas coisas.

Congelei. *Tia Julia e tia Rachel.*

Não.

Não!

Elas estavam ajudando *Ian*, contra mim. Sair com elas podia ser uma armadilha.

— Hum, por que você não vai? — perguntou.

— Porque acho que finalmente encontrei minha oportunidade de derrubar Nicole — respondeu, apontando a porta. — Falei que você a encontraria no acampamento.

— Mãe — choraminguei.

— Meredith — suspirou ela.

Peguei a bicicleta e optei pelo caminho mais longo até o acampamento, entrando bem na mata, e seguindo por trilhas que eu nem sabia se Ian conhecia. Quando cheguei à casa das minhas tias, elas já tinham ajeitado Ethan e Hannah na minivan. Eu literalmente freei e me joguei no carro.

— Meredith! — comemoraram as crianças.

— Oi — falei, cautelosa, e dei uma olhada na mala antes de prender o cinto no banco de trás.

Será que o carro valia como zona de segurança, que nem as casas?

Eu precisava perguntar para Pestana e Docinho.

Felizmente, a mala estava vazia.

— Legal — disse tia Julia, do banco do motorista.

Tia Rachel, com a barriga imensa, mal cabia no banco do carona.

— Por que essa criança não chega logo? — resmungou ela.

Tia Julia riu, e então partimos. Fiquei enjoada pelo trajeto todo de cinco quilômetros, apavorada com a possibilidade de Ian estar à nossa espera no Stop & Shop.

— Tudo bem, Mere? — perguntou tia Julia, ao entrar na rua West Tisbury.

— Tudo — me ouvi dizer. — Tudo certo.

Eu estava tão paranoica que tive que conter um grito quando o celular vibrou no meu colo, mas suspirei de alívio ao ver que era uma mensagem de @sowitty17. Eu vivia esquecendo de pedir o número dele de verdade.

A mensagem dizia:

Quem é Anne O'Brien?

Como assim?, pensei. *Ele já matou o primo Dupré?*

Eu me perguntei se Luli já eliminara minha parente distante, e respondi:

Mãe da Margaret. Como você pegou o primo do Michael?

Ele respondeu:

Vou contar quando estiver abraçado em você.

Perdi o fôlego. Ele era tão tranquilo, tão aberto com seu carinho. As palavras não eram acompanhadas de um emoji ridículo piscando nem de um milhão de corações bobos; não era provocação, nem mesmo paquera. Ele era só genuíno e sincero.

Sinceridade genuína era parte do estilo de Wit.

Como não respondi, ele me perguntou:

Algum conselho, ó, sábia?

@irma_da_claire respondeu:

Procure na quadra de tênis. Ela e Docinho costumam jogar à tarde.

Assim que mandei a mensagem, todo mundo no carro resmungou — tínhamos chegado ao Stop & Shop. Ou, como era apelidado pelos Fox, o Stop & Plop.

"Plop" era o som que a gente fazia ao se largar lá dentro, insinuando que não íamos nos mexer no futuro próximo.

— Argh — resmungou tia Rachel, enquanto tia Julia dava voltas com o carro pelo estacionamento lotado do supermercado, sem nenhuma vaga à vista. — Estar grávida de oito meses vale para pegar a vaga de pessoas com deficiência?

— Ali, mamãe! — gritou Hannah depois de algumas voltas. — Tem alguém saindo!

— Mandou bem, Han! — falei, me esticando para comemorar com ela.

— Tá bom, galera — disse Julia, depois de estacionar, quando saímos pelo estacionamento. — Vocês sabem as regras...

— Segurem bem o carrinho — recitaram Ethan e Hannah.

Senão vão ser pisoteados, concluí em silêncio, porque a quantidade de carros era só um alerta para o que esperava lá dentro: puro caos. Não era hora de ficar paranoica por causa de Ian; eu precisava me concentrar em andar pela loja sem ser atropelada.

— A gente se encontra na van? — perguntou tia Rachel.

Confirmei. Não precisava nem dizer que, com listas de compras diferentes, teríamos de nos separar. O mercado zumbia como o ruído de uma colmeia. Provavelmente tinha música tocando, mas nem dava para ouvir.

Tinha gente por *todo lado*, algumas vindas imediatamente da praia. Vi um cara sem camisa, só de bermuda e um chapeuzinho ridículo.

Lá vamos nós. Respirei fundo e me meti na hora do rush. O mercado estava engarrafado, e só dava para andar com um carrinho por vez. O primeiro item na lista da minha mãe era papel higiênico.

Portanto, é claro, fui até o corredor número quatro, de comida de café da manhã. Esse era o outro grande problema do Stop & Plop: *nada* ficava onde deveria. Eu passava com o carrinho pelos sucrilhos, e esbarraria no papel higiênico ao lado das barrinhas de cereal. O xampu e o condicionador ficavam com os molhos de salada, e o café, no hortifrúti, entre frutas e verduras.

Wit mandou mais uma mensagem depois de eu pegar o papel higiênico (e uma caixa de barrinhas de cereal). No meio de mais um engarrafamento, destravei o celular e li.

O irmão de Eli pega o trator à tarde? Aonde vai?

Digitei a resposta:

Um segundo. O que rolou com a tia Anne?

Quase imediatamente:

Você falou para procurar na quadra de tênis, e eu achei.

Suspirei. Wit estava se divertindo horrores, e lá estava eu, literalmente empacada. *Talvez eu deva invadir o acampamento e procurar o alvo de Viv? Resolver meu problema sozinha?*

— Ei, moça! — gritou alguém atrás de mim. — Vai andar?

Levantei o rosto e vi que estava bloqueando o caminho de uma fila de clientes.

— Vou! — exclamei, esganiçada. — Desculpa!

Quarenta e cinco minutos depois, enquanto eu esperava por peru, presunto e queijo no balcão de frios, ouvindo os simpáticos funcionários ucranianos discutirem entre si com aquele sotaque carregado, Wit mandou outra mensagem:

Estou sentado em uma cadeira na frente da casa do lago, esperando Haley, madrinha de Sarah. Ela tem cabeleireiro daqui a uma hora.

Eu bufei de rir.

O irmão do Eli já era?

Ele confirmou:

Eliminado. E o tio preferido de Michael também.

Como assim?

É a arma monstruosa da Claire. Mudou o jogo todo.

Ri mais um pouquinho.

Você sabe que tem mais de uma porta na casa do lago, né?

Não se preocupe, emperrei as outras. Botei cadeiras embaixo das maçanetas.

Digitei mais uma mensagem ao notar outro furo no plano.

Ela pode sair pela janela.

A casa do lago era baixa; era fácil escapar pela janela.
Ele respondeu:

Ok, juro que não é uma crítica, sério, mas eu já fui arrastado para jantar com Haley... E ela não vai pensar em sair pela janela. O estilo dela não é o seu!

Chamaram meu número na fila.
— Sete um sete!
Respondi rápido, sorrindo para a tela:

Fico lisonjeada. Divirta-se na tocaia.

———

Depois de duas horas e meia — sim, *duas horas e meia* —, tia Julia parou a minivan na frente do anexo. Minha mãe nos recebeu, com a expressão dura.

— Comprou o chantilly com granulado? — perguntou, enquanto tirávamos as compras do carro.

— Sim, senhora — falei, apesar de não estar na lista de compras.

Nem precisava listar; meu pai era obcecado pelo chantilly de baunilha com granulado, e estava sempre implícito: se fosse ao mercado, era para comprar.

— O que houve com o papai? — perguntei, já que ele comia o chantilly sempre que estava estressado ou chateado.

— Entre — respondeu minha mãe. — Você vai ver.

Carregando as sacolas plásticas, encontrei meu pai largado no sofá, com uma colher na mão. E uma expressão de derrota...

Assassinado, concluí. *Ele tinha sido assassinado.*

— Quem foi? — perguntei, cautelosa, depois de ele comer uma ou seis colheradas de chantilly.

Minha mãe se sentou ao lado dele, e fez carinho nas suas costas.

— Quem foi? — retrucou ele, me olhando. — *Quem foi?*

Meus ombros murcharam. *Droga.*

Meu pai se levantou de um pulo.

— Ele está *completamente* em outro nível. Brad estava certo — falou, sacudindo a cabeça. — Ele já matou dez alvos, Meredith, e *oito* deles enquanto você estava no mercado.

— Jesus — suspirei.

A última notícia que eu tinha recebido de Wit fora logo depois de ele eliminar Haley, a madrinha. O plano tinha funcionado, e a próxima da lista era prima de tia Christine.

— Ele ainda está usando uma bandana — acrescentou meu pai. — Para esconder o rosto.

Mandei uma mensagem rápida para Wit:

Uma bandana?

— E ele convenceu Pestana a emprestar o binóculo.

Wit respondeu:

Mas é claro. Anonimato não cai mal.

— Você deu a arma de Claire para ele, Mere? — perguntou minha mãe.

— Ah — falei, me sentindo corar, e guardei o celular. — Hum, dei, sim — disse, olhando meu pai. — Desculpa.

Ele fechou a cara, e minha mãe riu.

— Ela deve estar feliz pela arma estar sendo usada.

Não contive um sorriso.

— Também achei isso.

Mas oito eliminações, Wit? Jura?

É meio exage...

Alguém bateu à porta. Prestei atenção, pois soube, na mesma hora, que não era um Fox. A família toda conhecia a regra de não precisar bater.

— Está aberta! — gritou meu pai, com a boca cheia de chantilly. — Sempre aberta!

A porta rangeu, e Wit mal tinha entrado quando meu pai surtou.

— Mas, para você, não — falou, apontando para fora. — De jeito nenhum.

Minha mãe se levantou e levou Wit para fora.

— Cedo demais — ouvi ela sussurrar. — Ainda é cedo, Wit.

Ela se virou e fez sinal para eu ir atrás dele.

Nós nos encontramos sob as árvores.

— Tia Christine vai *matar* você — falei. — Ela vai assassinar você, literalmente.

Porque, apesar da bandana vermelha de Wit estar pendurada no pescoço, a parte superior do rosto dele estava salpicada de sardas e profundamente queimada de sol. Era, para dizer um mínimo, uma combinação interessante com o hematoma manchado.

Fiz um ruído de desaprovação.

— Parece que alguém não retocou o filtro solar.

— Esqueci — disse Wit, enquanto eu passava o dedo pelo nariz dele. — Estava ocupado.

— Pois é, sendo um *serial killer*.

— Bom, não é essa a graça do jogo?

— Meu pai está puto com você.

— Deu para notar — disse Wit, passando a mão pelo cabelo. — Ele vai, hum, *continuar* puto comigo?

Hesitei um momento, para aumentar o suspense, e acabei mexendo a cabeça em negativa.

— Quando acabar o chantilly, ele vai relaxar.

Wit suspirou.

— Ufa.

Ele me abraçou, e eu sorri.

— Agora você tem que me contar — falei. — Tem que me contar de todos os ataques. Você disse que contaria "quando estivesse abraçado em mim", nessas palavras.

Ele corou — por baixo do hematoma, da queimadura de sol. Ele *corou*.

— Que tal jantar? — murmurou. — Que tal eu te contar hoje no jantar?

— Jantar? — falei, passando os braços pelo pescoço dele. — Que nem um jantar romântico?

— Isso, jantar — confirmou Wit. — Que nem um jantar.

Meu coração bambeou.

Então *não* era romântico.

Apesar de *parecer* romântico quando, mais tarde, Wit abriu a porta do banco do motorista do Raptor para mim. Ele cheirava ao xampu de laranja, pois tinha acabado de sair do banho, e vestia calça cáqui e uma camisa social azul leve, que esvoaçava um pouco na brisa.

— Aonde vamos? — perguntei, quando ele prendeu o cinto ao meu lado.

— Não sei — respondeu. — Que tal irmos aonde você quiser?

~

Escolhi ir ao Home Port em Menemsha, uma das menores vilas de pescador da região. O restaurante era famoso pela lagosta, e, já que eu não tinha sido convidada a comer no Atlantic no outro dia, estava sonhando com isso. Wit e eu não tínhamos feito reserva, então ficamos passeando pelo cais enquanto esperávamos a mesa.

— Claire e eu adorávamos apostar corrida aqui — falei. — Ela sempre ganhava, mas uma vez cheguei perto, e provavelmente ganharia, se não tivesse tropeçado e ralado o joelho.

Wit pegou minha mão.

Em resposta, eu me soltei e saí correndo na frente dele. Por sorte, eu não estava de saltos, só um par de sandálias gladiadoras.

Mesmo assim, Wit logo me alcançou. Corremos até o fim do cais, e acabamos empatando. O prêmio foi uma mensagem da hostess do Home Port, avisando que a mesa estava pronta.

Ela nos acomodou perto da janela, e tanto a familiar decoração de madeira natural quanto os copos azuis foram agradavelmente acolhedores. Nossa mesa era de quatro lugares, e Wit pegou a cadeira ao lado da minha.

— Como assim? — falei. — Não sente aí.

— Por que não?

— Porque você deveria sentar na minha frente. Para eu ver sua cara.

— Meredith, minha cara está um *desastre*.

Eu ri. Estava, mas também não estava.

— Além do mais — acrescentou Wit, se sentando ao meu lado —, sentado aqui, posso fazer isso... — disse, passando o braço pelo meu ombro. — Ou isso... — falou, acariciando meu cabelo. — E até *isso*... — concluiu, levando a mão ao meu joelho. — Mas, assim, se você não quiser...

— Não — interrompi, entrelaçando nossos dedos sob a mesa. — Seus argumentos foram muito válidos.

Nós dois pedimos a travessa de lagosta: lagosta fervida com mariscos, milho e batatinhas. Então Wit me contou das eliminações do dia, inclusive da tocaia debaixo da capa da churrasqueira da casa do brejo, para derrubar alguém da bicicleta. O pescoço de Wit *também* estava queimado da espera na casa do lago, e ele tinha perseguido meu pai que nem um lobo na mata.

— Ficou esperando ele numa árvore? — perguntei.

— Hum, não exatamente — disse, e coçou o pescoço. — Na verdade — explicou, abaixando a voz —, peguei ele saindo da casinha...

— Não! — exclamei, e apoiei a testa no ombro dele, caindo na gargalhada. — Não acredito!

Wit riu, também, sacudindo os ombros.

— Foi mal, mas acredite.

O jantar chegou alguns minutos depois. Duas travessas imensas e fumegantes de delícia.

— Faz dois anos que estou esperando por isso — falei, quando abrimos as cascas das lagostas. — Ai, meu Deus.

Eu gemi de prazer.

— Ah, nossa. Quer um minutinho? — disse Wit, fingindo afastar a cadeira. — Para você e sua *lagosta*?

— Haha, engraçadinho.

Revirei os olhos, mas meu coração estava aos pulos. Enquanto Wit mergulhava o primeiro pedaço de comida na manteiga derretida, eu peguei o celular e pedi a um garçom para tirar nossa foto.

— Ok — disse o garoto, posicionando a câmera. — Sorriam.

Eu sorri, sim — um sorriso cheio de alegria, alegria que eu não sabia se seria capaz de voltar a sentir. Até que, pelo canto do olho, vi manteiga escorrendo pelo queixo de Wit, e fui tomada pela *necessidade* de me esticar e lamber. O garçom tiraria várias fotos, afinal. Não íamos postar aquela.

— Ah, mas é claro que vamos — disse Wit, depois de combinarmos que postaríamos alguma foto no Instagram, e passarmos por todas as opções. — É isso ou nada.

— Mas estou lambendo sua cara — falei, apontando a tela. — Estou *lambendo* sua cara.

Ele sorriu.

— E é uma cara linda.

Eu bufei.

— Fala sério — insistiu. — Posta. É a gente.

É a gente.

O que ele queria dizer com aquilo? Era mesmo "a gente", se a gente não duraria mais de uma semana? Olhei a foto de novo: o cabelo de Wit, desgrenhado de um jeito charmoso, e os olhos turquesa, elétricos, mas assustados. Assustados porque eu estava com uma mão no peito dele, e a outra no pescoço, para aproximá-lo e lamber a manteiga derretida. Dava para ver minha língua.

E um sorriso feliz.

— Tá, tá bom — falei, com empolgação percorrendo as veias. — Vamos nessa.

Cliquei na tela algumas vezes, pois me ofereci para postar. Seria meu primeiro post como @irma_da_claire.

— O que quer de legenda? — perguntei, e Wit se aproximou para ver a tela.

Ele encaixou o queixo no meu pescoço, e eu passei a mão pelo cabelo dele, distraída. *Espero que não estejamos atrapalhando muitos jantares*, pensei, sabendo que as pessoas deviam estar julgando nossa excessiva demonstração de afeto. Eu já tinha sentido uns olhares.

— Nada de legenda — respondeu Wit.

— Então só a hashtag? — falei. — Agora ela é Dupré?

Ele suspirou.

— Sarah e Michael — lembrei. — É para Sarah e Michael.

— Não — corrigiu Wit —, é para *a gente*.

Então ele roubou meu celular, e seus dedos voaram pela tela. Nervosa, vi ele ler o que tinha escrito e postar a foto. Ele abriu aquele sorriso torto e me devolveu o celular.

— Deleite-se — falou.

— Preciso?

Ele encaixou o queixo no meu ombro.

— Olhe!

Então olhei. Debaixo da foto ridícula, estava uma hashtag ainda mais ridícula: #AmarradaNoWitry.

Fiquei boquiaberta.

Ele riu.

— Repito — disse devagar, já que, de coração tão agitado, mal conseguia falar. — Tia Christine vai *caçar* você.

— Eu sei, mas sou Witry, não Dupré — disse Wit, me cutucando. — E nós somos cúmplices no crime.

— Achei que tínhamos combinado que não íamos nem confirmar, nem negar — falei, mas sorri, antes de dar um beijo na bochecha dele.

— Você acabou de...

— Ei, pombinhos! — gritou alguém de outro lado do restaurante. — Esse é um ambiente familiar! Se quiserem se agarrar, vazem daqui!

~

Wit me deu um beijo de boa noite na frente do anexo. Estava tarde. Quando voltamos do jantar, meu pai tinha mesmo acabado de comer o chantilly e esquecido a raiva de Wit, então tínhamos passado mais umas duas horas com meus pais. Notei que Wit ficava à vontade com eles, de um jeito que Ben nunca ficara, desde a postura relaxada na poltrona à animação com que falava. Sei lá — com Ben, sempre parecera que falar com meus pais era um gesto de educação amável, enquanto que, com Wit, éramos uma família se divertindo. Em certo momento, ele e meu pai até encenaram a cena da execução. Minha mãe riu a ponto de chorar, e eu sorri largo ao vê-la rir assim. Foi bom; quase que nem antigamente. Não exatamente, claro.

Mas quase.

— Até mais tarde — falei, com mais um abraço.

Os dois derretendo juntos, os dois suando. Normalmente, a temperatura caía à noite, mas o ar ainda estava quente e úmido, como estivera à tarde.

— Mais tarde? — perguntou Wit, me abraçando. — Ou amanhã?

Boa pergunta. Eu tinha passado quase toda noite da semana no quarto dele, fosse por acidente, ou de propósito. Olhei para a casa.

— Amanhã — falei, pois, se fosse embora com ele, seria extremamente de propósito.

Meus pais sabiam que não éramos apenas amigos — em vez de me sentar em outra poltrona, eu tinha me instalado no braço da poltrona de Wit, para bagunçar o cabelo dele ou sacudir seu ombro com facilidade.

— Você gosta mesmo dele, né? — minha mãe tinha me perguntado na hora de buscar sorvete na cozinha. — Eu vi o post no Instagram — acrescentara, já que eu não respondi.

— Gosto — admitira, concordando com a cabeça. — Gosto, sim.

A expressão no rosto dela era quase triste — triste por eu ter que me despedir dele no fim da viagem.

— Vai ser difícil — dissera ela, baixinho.

— Eu sei — tinha respondido em um cochicho, e fora só, antes de servir sorvete em quatro tigelas e levá-las para a sala.

— Até mais tarde — repeti para Wit e, depois de vê-lo desaparecer noite afora, fui até a caixa de correio.

Era provável que Viv ainda não tivesse me entregado nada, e eu precisasse mandar outra mensagem para Pestana de manhã, mas que mal fazia conferir?

Quem sabe na terceira vai, torci, e fiquei *chocada* quando acendi a lanterna do celular e, ao abrir a portinha velha, encontrei correspondência: meu novo alvo, e um post-it roxo. O bilhete dizia: *Pediu ajuda para seu vovozinho querido? Vê se cresce.*

— Vai tomar no cu — resmunguei, antes de iluminar meu novo alvo.

De início, fiquei confusa.

Mas eu já... Já matei...

Foi então que entendi, e o choque me tomou; parecia que eu tinha levado um tapa na cara. Li o papel de novo e de novo — precisava ter um erro ali. *Tinha* que ser um erro, porque o nome...

O nome.

O nome *dele*.

Da beliche de cima, fiquei olhando o teto, com a camiseta suada. O anexo não tinha ar-condicionado, então eu estava de janela aberta, com dois ventiladores ligados no máximo. *Me diga o que fazer*, pedi para Claire. *Me diga o que fazer.*

Ela estava por todo lado naquela noite. Eu jurava que a ouvia se mexer no colchão de baixo.

Porém, como ela não me respondeu, eu suspirei, me sentei e, depois de prender o cabelo suado em um coque, acabei saindo de fininho, ainda descalça, e indo até a choupana. Tinha previsão de chuva para o dia seguinte, mas o céu estava enfeitiçado, cheio de estrelas.

Parecia que Wit também estava de ventilador ligado quando cheguei ao seu quarto. Não escapava nenhuma luz das persianas, então desconfiei que estivesse dormindo. *Será que entro?* Estava na dúvida até ouvir uma voz sonolenta:

— Eu sabia que você viria.

Foi tudo que eu precisava para entrar. Ao luar que passava pela tela da porta, vi o ventilador na cômoda e Wit na cama, sem camisa, debaixo apenas de um lençol. As outras cobertas tinham sido chutadas para o chão. Estava quente demais.

Não me deitei ao lado dele de imediato.

— Como você sabia?

— Porque, quando a gente se despediu, você disse que a gente se veria *mais tarde* — falou, bocejando, e se apoiou no cotovelo. — Mas aí, depois, falou que seria *amanhã*.

— Ah, eu nem notei — menti.

Ele não acreditou.

— Se você está dizendo... — brincou.

Senti lágrimas nos olhos.

Passou-se um instante.

— Vem cá — disse Wit.

Pestanejei para conter as lágrimas e subi na cama com ele... até sentir partes frias no colchão.

— Gelo? — chutei.

— Pois é — disse ele, me puxando para um abraço. — Está todo mundo doido para me encher de gelo...

Uma risadinha me escapou, e eu toquei o hematoma dele. Wit soltou um grito dramático e exagerado, nos sacudindo de brincadeira. Mais riso escapou.

O padrinho do lado esmurrou a parede.

— Durma bem, Gavin! — gritou Wit. — Ele está chateado — cochichou ao pé do meu ouvido — porque Danielle "suspendeu" as coisas com ele.

— Como assim? — cochichei de volta. — Por quê?

— Sei lá, mas aposto que vão voltar antes do jantar de ensaio — falou, e puxou minha camiseta. — Quer uma camiseta limpa? Essa está encharcada.

— Não precisa — falei, e me sentei para arrancar a camiseta suada antes de me aninhar junto a ele de novo.

Mesmo depois do gelo, o corpo dele estava a mil graus. Mas eu queria sentir a pele suada dele junto à minha. Eu me sentia segura.

— Acho que você disse "mais tarde" pensando nisso também, né — disse Wit, com a voz leve.

A memória da praia secreta me voltou: ele pedindo para tirar meu biquíni, eu aceitando, mas só quando estivéssemos sozinhos. Wit desenhou algo nas minhas costas antes de beijar meu ombro — o toque fez arrepios percorrerem meu corpo inteiro, até a ponta dos pés. Cheguei a encolher os dedos.

Logo subi nele, passando as mãos pelo cabelo molhado, ele apertando meu quadril com os dedos. Faíscas sob minha pele.

— Não quis soar presunçoso — murmurou Wit, com a respiração quente. — Estou feliz de você ter vindo — falou, beijando meu pescoço. — Queria muito que você viesse.

Por um segundo, pensei no que tinha encontrado na caixa de correio, mas logo afastei o pensamento.

— Soou *mesmo* presunçoso — falei. — Eu queria muito vir também — admiti.

Porque, nossa, queria, sim — queria muito vê-lo. Precisava vê-lo. Só fazia alguns dias, mas, de algum modo, de alguma forma...

Mesmo que fosse mesmo apenas temporário, me parecia muito mais. Especial, singular, algo que eu esperava havia muito tempo.

Por isso, quando Wit perguntou se eu queria, respondi que sim, sem hesitar.

— Uau, que entusiasmo — comentou, com a voz maravilhosamente sonora.

A melodia da voz dele me *derretia*.

— Tem alguma coisa aí? — perguntei.

— Tenho, tenho, sim — falou, e escorregou até a beirada para botar a mão por baixo da cama. — Um padrinho, hum, nos deu "brindes de boas-vindas" quando chegamos no domingo.

— Que generoso — falei, enquanto ele remexia no escuro.

Ele suspirou.

— Se ajuda saber, eu não tinha a mais vaga expectativa de usar.

Eu ri, quando Wit encontrou o que procurava, ele usou uma das mãos para fazer cócegas em mim, a ponto de eu ter que segurar um gritinho. Meu coração estava flutuando.

— Tem certeza que está tudo bem? — perguntou, um minuto depois. — De verdade?

Não estaria, com mais ninguém, pensei. *Se Wit fosse outra pessoa...*

— Está tudo bem, sim — murmurei. — Tipo, muito mais do que bem.

Wit riu, e finalmente entrelaçamos nossos corpos.

— O que houve? — sussurrou ele, um tempo depois, nós dois um pouco adormecidos.

Um nó entalado na garganta.

— Como você sabe que houve alguma coisa?

Ele deu de ombros, me abraçando.

— Só sei.

— Vim aqui ficar com você — falei. — Mas também porque não consigo dormir lá. Não consigo dormir naquele quarto sem ela.

Wit ficou em silêncio.

— Eu ainda sinto tanta saudade dela — falei. — E aquele quarto... traz tudo de volta. Que nem a história da Sarah. Não consigo parar de pensar nisso, de pensar que eu nem *falei* com Claire naquele dia. Trocamos mensagens, mas só sobre os planos dela, o restaurante, o French Quarter — contei, e lágrimas começaram a escorrer. — Não pude dizer que amava ela, e ela não me disse, também. Toda noite, a gente se telefonava, e dizia antes de desligar.

Te amo, Claire.

Te amo, Mere.

Mais uma vez, Wit ficou em silêncio, mas era o tipo de silêncio que parecia dizer alguma coisa.

— Ela te amava, sim — disse ele, por fim, soando também um pouco triste. — Ela te amava muito.

Eu fiz que sim com a cabeça e comecei a chorar. Ele me abraçou apertado, e não soltou, nem quando eu parei.

— Durma — murmurou. — Durma bem, Matadora.

QUINTA-FEIRA

CATORZE

Wit e eu acordamos cedo para fazer uma trilha, mas não foi cedo o suficiente para evitar Michael, que estava se alongando antes de malhar.

— Bom dia — foi tudo que ele disse.

Eu abaixei a cabeça, com as mãos de Wit nos meus ombros, e respondi, gaguejando:

— Ah, hum, bom dia.

— Está com vergonha de ser vista comigo? — cochichou Wit.

Sorri e me desvencilhei.

— *Morta* de vergonha.

Demos um pulo no anexo para eu trocar de roupa, encher uma garrafa d'água e pegar as chaves do Raptor. Meus pais estavam dormindo, de porta fechada, mas Loki estava acordadíssimo, saltitando pela casa. O Jack Russell mal se conteve quando prendi a guia na sua coleira, sabendo que era hora de passear.

A trilha da reserva natural de Menemsha Hills ficava em Chilmark, ao norte da ilha, e, quando estacionei, Wit estava quase tão animado quanto Loki.

— É uma voltona — falei, e olhei para o céu nublado, torcendo para não pegarmos a chuva prevista. — Claire conhecia melhor do que eu — disse, hesitando. — Não tenho o melhor senso de direção.

— Bom, para nossa sorte, eu tenho — disse Wit, tirando um mapa da gaiolinha da entrada. — Partiu? — perguntou, depois de abrir o mapa e analisá-lo por alguns segundos.

Fiz que sim. A coisa mais legal daquela trilha era que seguia por dentro do bosque, até que, do nada, a gente saía de entre as árvores e perdia o fôlego diante da vista. Minha parte preferida ficava de frente para o oceano, com vista para as praias abertas e os penhascos ondulantes.

— Adorei — disse Wit, quando entramos no ritmo da caminhada, sujando os tênis de areia. — É exatamente o tipo de coisa que quero fazer na Nova Zelândia.

Nova Zelândia... Eu queria pensar naquilo sem me sentir tão enjoada.

— Me conte de quando você era mais novo — falei, à toa.

Wit levantou uma sobrancelha.

— Mais novo?

— É, tipo, da época da escola.

— Faz menos de dois anos que me formei.

Fiquei feliz de Loki me puxar, porque, assim, Wit não me viu corar.

— Não tenho muito a contar — disse Wit. — Morava em Vermont com minha mãe, ia para a escola, que não amava nem odiava, e esquiava sempre que possível, nos fins de semana de inverno.

— E seus amigos? — perguntei. — Também esquiavam? Faziam snowboard?

Wit hesitou por um momento.

— Para ser sincero — falou —, só tenho dois amigos mais próximos... Kevin e Caleb, e nós três nos conhecemos desde o pré. Mas sempre curti fazer minhas próprias paradas. Tinha uma galera que eu via às vezes, com quem estudava, mas nunca tive um grupo grande de amigos.

Ele deu de ombros e riu, para evitar constrangimento.

— Acho que é por isso que Michael e Sarah me levam tanto para sair em Nova Orleans. Porque é meio igual em Tulane. Não sou muito bom de fazer amizade.

— E eu não sou muito boa de mantê-las — acabei falando.

Puxei Loki um pouco, ele tinha sentido cheiro de alguma coisa e estava tentando se esgueirar por baixo da cerca da trilha.

— Como assim? — perguntou Wit. — Aposto que você tem um monte de amigos. Você é incrível.

Senti um aperto no peito.

— Eu tinha amigos, sim. Mas em algum momento... — falei, deixando a frase no ar, e pigarreei. — Em algum momento, parei de dar atenção a eles. Meu foco virou apenas Ben... especialmente depois da morte de Claire. Fiquei tão triste e desligada que me agarrei à pessoa mais próxima, e não soltei mais. Eu me afastei de todo mundo, e nem tentei me reaproximar. Porque Ben amava me proteger. Ele amava que eu *precisasse* dele, até decidir que não precisava mais de *mim*.

— Ben? — perguntou Wit. — Não era Escroto?

Chegamos a um mirante e nos sentamos no banco, composto de três pedaços de pedra. Contei rápido para Wit sobre a ligação de Ben bêbado de madrugada, e o que eu tinha respondido ao ligar.

— Então agora ele voltou a ser só Ben — concluí. — Porque não me importo mais. Nem levo em consideração. Bloqueei o número dele e tudo.

Wit se abaixou e beijou minha cabeça, passando o braço pelo meu ombro. Seu braço estava salpicado de sardas por causa do sol.

— Mandou bem, Matadora.

Fechei os olhos. *Matadora*. Lá estava — não um dos apelidos carinhosos em mudança constante, mas meu nome especial, fofo e particular.

E eu tinha o mesmo para Wit?

Era mais complicado.

É para durar mais de uma semana? Queria poder pedir para Claire consultar os mapas astrais e o baralho de tarô.

— E você? — perguntei. — Já teve namorada?

— Tive — respondeu ele. — Por um tempinho, na escola.

Dei uma cotovelada nele.

Ele riu.

— O que foi?

— Mais detalhes, por favor.

— Por quê?

— Porque é importante. Garotas gostam de saber dessas coisas.

Wit suspirou.

— Brianna, o nome dela. A gente estava na mesma turma de matemática, e combinou de ir junto ao baile no segundo ano. Começou assim.

— Quando terminaram?

— No inverno, no último ano, porque aparentemente eu não dava atenção suficiente para ela.

— Isso não parece com você — falei.

Ele sorriu de leve.

— Como assim?

Engoli em seco.

— Ah, é que...

Você é carinhoso sem nem pensar.

Você me deixa falar por horas, e me escuta por horas.

Você faz eu me sentir completamente radiante.

Mas não consegui dizer nada disso, e só o beijei.

— E em Tulane? — perguntei, depois. — Tem algum par romântico lá?

— Jura? *Par romântico?*

Olhei com insistência para ele.

Ele deu de ombros.

— Tinha umas garotas, sim... mas nenhum relacionamento importante nem nada. A gente saía umas vezes, e aí...

— Ficava — concluí por ele. — Você ficava com elas, e é só.

Wit passou a mão pelo cabelo, corado.

— Meredith, por que estamos falando disso?

Porque, pensei. *Porque quero saber se... Caso as coisas fossem diferentes...*

— Sei lá — falei, rápido. — Desculpa, é só bobeira.

Eu me inclinei para a frente, e peguei a garrafa d'água do bolso lateral da mochila.

— Loki! — chamei, antes de jorrar água na boca dele.

Ele bebeu e bebeu mais.

— Truque legal — comentou Wit.
— Claire ensinou.
Ele fez que sim com a cabeça, pensativo.
— Parece a cara dela mesmo.
Eu ri.
— Você fala como se a conhecesse.
— Bom — disse ele, se ajeitando no banco —, é que...
— Eu falo muito dela. Eu sei — falei, e apontei ao redor. — Tudo nessa ilha é *ela* para mim, não consigo me conter. Ela teria gostado de você.

Wit sorriu, gentil.
— Sarah disse a mesma coisa. Achou que seríamos bons amigos.

Ele hesitou, sem olhar para mim, voltado para o horizonte. Cruzou os dedos no colo.
— Meredith, acho que preciso esclarecer uma coisa...

A trovoada repentina abafou o que ele ia dizer.
— Merda! — falei, me levantando de um salto, já assustada com ter de encontrar o carro e voltar sob chuva. — Vamos correr!

Porém, eu não sabia que trilha pegar. Existiam várias saídas do mirante. Wit pegou minha mão.
— Não se preocupe — falou. — Eu sei o caminho.

———

Nossas roupas estavam encharcadas quando chegamos ao Raptor, e entreguei as chaves com prazer para Wit quando ele se ofereceu para dirigir. Eu me larguei no banco do carona, com Loki, ensopado, no colo. Foi uma pena não ter uma toalha de praia para embrulhá-lo, porque seu primeiro instinto foi se sacudir para se secar. *Perfeito*, pensei, coberta de lama. *Perfeito mesmo.*

Wit não riu; em vez disso, continuou a conversa de antes.
— Desculpa por falar desse jeito esquisito sobre as garotas — disse, tossindo. — Não tenho orgulho disso, e Michael já me deu um monte de esporro.

— Você fala dessas coisas com Michael? — perguntei.

— Falo.

Eu assenti, mas não disse mais nada, lembrando que Claire constantemente me dizia que eu merecia mais do que Ben, que havia alguém melhor para mim por aí.

— Não sei quando vai acontecer — dissera ela, certa vez, quando eu voltara para casa depois de uma briga com ele.

Eu e ela tínhamos nos aninhado na cama dela — ela me abraçando.

— Mas um dia, em algum lugar... — falara, e murmurara algo ao pé do meu ouvido que me fizera parar de chorar por um segundo, e até me arrancara um sorriso.

— De qualquer jeito, você é mais bonita do que todas elas — acrescentou Wit, ligando o para-brisas do Raptor na velocidade máxima. — De longe.

Abracei Loki com força.

— Não diga isso.

— Mas é verdade.

Ele soltou o volante para lamber um dedo e limpar um pouco de lama do meu rosto.

Senti um aperto no peito.

— Não me importa se for verdade — falei. — Por favor, não me chame de bonita assim.

Eu esperava que ele perguntasse o porquê, mas não perguntou. Em vez disso, ele ligou a seta e parou a caminhonete no acostamento. Ele então ligou o pisca-alerta, e se virou para mim. Eu vi nos olhos dele, naquele brilho dourado, que ele se lembrava da manhã da véspera, de quando estávamos nos beijando. *Não me chame de bonita*, eu pedira, e fora embora sem explicar.

— Ok — disse Wit devagar, com as duas mãos no volante, mas sem desviar o olhar do meu, e meu coração disparou. — O que foi? Me conte, por favor.

Esperei um segundo... dois... três.

Wit soltou o volante.

— Todo mundo diz que sou bonita — murmurei.

— Bom, mas é verdade — respondeu Wit. — Você é inegavelmente...

— *Ben* me chamava de bonita — interrompi. — Ben me chamava de gata, de fofa, de *bonita* — falei, com os olhos ardendo. — Ele quase nunca reconhecia que eu tinha mais a oferecer do que minha aparência. — Pisquei para conter as lágrimas. — E não aguento mais ouvir isso. Não aguento — falei, hesitando. — Especialmente de você.

Wit continuou em silêncio.

— Não quero ser "bonita" para você — tentei de novo. — Não quer dizer nada. É vazio e superficial — expliquei, pegando a mão dele e apertando com força. — Você me faz os elogios mais maravilhosos. Diz coisas interessantes que ninguém nunca me disse, fala que sou afetuosa, inteligente, esperta... e nem sei explicar como me sinto bem.

Beijei os dedos dele, quentes, apesar da chuva.

— Ouvir *essas* coisas me faz feliz — concluí, e comecei a beijar a palma da sua mão, descendo pela linha do coração.

— Certo, não vou chamar você de bonita — disse Wit, depois de um minuto, e suspirou. — Mas posso pensar ainda? Porque, se não puder — falou, olhando meu corpo de cima a baixo, mesmo que eu estivesse toda molhada e suja de lama —, vai ser pedir demais.

— Pedir demais?

— Pedir o *impossível*.

Eu ri.

— Mesmo nesse estado?

— Uhum — disse ele, se aproximando para bagunçar meu cabelo. — Mesmo nesse estado.

Michael me mandou mensagem bem quando chegamos à estrada da fazenda.

Não sei onde vocês estão, seus safados, mas todo mundo foi convidado para jogos e *gumbo* na casa do brejo.

Wit resmungou quando li a mensagem em voz alta.
— O que foi? — perguntei. — Não gosta de gumbo?
— Nada disso — falou. — O gumbo da Jeannie é o *melhor* de Nova Orleans.
Ele hesitou.
— É que — continuou —, sabe, com todo mundo na mesma casa... que nem o que rolou no salão de jogos?
Assenti, entendendo.
— Vai ser um massacre.
Porque, apesar de eu e Wit termos fugido cedo, muita gente acabara sendo eliminada, sem escapatória, depois do fim oficial da festa no salão de jogos. De acordo com Pravika, pelo menos dez jogadores foram assassinados.
— Vamos precisar de criatividade, então — falei para Wit. — Sair pela janela, sei lá.
Eu torcia para Ian não considerar a possibilidade. Além do mais, se o gumbo de Jeannie era delicioso como Wit dissera, eu passaria a tarde lá evitando meu primo com o maior prazer.
— Por sinal — disse Wit —, você chegou a pedir para Sarah falar com a Viv? Para arranjar seu alvo?
Meu coração subiu até a garganta.
— Ah — soltei, sem conseguir falar direito. — Eu... hum, não preciso mais — disse, mordendo o lábio. — Viv... entregou o alvo logo depois de você ir embora ontem.
— Espera, *jura*?
Wit perdeu o controle do carro por um instante, mas logo se endireitou. Ele levou a mão ao meu joelho, mas, pela primeira vez, eu não queria aquele carinho.
— Por que não me contou no quarto? — perguntou.

— Porque eu estava ocupada demais, seduzindo você — brinquei. — Com minha camiseta suada, e tal.

— Ah, sim... — disse Wit, mas parou por aí, como se talvez estivesse também pensando em quando eu chorara, chorara por causa de Claire. — Sou um idiota.

— Mas um idiota bonitão.

— Bonitão? — disse ele, me olhando com incredulidade. — Você pode me chamar de *bonitão*, e eu não posso...

— Você *gosta* de ser chamado de bonitão. Ontem, fez biquinho que nem uma criança quando eu disse que *não* chamaria você de bonitão.

Wit se empertigou no assento.

Tentei voltar o assunto para ele.

— Imagino que você vá tentar pegar seu alvo hoje, né?

— *Tentar?*

Revirei os olhos.

— Metido.

— Mas um metido *bonitão*, né?

— É, apesar de metidos bonitões nem se compararem com idiotas bonitões.

Wit riu e concordou com a cabeça.

— Tá, tá — falou. — Vou me esforçar.

— Legal — falei, e me calei, querendo que a gente chegasse logo.

Eu sabia quem era o próximo alvo de Wit e, apesar da execução provavelmente ser fácil, as repercussões seriam difíceis.

Para mim, não para ele.

— Falando nisso — me peguei falando —, acho que vou dar uma recuada.

Ele levantou uma sobrancelha.

— Uma recuada?

— Uhum — confirmei. — Com Ian à caça, vou ficar um tempo na defensiva. Ele está me deixando nervosa, e quero estar preparada.

— Mas você *está* preparada. Você até sabe que Ian é seu assassino — disse Wit, com um suspiro. — Não sei quem é o meu, e estou *muito* nervoso, mas não vou deixar que isso me atrapalhe.

— Wit — falei, com dificuldade de dizer o nome. — Tem *tanta* gente nervosa por sua causa, que acho que até *seu* assassino deve estar nervoso. Você pode continuar no papel de bandido da bandana — disse, então respirei fundo e ensaiei o que diria a seguir. — Além do mais, tem uma vantagem em mudar para a defensiva.

— Me explique — disse ele, sem emoção.

— Bom, enquanto eu evitar Ian, meu alvo vai fazer a maior parte do trabalho.

— A maior parte do trabalho?

— Isso — falei. — Tá, a pessoa vai se divertir por aí, mas, quanto mais gente matar, menos gente eu terei que encarar quando chegar a hora.

Wit ficou de olho na estrada, mas eu quase escutava as engrenagens na cabeça dele, quase via as cenas que imaginava.

Por favor, pensei, enjoada. *Por favor, acredite em mim. Aceite. Precisa ser assim...*

— Quem é? — perguntou.

Escutei o sangue nos ouvidos.

— Quem é seu próximo alvo?

Abracei Loki com tanta força que ele latiu.

— Merda — murmurou Wit. — Sou eu, não sou?

— Não! — falei, rápido, vendo-o passar a mão pelo cabelo. — Não, nossa, Wit — disse, forçando uma gargalhada —, *não é* você. Não seja ridículo. Claro que não é você!

Ele tensionou a mandíbula.

— Então por que eu precisei perguntar duas vezes?

Palavras... eu precisava de palavras, *rápido*.

— Porque, mesmo não sendo você, ainda é uma pessoa próxima — respondi, passando mentalmente a lista de sobreviventes, e cheguei a uma opção. — Uma pessoa que é minha aliada.

Respirei fundo, e torci para aquilo não voltar para me pegar.
— Luli — falei. — Eu tirei Luli.
Ele me olhou.
— Luli?
— Luli — confirmei.
— Não sou eu?
— Não é você.
Silêncio.
— Então parece uma boa lógica — disse Wit, finalmente. — Concentre-se em evitar Ian e deixe Luli se divertir.
— Isso — falei, enroscando o dedo mindinho no dele. — É exatamente o que vou fazer.

QUINZE

A maioria das pessoas foi à casa do brejo de carro, mas eu e Wit pegamos um guarda-chuva, e o conduzi pela trilha que eu pegara pela mata para assassinar o pai dele. Nós dois estávamos armados: Wit para concretizar o plano dele, e eu para manter as aparências. Ninguém podia saber da minha nova estratégia. *Porque é*, sim, *uma estratégia*, insisti mentalmente. *Sem um assassino atrás dele, Wit pode eliminar quantos jogadores quiser, diminuir a concorrência.*

Aí, finalmente, eu poderia matá-lo.

Não imediatamente, mas depois.

No entanto, ele estava nervoso — mais nervoso do que eu já o vira, mais nervoso do que *eu*. Estava agitado, virando a cabeça a cada segundo.

— Ei, relaxa — falei. — Praticamente ninguém conhece essa trilha.

— Praticamente?

— Claire — respondi. — E os cachorros, acho... Mas, fora eles, só Claire.

Um breve aceno de cabeça.

Senti um nó no estômago. *Talvez eu deva contar*, pensei. *Talvez eu deva contar que ele é meu alvo, e assim podemos fazer um novo acordo. Um adendo ao pacto, uma combinação de trabalhar juntos para, no confronto final, restarmos só nós dois.*

Mas já era tarde. Ele tinha me perguntado diretamente se era meu alvo, e eu negara abertamente. Não dava para retirar a mentira.

— Vai ficar tudo bem, Wit — falei, engolindo em seco, e o nome dele não soou bem saindo de minha boca. — Você é calmo, competente, capaz, e *concentrado*. Não deixe a paranoia dominar. *Não* deixe. Combinado?

— Combinado — disse ele, com um suspiro demorado.

O rosto dele estava queimado de sol, mas ainda parecia pálido como o dia nublado.

— Vamos entrar lá — falei, na minha melhor voz motivadora — e fazer o que precisamos fazer. Eu vou evitar Ian e seu alvo nem vai saber o que o acertou.

— E vamos jogar e comer também — acrescentou Wit. — Não esqueça.

— Isso — falei, sorrindo. — Então não vamos demorar.

— Vamos demorar só mais um segundinho — disse ele, e me abraçou pela cintura, me puxando para um beijo.

Era um beijo leve e trêmulo, mas, de repente, eu quis mais, e me agarrei ao corpo forte e esguio dele até ele me levantar, e eu ficar pendurada pelo pescoço dele. Nos beijamos intensa e profundamente. Eu nem sabia onde tinha ido parar o guarda-chuva; não estava nas nossas mãos.

Eu o beijei uma última vez, e então Wit me soltou e continuamos o caminho, até sairmos no quintal lateral da casa do brejo, os dois encharcados. Havia várias pessoas à espreita de quem chegasse pela frente, todas de armas a postos. Tio Brad e Nicole Dupré estavam no grupo. Não vi Ian.

— Ok, isso leva ao banheiro do térreo — falei para Wit, empurrando uma das janelas. — Pronto?

Ele concordou e me ajudou a subir, e pulou a janela atrás de mim. Tinha várias escovas de dente na pia, e toalhas penduradas atrás da porta fechada — Wit e eu aproveitamos para nos secar um pouco. Guardamos as armas d'água no chuveiro, e a cortina de estampa geométrica fez um ruído assobiado quando a fechei.

Cem vozes se misturavam quando entramos no corredor, cujas paredes eram amarelas como manteiga, decoradas não apenas com fotos da família Fox, como também pinturas lindas de paisagem em aquarela.

— Não acredito — sussurrou Wit, ao ver as iniciais BGF no canto da pintura. — Tio *Brad* pintou isso?

Fiz que sim com a cabeça.

— Ele tem muitos talentos.

O mesmo podia ser dito de Jeannie Dupré, e o cheiro de gumbo nos envolveu quando chegamos à cozinha. Detectei imediatamente cebola, pimenta e linguiça. O fogão estava cheio de panelas, e minha mãe estava ajudando, picando verduras na bancada. Eu sorri. Minha mãe amava cozinhar, mas, depois da morte de Claire, tínhamos começado a pedir muita comida pronta. Porém, parecia que ela estava voltando ao hábito. Lembrei que quase tinha caído estatelada ao chegar da casa de Ben, meses antes, e encontrá-la na cozinha, preparando meu frango frito preferido para jantar.

Wit notou que eu a observava.

— Essa aí é a trindade — disse ele. — Cebola, pimentão e aipo. É o essencial.

— Ah, Wit! — disse a madrasta dele ao nos notar. — Graças a Deus! Já preparei umas panelas, mas tem mais gente a caminho, então mandei Michael e Oscar para criar mais mercado...

— Comprar mais comida — traduziu ele para mim.

— Você e a srta. Meredith podem sufocar isso aí quando Liz acabar de preparar?

— Srta. Meredith? — perguntei, olhando com um sorriso torto para Wit quando minha mãe confirmou que a trindade estava pronta.

Wit coçou o pescoço.

— Pois é, meu pai e a Jeannie chamam você assim — disse ele, levantando a mão, como se confessasse. — A ideia não foi minha.

Abri mais o sorriso e balancei a cabeça, lembrando que Oscar Witry tinha me chamado de srta. Meredith depois de eu assassiná-lo.

— O que é "sufocar", nesse caso?

— É para a gente refogar isso aqui com mais cebola — explicou ele, pegando a tábua da minha mãe. — No fogo alto, por *muito* tempo.

Sarah já estava no fogão, mexendo uma substância bege em uma panela.

— Jeannie! — chamou ela, quando o bege começou a rapidamente virar marrom. — O *roux*! Está...

— ... estragado — disse Wit, inclinando a cabeça. — Não deve ser a primeira vez?

Sarah bufou.

— É só farinha e óleo — disse ela, ajeitando os óculos. — Devia ser simples — falou, com um gemido. — É minha terceira tentativa.

Depois de Wit e eu "sufocarmos" com sucesso, nos servirmos de uma das panelas prontas de gumbo e fomos atrás de jogos. No caminho, tínhamos decidido que jogaríamos coisas diferentes. *Distância*, era o acordo. Wit queria atacar, e era melhor eu não estar nem perto na hora.

Quando ele se foi para jogar Scrabble com Pestana, Docinho, e alguns Dupré, encontrei Pravika, Eli, Jake e Luli montando o tabuleiro de Banco Imobiliário no alpendre telado. Na função de banqueiro, Eli estava contando o dinheiro, enquanto Luli organizava as escrituras.

Luli, pensei. *Que bom*.

Eu precisava conversar com ela — conversar *de verdade*. Eu tinha me desculpado segunda-feira por ignorar as mensagens e tal, mas, depois da caminhada com Wit, e de contar a ele sobre meus problemas com amizades, senti que ela precisava de uma conversa mais profunda. Uma explicação para abrir bem a porta entre nós, e deixá-la aberta por muito tempo. Lembrei como era quando eu, ela e Claire éramos pequenas — corríamos juntas pela fazenda, rindo sem parar. Uma das minhas lembranças preferidas era da noite em que tínhamos pregado uma peça em Jake e Eli, e desenhado a cara deles com batom enquanto dormiam. Senti uma pontada incômoda ao pensar em perder essa amizade. Eu já tinha perdido Claire; não podia perder mais ninguém.

— Oi, Mere — disse Pravika. — Dedal, bota ou cartola?

— Dedal, por favor — respondi, e me sentei na cadeira vazia ao lado de Jake.

— Sua boca nem está pronta — advertiu ele, enquanto eu pegava uma colherada de gumbo e soprava para esfriar. — Nem. Está. Pronta.

— Ai, nossa.

Gemi de verdade depois de comer o primeiro pedaço, ao mesmo tempo doce e apimentado. A cebola, o pimentão, o aipo, a linguiça, o camarão... era uma explosão de fogo na boca. Dava para sentir o *gosto* da paixão da cozinha.

— Isso é... — comecei.

— Luli já comeu três tigelas — disse Eli, e notei que eles todos tinham acabado de comer.

Peguei mais uma colherada. Talvez eu também comesse três tigelas.

Do meu outro lado, Luli fez uma careta exagerada.

— Agora podemos começar?

— Preciso conversar com você — cochichei, enquanto Eli distribuía o dinheiro. — Depois do jogo?

Os olhos dela brilharam, provavelmente achando que eu me referia a Assassino, e que tinha informações a compartilhar. Senti um calafrio incômodo.

— Ok — sussurrou ela de volta. — Mal posso esperar.

Infelizmente, Banco Imobiliário foi muito menos emocionante do que o gumbo. O jogo se desenvolveu como sempre entre nós cinco: Jake foi discretamente comprando todas as áreas baratas e construindo hotéis, Luli parou na parada livre um milhão de vezes, e eu fui para a cadeia o tempo todo, enquanto Eli e Pravika propunham trocas ridículas. Acabamos abandonando o jogo.

— O que vocês acham? — perguntou Eli. — Será que vou ao iate clube me apresentar?

— Hoje, não — disse Luli, apontando o tempo lá fora, pois não tinha muito tempo que parara de chover. — Apostaria todo o dinheiro de Banco Imobiliário que cancelaram a vela hoje.

Eli revirou os olhos; tinha ficado decepcionado com minha informação da livraria, sobre o vendedor que tinha planos para almoçar.

— Seu instrutor de vela continua por aí — eu tinha dito, para animá-lo. — Você disse que era o homem dos seus sonhos, lembra?

— Lembro — respondera ele —, porque é mesmo...

— Vai, sim — falei. — Para finalmente descobrirmos o nome desse cara.

— Pois é, e quem sabe? — disse Pravika. — Talvez seja amor à primeira vista, e ele venha ao casamento...

Olhei com atenção para ela. *Parou, Pravika. Parou.*

— Ei — disse Luli, voltando do banheiro. — Cadê o Jake?

— Foi à casa da Mere — respondeu Eli.

Ele estava olhando, pensativo, para o lago Job's Neck, ao longe, que estava, era claro, obstruído pelo complexo residencial de Nylon de mau gosto. Eu esperava que as coisas deles não estivessem estragadas pela chuva.

— Para pegar o tabuleiro velho de xadrez — acrescentou.

Nenhum de nós jogava xadrez tão bem, mas tínhamos decidido dar mais uma chance. Eu sabia que deveria ter ido pessoalmente ao anexo buscar o tabuleiro, mas Jake se oferecera primeiro.

E...

— Ele está demorando bastante, né? — comentou Luli.

Eu desconfiava que a arma de Wit não estava mais no chuveiro. Não era coincidência ele ter entrado no jogo de Scrabble, que estava instalado na sala de estar... a sala pela qual *todo mundo* passava para entrar e sair da casa.

Eli deu de ombros.

— Talvez ele tenha parado para cagar.

— Eli... — resmungaram Luli e Pravika ao mesmo tempo.

— O que foi? — perguntou ele, com um tapinha na barriga. — Esse gumbo é potente...

Ele foi interrompido por gritos do outro lado da casa:

— Ai, meu Deus!

— Olha lá fora!

— Ele enlouqueceu!

Nós quatro pulamos das cadeiras e corremos até a sala, onde parentes e convidados do casamento estavam aglomerados nas janelas.

— Meredith! — chamou meu pai, e eu me apertei ao lado dele para olhar a frente da casa, onde todos os carros estavam estacionados.

Wit estava ali no meio, saindo pelo teto solar do Raptor. Ele estava com a arma monstruosa de Claire amarrada nas costas, mas, em vez de usá-la, arremessava um arco-íris de balões d'água no alvo.

— Você deu a chave do carro para ele? — perguntei para meu pai.

— Talvez eu tenha deixado no carro — disse ele, distraído. — Você comprou os balões?

— *Touché* — murmurei, porque @sowitty17 tinha me pedido balões quando eu fora ao mercado na véspera... balões que arremessava no coitado do Jake, sem piedade.

Tentei não sorrir, mas era o ataque perfeito, inclusive por causa do teto solar — uma homenagem ao nosso primeiro encontro. Muita gente estava rindo, mas ninguém sabia que era uma piada interna, um recado secreto especial de Wit para mim. Eu gostava daquilo, de algumas coisas serem só entre nós.

O grupo se divertiu quando Jake, ensopado e com pedacinhos de borracha colorida grudados na roupa, entrou depois de entregar o alvo seguinte a Wit.

— Toalha, por favor? — pediu. — Alguém me arranja uma toalha?

— Já vou! — falei, já que era o mínimo que eu podia fazer.

Foi então que senti a mão de Luli no meu braço.

— Vou ajudar — falou.

A voz dela estava agradável, mas a expressão em seu rosto era de pura *fúria*. Olhos estreitos e escuros, nariz torcido, boca franzida — até uma veia pulsava no pescoço. Eu sabia que ela ficaria com raiva, mas a *esse* ponto? Ela apontou o segundo andar.

— As mais macias ficam lá em cima — disse.

— Legal.

Tentei sorrir. Eu queria conversar com ela, mas não assim. Não quando ela parecia querer se vingar pela morte do irmão.

— Vamos lá — acrescentei.

— Vamos.

A expressão dela não se suavizou.

Enchi o peito de ar, mas não soltei antes de subir atrás dela.

DEZESSEIS

Achei que o melhor era me desculpar primeiro, por mais que fosse difícil.

— Escuta, Luli — falei, depois de fechar a porta do banheiro —, tenho pensado muito...

— Ah, tem pensado, é? — interrompeu. — Deixa eu adivinhar — disse, com as mãos na cintura. — Tem *pensado* em você, e *só* em você.

Franzi as sobrancelhas.

— Hum, como é?

Luli revirou os olhos.

— Não se faça de boba, Meredith. Você e sua traição eliminaram meu irmão!

— Não. Não é verdade, não é, mesmo. Jake se ofereceu para pegar o tabuleiro. Eu não fiz nada.

— É, mas você sabia. Você *sabia* que Wit tinha tirado ele, e não contou para a gente — disse ela, com uma gargalhada seca. — Que aliança, hein? Não acredito que caí naquela baboseira de você estar paquerando ele para arranjar informação. Você provavelmente virou casaca assim que botou aquele vestidinho preto.

Senti o pescoço arder, e pensei em dizer: *Na verdade, eu e Wit estamos no mesmo lado desde sempre. Fizemos um acordo na noite de domingo e combinamos que seríamos sinceros.*

Não que eu estivesse sendo sincera com ele no momento.

— Não virei casaca — tentei de novo. — Ainda sou fiel...

Luli sacudiu a cabeça e tirou o celular do bolso. Rangi os dentes, já sabendo o que ela ia me mostrar.

— Amarrada no Witry? — falou, quando acabou de carregar o post do Home Port no Instagram. — Diz tudo, né?

Não respondi, e olhei a foto: nós dois sentados do mesmo lado da mesa, eu sorrindo e lambendo manteiga do lindo rosto acabado de Wit.

— E não é só questão de Assassino, Meredith. É muito mais do que isso — disse Luli, com uma pausa. — Tudo gira sempre em torno de você. É tudo o que Meredith quer, do que Meredith precisa, tudo por causa de Meredith e do menino dela!

Meredith e o menino dela.

O *menino* dela.

De repente, entendi por que Luli não parava de falar de Ben, por que chamava Wit pelo nome dele. Ela não estava implicando comigo por levar um pé na bunda logo antes do casamento. Ela achava que Ben e Wit eram iguais.

— Luli — falei, cautelosa. — Não é isso.

— É, sim! — retrucou ela. — Ben pode ter terminado com você, Meredith, mas você terminou com a gente muito antes — falou, e se virou. — Seus amigos nunca abandonaram você. *Você* abandonou *a gente*.

Fiz que sim com a cabeça, sem poder negar. Era o que eu tinha contado para Wit: que, depois da morte de Claire, tinha pegado na mão de Ben e empurrado meus amigos. A única amiga que queria era minha irmã, e ela se fora.

Porém, não consegui encontrar essas palavras para Luli. Eu me senti me fechar, tremendo, ansiosa por estar trancada naquele espaço pequeno com ela.

— E agora está fazendo a mesma coisa com Wit — disse Luli, como eu sabia que diria. — Ben dá tchau, e logo chega o Wit. Você conhece ele há, o quê, cinco minutos? E já está de quatro por ele.

— *Não estou* de quatro — falei, esperando que minha voz não falhasse ao pegar a toalha de Jake e seguir para a porta. — Estamos só curtindo essa semana.

Luli ficou em silêncio por um momento, antes de usar a última arma do arsenal.

— Ele vai acabar, sabe — disse ela. — Vai acabar com você.

Ela pegou a toalha do irmão dos meus braços e passou por mim, saindo pelo corredor.

— Não conte comigo quando precisar de ajuda para se reerguer — concluiu.

———

Depois de tremer e me olhar no espelho do banheiro, peguei a escada escondida que levava ao terceiro andar da casa do brejo — o sótão. *Não chore*, pensei, me enroscando no banquinho estofado da janela. *Não precisa chorar.*

Porém, comecei a soluçar, cobrindo o rosto com as mãos antes de ceder e usar uma das colchas de retalhos de Docinho como um enorme lenço. As nuvens lá fora tinham quase se dissipado quando a porta finalmente se abriu com um rangido.

— Mere? — disse alguém. — Está aí?

Sarah entrou, trazendo uma caixinha azul. Ela arregalou os olhos ao me notar, sozinha, encolhida ali.

— Estou — falei, baixinho, quando ela deixou a caixa na estante. — Oi.

Em um piscar de olhos, ela me abraçou. Enterrei o rosto vermelho no vestido Lilly rosa e laranja dela, e inspirei o perfume de Sarah. A baunilha de sempre, mas misturada à pimenta do gumbo. De algum modo, combinava.

— Está todo mundo surtando — disse ela, quando finalmente a olhei. — Teve *um monte* de ataques, Ian entrou pela portinha do cachorro, e faz um tempão que você sumiu, então Wit...

Ela inclinou a cabeça, e sorriu um pouco.

— Wit está preocupado — continuou. — Está paranoico, com medo de Ian ter encurralado você em algum canto.

Mais lágrimas escorreram.

— Eu fui *mesmo* encurralada — choraminguei.

Então, tudo escapou de mim: Luli me acusando de traição à aliança, abandonar meus amigos por Ben, e Wit... Bom, comecei e parei por aí. Honestamente, eu não sabia se queria falar dele com ela, não queria saber o que ela pensava sobre o que ele faria com meu coração.

Será que meu coração era dele? Porque, quanto mais tempo passávamos juntos, mais eu sentia isso. Eu não estava apaixonada por ele, mas sabia que estava chegando lá. Pela voz dele, pela gargalhada, pelas piadas, pela sensação de tudo ser tão natural entre nós desde o início. Pensei na mão carinhosa no meu joelho, em dormir abraçada nele, na boca dele na minha, e nas palavras que ele sussurrara, que me faziam acreditar que eu podia fazer toda e qualquer coisa.

A gente só se conhecia fazia poucos dias, sim, mas eu estava deslizando por um dos penhascos milenares de Aquinnah e ganhando velocidade a cada segundo. Luli não fazia ideia de como seu último golpe tinha sido certeiro. Porém, a mente de Wit era um mistério. Será que estávamos alinhados? Se eu dissesse que queria continuar com ele depois dessa semana, ele concordaria?

Quando acabei de falar, estava com a cabeça encostada no ombro de Sarah, e ela segurou minha mão entre as suas. Esperei ela dizer alguma coisa, mas ela levou mais vários segundos.

— Desculpa — falou, por fim. — Desculpa por estar tão distante essa semana.

Distante?, pensei. *Sou eu que estou evitando você.*

— Para com isso! — falei. — Você está ocupada com o casamento!

— Não faz diferença — respondeu ela. — Você é minha prima, e sei como está sendo difícil. Eu deveria ter ajudado você. Deveria *ajudar* você.

Dessa vez, fui eu que me calei, considerando se deveria fazer uma pergunta que a atingiria em cheio.

— Então por quê? — sussurrei. — Por que você contou a história da salada? Por que contou a história de Claire não comer comida de coelho em Nova Orleans? — perguntei, com a voz pesada, alguma coisa entalada na garganta. — Foi a mesma noite, Sarah. Foi *aquela* noite — falei, olhando-a, sem conseguir evitar encarar a cicatriz comprida. — Por que fez isso?

Minha prima desviou o olhar.

— Não foi de propósito — falou. — De início, não. Você evitou a salada, e pensei nela, e em como era engraçado, e de repente eu já estava no meio da história e sabia que não podia parar, sabia que, se parasse, todo mundo ia perceber — disse, apertando minha mão. — Eu torci para você não perceber.

— Claro que percebi — falei, com o coração a mil. — Ela é minha irmã, minha melhor amiga.

Parei por um instante.

— A gente se falava por mensagem *todo dia* — continuei. — Acordei naquele dia sabendo que vocês tomariam café no Ruby Slipper e visitariam o *bayou* mais tarde.

Sarah caiu no choro.

— Desculpa — disse ela. — Meredith, me desculpa. Por contar a história como se fosse uma piada boba... e por levar ela para sair naquela noite, para começo de conversa. Eu não devia ter feito isso. Ela só tinha dezoito anos, mas eu esqueci... ela sempre parecia tão mais velha — falou, pegando minha mão. — Quando acordei no hospital e Michael me contou...

Eu a abracei, e qualquer mínimo rancor se esvaiu de repente. Porque não éramos só eu e meus pais que estavam se recuperando da perda de Claire. Sarah tinha perdido a prima — a prima *preferida*.

— Você não sabia — sussurrei. — Como saberia o que ia acontecer? Foi um acidente bizarro.

— Eu sei — respondeu ela, também sussurrando. — Eu sei, e me lembro disso todo dia... especialmente aqui, especialmente agora. — Ela respirou fundo, e então se levantou e atravessou a biblioteca aconchegante até a estante. Eu a vi pegar a caixinha azul. — No dia seguinte — disse ela, se juntando a mim novamente —, a gente ia tomar um brunch, só eu e ela, e eu lhe daria esse presente para pedir que ela fosse madrinha no casamento.

Meu coração desacelerou.

— Você sabe o quanto eu te amo, Meredith — disse Sarah, como se lesse minha mente. — Eu te amo muito, mas Claire era a minieu.

— Eu sei — falei.

Sabia mesmo. Sarah e eu éramos próximas, mas ela e Claire tinham uma amizade especial. Enquanto Claire era minha irmã mais velha, todo mundo via Sarah como irmã mais velha de *Claire*. O vínculo delas era mais apertado que os pontos de um cachecol de tricô. Quando mais nova, eu sentia ciúmes, mas depois tinha aprendido a amar vê-las juntas, perfeitas e engraçadas. Eram lindas, cantando músicas bobas inventadas e dançando descalças ao redor da fogueira.

Sarah sorriu, fraca.

— Isso agora é seu — disse, me entregando a caixa. — Quero que fique com você.

Meu coração deu um nó quando abri a tampa e vi um colar de ouro delicado, cujo pingente era gravado com o que eu supunha ser coordenadas de latitude e longitude.

— Paqua — murmurei. — É a fazenda, né?

Sarah confirmou.

— Os outros colares são todos de prata — disse ela, pegando o colar e prendendo no meu pescoço. — Mas a cor preferida de Claire era dourado...

— Que nem meu cabelo — concluí.

Não era *exatamente* igual, mas Claire sempre puxava minhas tranças e dizia:

— Seu cabelo, Mere! É minha cor preferida para sempre!

— É — disse Sarah, sorrindo mais. — Que nem seu cabelo.

Ela me puxou para mais um abraço carinhoso e sussurrou que me amava.

— Eu também te amo, Sarah — falei, lacrimejando. — Me desculpa por tudo.

Ela beijou minha bochecha.

— Vamos descer?

Vamos, pensei, mas então puxei mais a colcha de Docinho e me deitei.

— Na verdade, podemos ficar mais um pouco aqui? — pedi. — Só um pouquinho?

— Claro, por que não?

Sarah entrou debaixo da colcha comigo, e nos aconchegamos como eu fazia com Claire — de conchinha, ela me abraçando com força.

— Podem procurar a gente à vontade — falou.

Wit estava adormecendo rápido, mas eu não parava de cutucá-lo.

— Não durma — falei, enquanto ele abria os olhos de leve, e fechava de novo. — Eles já vão chegar.

Ele bocejou.

— Faz duas horas que você diz isso.

— Só porque faz duas horas que você *pergunta*.

Bati nele com uma das almofadas do anexo. A gente tinha ficado em casa para jantar e ver um filme com meus pais. Eles tinham ido à casa do farol para a saideira, enquanto eu e Wit esperávamos Sarah e Michael.

— Vem — dissera ela depois do cochilo no sótão. — Michael e eu queremos fazer alguma coisa a sós antes de começar a fanfarra de amanhã.

A fanfarra incluía a montagem da tenda enorme da festa no quintal imenso do casarão (tia Christine já estava nervosa com a possibilidade da terra ainda estar encharcada de chuva), o ensaio da cerimônia na igreja St. Andrew's à tarde, e o jantar em Chilmark.

— Tem certeza? — eu perguntara. — Se quiserem ficar a sós...

— A sós quer apenas dizer "sem a comitiva toda" — ela retrucara, negando com a cabeça.

Eu tinha rido e, como prometido, ela e o noivo chegaram ao soar da meia-noite. Michael buzinou com o jipe, e parecia que Wit estava fingindo o cansaço — ele se levantou do sofá em um pulo, me pegou no colo, e saiu pela porta. Fazia certo frio, porque a tempestade quebrara o calor extremo da véspera. Nós quatro estávamos de moletom.

Quando já estávamos na estrada da fazenda, Wit perguntou aonde íamos.

Mais cedo, eu tinha mandado mensagem para Sarah:

Não conte para ele. É melhor ser surpresa!

Porque eu queria ver a expressão maravilhada de Wit.

Em vez de responder, Michael perguntou:

— Será que vai estar com muita fila?

— Que pergunta boba — disse Sarah, no banco do carona. — A noite está agradável, então...

— A gente devia ter trazido umas cadeiras — brinquei.

Wit gemeu.

— Sério?!

— Sério — respondemos nós três.

Ao passar pelo obelisco de Paqua e virar na direção de Oak Bluffs, mudamos o assunto para Assassino. Minha mãe tinha sido derrotada por uma madrinha na saída da casa do brejo, Nicole Dupré basicamente tinha se jogado no pai de Luli e Jake, e tio Brad tinha agradecido profusamente Jeannie pela quentinha de gumbo antes de matá-la na frente de casa. Ninguém tinha notícias de Ian; só sabíamos que ele tinha escapado da casa do brejo de fininho, pela porta do cachorro.

Então ele sabe, concluí. *Sabe quem é o assassino dele.*

Eu também precisava descobrir. Caso Ian fosse morto antes de mim, precisava saber quem viria me perseguir.

— Chegamos! — disse Sarah, me arrancando dos pensamentos de estratégia, e se virou no assento. — Wit, seja bem-vindo à Back Door Donuts!

Passamos por baixo de um poste no momento perfeito: vi os olhos arregalados de Wit no brilho da luz.

— Donuts — falou, e jurei ouvir a barriga dele roncar de animação.

— É — falei, sorrindo. — Donuts.

Foi então que apontei um estacionamento normalmente discreto atrás de várias lojas, que, no momento, estava lotado de gente — a fila sinuosa levava à porta dos fundos roxa da padaria, que estava aberta. Da porta dos fundos, a *back door*, vinha o nome: Back Door Donuts. Era assim que todo mundo da ilha satisfazia a gula de doce na madrugada. No verão depois de Claire tirar a carteira de motorista, a gente tinha ido ali várias vezes na semana. Os donuts de mel e creme de coco eram nossos preferidos.

— Entrem na fila — disse Michael, depois de algumas voltas em busca de uma vaga.

Não havia vagas livres, já que todo mundo acabava as noites em Oak Bluffs. Os restaurantes, bares e ruas estavam transbordando de gente.

— Encontro vocês depois — acrescentou.

Sarah se esticou por cima da marcha para dar um beijo rápido nele.

— Boa sorte.

Saímos do jipe, Wit pegou minha mão e Sarah foi na frente, subindo a rua, descendo degraus de tijolinho e atravessando o estacionamento imenso até parar no fim da fila incrivelmente comprida. Apertei os dedos de Wit.

— Agora é só esperar.

Ele estava quicando que nem uma criancinha e, quando Michael apareceu, vinte minutos depois, cumprimentou o irmão.

— Tudo bem aí, Witty? Precisa ir ao banheiro?

Sarah e eu rimos.

— Cadê o carro? — perguntou ela. — Longe?

Michael coçou o queixo.

— Digamos que a caminhada vai queimar umas calorias.

Minha prima sorriu e revirou os olhos, antes de se aninhar no abraço de Michael, que beijou a testa dela. Eles começaram a conversar aos murmúrios, perdidos no próprio mundinho apaixonado.

— E se eu tropeçar a caminho do altar? — ouvi ela perguntar.

— Aí eu vou tropeçar na volta — respondeu ele.

O casal na frente deles se virou.

— Não queria me meter — disse a mulher —, mas vocês vão se casar?

— Vamos! — respondeu Sarah. — Depois de amanhã!

Wit se aproximou de mim.

— E... *Bum!* — sussurrou, bem quando Sarah esticou a mão esquerda para exibir o anel de noivado, uma série de pedrinhas ao redor de um diamante em formato de gota tão grande que eu tinha perguntado ao meu pai quanto Michael ganhava trabalhando para os Saints.

A resposta? Muito mais do que eu imaginava.

Fomos avançando na fila devagar e sempre, e Sarah e Michael foram batendo papo com os novos amigos, que tinham ficado noivos no mês anterior. Sarah parecia a tia Christine, felicíssima de compartilhar pérolas de sabedoria sobre planejar casamentos. Tal mãe, tal filha, até nos detalhes.

Fechei os olhos e me aproximei de Wit, ao meu lado como um escudo humano. O vento estava mais forte, mas ele emanava calor, que nem fogo. Ele me abraçou junto ao peito, e apoiou o queixo na minha cabeça. Dava para sentir seu coração bater nas minhas costas.

— Como você está quentinho — murmurei.

— Que mentira — disse alguém, e meu peito acelerou antes de eu entender que *não era* a resposta de Wit.

Era só a conversa de quem estava atrás da gente na fila.

Relaxe, pensei. *Ele não sabe. Ele não sabe que você mentiu sobre Assassino, sobre ele ser seu alvo. Ele não sabe, não vai saber, nunca vai saber...*

Mas, espera, seria verdade?

— Não é, não — repetiu a voz. — Você só faz mentir.

É mesmo, pensei, mudando o peso de um pé ao outro, e admitindo que Wit descobriria, *sim*, cedo ou tarde. Fosse porque Ian me eliminaria no dia seguinte, ou porque nós dois chegaríamos à final no sábado, Wit saberia que eu tinha mentido. Que tinha quebrado o pacto e mentido na caradura.

Senti o estômago revirar, mas troquei um olhar engraçado com Wit. Estávamos próximos o suficiente para ler o cardápio, e os dois caras atrás de nós estavam discutindo sobre a origem do donut Charlie. A conversa era tão absurda e hilária que logo o corpo de Wit começou a sacolejar junto ao meu, de tanto conter a risada.

— Isso é sério? — cochichou.

— Parece que sim — cochichei de volta.

Quando olhei para trás, vi um garoto sorridente, de olhos azul-claros e cabelo loiro-arruivado.

— Querem opinar? — perguntou, e eu notei a insígnia do iate clube de Edgartown bordada na jaqueta dele. — Dizer para meu namorado quem inventou *mesmo* o Charlie?

Ele estava de mãos dadas com ninguém mais, ninguém menos do que o livreiro bonitinho.

— Não, tranquilo — falei.

Coitado do Eli, pensei.

— Ei, Amarrada no Witry! — chamou Sarah, e, quando me virei, vi que ela e Michael já estavam no caixa, e era hora de pedir. — Vem cá!

Donuts. Pedimos tantos donuts. Creme, mel, coco, xarope de bordo com bacon, maçã — pedimos de tudo. Eles eram leves e fofinhos, a doçura açucarada explodindo antes de derreter na boca, mas eu sentia que estava mastigando e engolindo papelão.

E nem tanto assim.

— Tem certeza que não quer um de maçã, Mere? — perguntou Michael, a caminho do carro. — Sobraram alguns.

— Não, obrigada — falei, segurando a mão de Wit com firmeza.

Alguns minutos antes, ele tinha devorado o terceiro donut de geleia, e perguntou se eu queria lamber o resto dos dedos dele. Sarah e Michael caíram na gargalhada quando aceitei.

Eu não queria soltar os dedos. Não *podia* soltar os dedos. Nosso tempo juntos estava se acabando como a areia em uma ampulheta. *Depois de amanhã*, pensava, sem parar. *Depois de amanhã*.

Eu só tinha aqueles dedos, aquela mão, aquele braço, aquele corpo, aquela *pessoa* até dali a dois dias. Não era o suficiente. Não chegava nem *perto* do suficiente, e meu coração tremulava tão rápido que parecia prestes a sair voando do peito.

E eu sabia o motivo.

SEXTA-FEIRA

DEZESSETE

— Oi, sumida — disse tia Rachel quando desenrolei meu tapete de ioga roxo e me sentei ao lado dela. — Senti sua falta nos últimos dias.

— Pois é — falei —, é que alguém me avisou que Ian anda fazendo companhia para você.

Wit achava que era arriscado demais eu ir ao acampamento, mas eu tinha coberto a boca dele no meio da reclamação, e dito que precisava daquilo. Precisava me acalmar, me recompor... e, se possível, precisava *pensar*.

— Você achou que a gente estava do lado dele, né? — perguntou tia Rachel. — Que fizemos uma aliança?

Olhei para ela com irritação.

— Tia Julia anunciou no megafone que eu estava indo embora da praia!

— Ah, Julia — disse minha tia, rindo. — Eu provavelmente não deveria contar isso, mas foi tudo parte do plano dela...

Ela parou de falar de repente, pegou minha mão e apertou na barriga.

— O bebê...

— Está chutando — suspirei, sentindo os pontapés. — Parece um potrinho.

Ela gemeu.

— Já cansei da gravidez.

— O que você ia dizer? — perguntei, um pouco depois. — Antes? Do plano da tia Julia?

Tia Rachel sorriu.

— Ian foi assassinado — contou. — *Julia* assassinou ele ontem. A gente o convidou para fazer biscoitos com as crianças e, quando ele foi embora, ela foi atrás, até a choupana.

Soltei um ruído de susto.

— Mas é o afilhado dela!

— Eu sei — confirmou ela. — Foi por isso que ela não foi atrás dele antes. Disse que era "de benefício mútuo" deixar ele no jogo, porque, quanto mais gente ele matasse, mais ela se aproximaria da final — suspirou. — Mas ele não fez progresso nenhum.

Então eu e tia Julia pensamos na mesma coisa, considerei. *A mesma estratégia, mas uma de nós agiu, e a outra...*

Eu precisava ir em frente.

Precisava ser que nem a tia Julia.

Precisava matar Wit.

Pensar naquilo me deixou enjoada.

— Mas a revelação é a seguinte — continuou tia Rachel —: Ian não tirou você, Mere.

Arregalei os olhos.

— Quê?

— Foi uma tática para você se concentrar nele e se sentir segura com todo o resto.

Um estratagema clássico de Claire Fox, concluí. Espalhar informações falsas pela fazenda... Depois de vê-la ganhar tantas vezes, meu primo tinha aprendido algumas coisinhas. Talvez minha aliança tivesse fracassado, mas Ian estava jogando bem.

— Não sei com quem ele está aliado — disse tia Rachel, antes de eu perguntar. — Só sei que o nome no papelzinho novo da Julia não é o seu.

Suspirei profundamente.

— Dito isso... — falou, sorrindo. — Vamos começar?

— Vamos — respondi, sorrindo também. — Vamos, sim.

Porém, quando fechamos os olhos, pensei em Luli. *Tem pensado em você, e só em você.*

Ela não estava tão equivocada. Como eu andava passando muito tempo com Wit, nosso pacto tinha *mesmo* ficado mais forte do que minha aliança com meus amigos. Era uma aliança em si. Eu não planejava que acontecesse, mas acontecera. Era difícil evitar, já que estávamos dormindo juntos toda noite.

Eu não encontrava o equilíbrio vital entre amigos e namorado. Ben era tudo de que eu precisava depois da morte de Claire. Eu não precisava fazer compras, tomar café, ou ficar à toa com meus amigos. Deveria ter feito isso, mas não consegui. Escola, trabalho na loja de bagel, e Ben — só aguentava isso. Quando Claire tinha morrido, a diversão morrera com ela. Era como se eu atravessasse uma bruma espessa, e precisasse me agarrar a alguém para não me perder.

Wit, contudo, era diferente, não era? Eu não estava me agarrando a ele; parecia mais que estávamos entrelaçados, conectados por um fio invisível. Ele era meu amigo, meu parceiro no crime, a pessoa que me fazia rir muito antes de me ninar ao som das batidas do seu coração e da respiração fofa com a boca.

Vou tentar, queria dizer a Luli. *Cometi muitos erros, mas vou me esforçar para melhorar. Somos amigas desde sempre — quero continuar sua amiga para sempre.*

Quando tia Rachel e eu acabamos a ioga, eu tinha decidido que conversaria com Luli. Seus comentários duros ainda doíam em mim, mas eu estava arrependida de não ter dito mais, tentado mais.

— E agora, aonde vai? — perguntou tia Rachel enquanto enrolávamos os tapetes, e eu disse que ia fazer uma trilha.

Porque era exatamente o que levaria ao complexo residencial de Nylon.

Saí do acampamento e atravessei o gramado, até encontrar Michael, que descia a rua da casa do lago, ainda vestindo as roupas da véspera: o moletom com a flor-de-lis dourada do logo dos Saints, a calça jeans. Apertei o passo, rápida e silenciosa, e logo o alcancei.

— Bom dia — falei, tranquila, e ri quando ele se sobressaltou. — Dormiu bem?

— Na verdade, dormi, sim — falou, assumindo completamente que tinha passado a noite com Sarah. — Nunca durmo bem longe dela.

Senti um nó na garganta.

— Falando nisso — disse Michael —, cadê o Witty?

— Que eu saiba, ainda está dormindo.

— Ótimo — disse ele, batendo as mãos. — Estou a fim de correr.

Fazia silêncio no complexo residencial de Nylon quando cheguei. Ainda era cedo, então a maioria das pessoas devia estar dormindo, mas algumas provavelmente tinham acordado e se arrastado até a casa do brejo para tomar café com o clã Dupré. Cabia um exército inteiro naquela cozinha, e Jeannie era completamente capaz de alimentar todo mundo.

— É, ela é uma cozinheira de mão cheia — dissera Eli depois dos meus elogios ao gumbo. — Você tem que provar a versão dela de ovos Benedict.

Vou tomar café lá, decidi, antes de dar uma volta pelas barracas, até encontrar a magenta, que Luli dividia com Pravika e a irmã dela. As duas acordavam cedo, mas Luli, não. Ela já tinha dormido mais de dezesseis horas ininterruptas.

De coração a mil, tentei bater no nylon. Era claro que a gente tinha aprendido a não bater nas portas das casas, mas aquela era uma barraca, e eu sentia que precisava bater.

— Oi? — falei, quando meus dedos deslizaram pelo tecido fino. — Luli?

De início, não houve resposta, mas logo alguém abriu o zíper da barraca. O cabelo escuro de Luli, embolado pelo sono, parecia um ninho ao redor da cabeça.

— Meredith — falou, resmungando. — Oi.

Nós nos entreolhamos por alguns segundos, e então eu pisquei e fingi que o coração não estava batendo forte assim.

— Podemos conversar? — pedi. — Quero dizer uma coisa.

Luli fez um gesto grandioso para indicar minha entrada na barraca.

— Seja bem-vinda.

A barraca dela era muito mais bagunçada que a de Eli e Jake. Olhei ao redor e vi um colchão inflável, um saco de dormir, e um travesseiro no canto de cada ocupante, mas havia também malas e mochilas explodidas. Roupas, sapatos e toalhas estavam espalhados pelo chão, e areia da praia tinha sujado tudo, inevitavelmente. De repente, me senti culpada por não oferecer a cama de Claire no anexo — nem, já que tecnicamente eu não estava dormindo lá, a minha.

— Não é bem a casa do brejo — comentou Luli. — Nem casa *nenhuma*.

— Mas é divertido, né? — falei, hesitante. — Você está se divertindo?

— Sim. O complexo residencial de Nylon tem muita diversão.

Fiz que sim com a cabeça e, mais uma vez, ficamos em silêncio.

Foi Luli quem falou dessa vez, cruzando os braços por cima da camiseta larga.

— Você disse que queria falar uma coisa. O que foi?

— Ah — falei, e me sentei, sem ser convidada, mesmo que Luli continuasse de pé. — É sobre Assassino. Tenho notícias para você.

— Do Wit?

— Não — falei, balançando a cabeça. — Da tia Rachel.

Luli arqueou uma sobrancelha.

Tomei aquilo como deixa e contei da tia Julia, e do que acontecera com ela e Ian. Da estratégia original, dos biscoitos, da eliminação atrasada...

— Mas como isso me envolve? — perguntou Luli, antes de eu concluir. — Ian era *seu* assassino, então agora tia Julia está atrás de você. Não tenho nada a ver com isso.

— Ela mencionou — falei, e engoli em seco.

Eu tinha mandado mensagem para Pravika dizendo que ia tomar café lá, então ela, Eli e Jake tinham reservado um lugar para mim à mesa comprida da cozinha, mas tinham me recebido com uma cara...

Bem na hora, eu soubera que eles sabiam da minha briga com Luli. Ela provavelmente contara na véspera.

— Ela não queria dizer nada daquilo — dissera Pravika, assim que eu me sentara e pegara os talheres. — Nem uma palavra.

— Ela falou isso para você?

— Não — respondera Pravika —, mas...

— Meredith, eu não diria que ela não *queria* dizer — interrompera Eli.

Eu tinha esperado ele elaborar, mas, como ele não dissera mais nada, Jake suspirara e continuara por ele.

— Ela ficou bem chateada com seu sumiço, Mere. Quer dizer, ficamos todos chateados — falara, olhando ao redor da mesa, e os outros concordaram —, mas ela ficou ainda mais. Ela sempre pensou em você e Claire como irmãs... Então depois da Claire... — dissera, com uma pausa. — Ela queria apoiar você, mas também precisava que você apoiasse *ela*.

Eu fizera uma careta. Ele estava certo, e eu era uma idiota. Nunca tinha pensado assim antes, que Luli queria me consolar, mas também ser consolada.

— Dê um tempinho para ela processar — dissera Eli, com um abraço, após eu contar do pedido de desculpas. — Ela está chateada. Vai levar um tempo para se acalmar, mas vai se acalmar, sim — falara, me olhando. — Ok?

Eu tinha mordido o lábio.

— Ok.

Depois de um minuto de silêncio, Pravika tinha sugerido:

— Novo assunto? Divertido?

— Que nem o quê? — eu perguntara.

— Não é óbvio? — retrucara ela, rindo. — Seu peguete gostoso do casamento?

Agora, ali, na rede do casarão, senti o coração afundar no peito.

— E aí, você acha que vai conseguir? — perguntou Pestana.

Eu pestanejei.

— Quê?

Meu avô fechou o livro.

— Acha que vai conseguir? — perguntou de novo.

Só consegui olhar para ele, chocada. *Ele sabia?*

Pestana confirmou com a cabeça.

— Você começou tão bem, Mere... Rachel e a meditação, Daniel em Edgartown, e ainda por cima do jipe! Oscar na bocha, e aquela amiga *detestável* da Sarah — falou, se inclinando para a frente na cadeira. — Mas estou de olho em você. Você anda carregando essa arma — disse, apontando com o livro para a arma d'água encostada em uma pilastra — por aí faz dois dias, e sem resultado *nenhum*. — Ele voltou a se recostar, e perguntou: — Então, ele sabe?

Eu suspirei.

— Ele adivinhou.

Pestana assobiou.

— Ele é mesmo esperto.

— Mas eu menti — admiti, cobrindo o rosto com as mãos. — *Menti*, e disse que tinha tirado Luli.

— Ah.

— Eu deveria ter dito a verdade — falei, ansiosa. — Deveria ter sido honesta, e a gente poderia ter fechado um acordo.

— Mas não disse, e agora tem medo de, ao se abrir, ele se sentir traído.

Fiz que sim com a cabeça.

Me diga o que fazer, pensei. *Por favor.*

— Humm — foi tudo que Pestana disse, antes de abrir o livro de novo.

Ele não ia me dizer nada. E por que diria? Ele era meu avô, sim, mas também era o comissário de Assassino! Não podia dar conselhos nem mostrar favoritismo.

Eu me levantei para ir embora, e fui interrompida pela voz dele:
— Lembre, Meredith, que só uma pessoa pode vencer.

~

Apesar do ensaio da cerimônia ser à tarde, Wit tinha aceitado com prazer quando eu sugerira ir de carro até Beach Road e pular da ponte. Era a fronteira entre Edgartown e Oak Bluffs, mas a verdadeira fama daquela ponte era ter aparecido no filme *Tubarão*, filmado na região na década de 1970.

— Você precisa ir lá — eu dissera. — É fundamental para turistas.

A ponte ficava a uns quatro metros da água, e era cheia de placas de NÃO SE APROXIMEM DA GRADE! e PROIBIDO PULAR OU MERGULHAR DA PONTE!, mas todo mundo ignorava as ordens. Claire e eu tínhamos pulado pela primeira vez aos treze e doze anos. Pulamos de mãos dadas e, depois de mais seis pulos, já estávamos mergulhando de cabeça e dando saltos-mortais (além de nos jogar de barriga).

— Ah, eu topo, sim — dissera Wit quando eu explicara a tradição, e concordara com a cabeça rápido. — Topo *muito*.

Combinamos de nos encontrar no anexo, então, depois de vestir o maiô, me sentei na frente de casa para esperar. Mandei uma mensagem para @sowitty17:

Pronta

Fiquei mexendo no Instagram, e acabei no perfil de Sarah. O post mais recente dela era da Back Door Donuts, um vídeo que eu tinha filmado dela com donuts de creme nas duas mãos. "Cuidado aí, prima", me ouvi dizer. "Assim não vai caber no vestido."

"Ah, vou caber, sim", dizia ela no vídeo, mastigando. "Talvez não *respire*, mas caber, vou, sim!"

#AgoraElaÉDupré.

Sarah não tem muitos vídeos, notei, e continuei a passar por fotos dela comendo o brunch com amigos, na arquibancada de um jogo dos Saints, em uma festa de Mardi Gras, e com a família Dupré na festa de noivado. Sarah estava com a mão apoiada no peito de Michael, o anel gigantesco refletindo a luz, o sorriso imenso.

Finalmente, apareceu mais um — um vídeo, enterrado entre as fotos. Meu coração parou, imediatamente reconhecendo a pessoa na imagem. De longe, parecia Sarah, de cabelo castanho arruivado e óculos... mas aquela blusa de ombros de fora?

Era minha. Claire tinha pegado emprestado para a viagem.

Era minha irmã, bem ali.

Não veja, pensei. *Nem pense em...*

Cliquei no vídeo. Não tinha legenda, mas o local estava marcado como Basin Seafood and Spirits Restaurant. Senti o rosto arder.

Era da última noite de Claire.

Quando cliquei no vídeo de novo para ligar o som, Sarah estava falando. Era difícil ouvir com o ruído do restaurante, mas me esforcei. "Veja bem", dizia. "Veja o que está rolando ali." Ela dava zoom em Claire e na salada, que remexia pelo prato, entusiasmada, com o garfo e a faca. "Ela não comeu nem uma garfada."

"E acho que ele não notou", opinava Michael. "Acha que sim?"

Sarah ria. "Acho que sim", dizia, subindo a câmera para o rosto de Claire, que literalmente não fechava a boca, em movimento tão rápido quanto o dos talheres. "Acho que ele está sendo simpático, educado... Ah, olha! Ele olhou para o prato dela. Ele sacou."

Endireitei as costas, porque, de repente, pressenti que sabia de quem eles estavam falando... e, quando Sarah mexeu a câmera de novo, lá estava ele, ao lado da minha irmã.

Wit.

"Ei!", gritava ele, do outro lado da mesa. "Está filmando a gente?"

Ele estava igual, mas diferente. O cabelo claro estava um pouco mais curto, e é claro que o rosto estava limpo — sem hematoma ou queimadura de sol.

"Não lembro de ter assinado permissão", dizia ele. "E você, Claire?"

Minha irmã ria e, na mesma hora, meus dedos começaram a tremer, sacudindo o celular. Eu não ouvia a risada de Claire havia mais de um ano. A gargalhada linda e cativante dela. O mundo era muito silencioso sem aquele som.

Deixei o celular cair na grama, mas o peguei bem quando ouvi a voz de Wit na vida real.

— Estou pronto! — exclamou, andando até mim, de calção listrado e toalha jogada no ombro. — *Você* está pronta?

Ele sorriu e tentou me beijar quando me levantei dos degraus do deque, mas eu me desvencilhei. Levantei o celular e consegui falar, esganiçada:

— O que é isso?

Wit franziu a testa.

— Hum, seu celular?

— Ah.

Notei que tinha bloqueado a tela, que estava escura.

— Um segundo — falei, e digitei a senha antes de abrir o vídeo, com som e tudo. — O que é isso? — repeti.

Vi a expressão dele murchar enquanto o vídeo era exibido, e meus olhos ficaram marejados ao ouvir a gargalhada de Claire.

— Escuta — murmurou ele. — Posso explicar...

— Você conhecia Claire? — interrompi, com a voz estridente. — Você *conhecia* minha irmã?

Um momento de hesitação, e ele confirmou com a cabeça.

Senti o pescoço arder.

— Não acredito que você não me contou. Não acredito...

Larguei a frase no ar, sem saber continuar. Meu olhar estava embaçado de lágrimas.

— Por favor, me deixe explicar — pediu Wit, tocando meu braço de leve.

Eu me desvencilhei e passei correndo por ele, saindo para o campo aberto. Parte de mim queria que ele me contasse tudo, mas o resto não queria ouvir uma palavra.

— Meredith! — chamou Wit, me alcançando e entrando no meu ritmo. — Tentei dizer. Estava tentando dizer.

— Quando? — perguntei, irritada.

— Ontem. Na trilha. Você disse que parecia que eu a conhecia.

Parei de andar. Estávamos na grama alta, de frente para as dunas. *Você fala como se a conhecesse*, eu dissera depois de Wit elogiar a capacidade de Loki beber água da garrafa, mas não tinha pensado muito, e supusera que era porque eu falava muito de Claire. Mas, sim, alguma coisa tinha mudado, e ele desviara o olhar. Lembrei vagamente que ele dissera: *Meredith, acho que preciso esclarecer uma coisa...*

E a trovoada tinha soado bem na hora.

— Você devia ter tentado *mais* — falei, sem me importar por estar gritando. — Devia ter me dito no caminho para casa, ou antes de comer gumbo, ou mais tarde!

Wit passou a mão no cabelo.

— Achei que você soubesse — disse ele, baixinho. — Você me interrompeu tão bruscamente, disse que a gente precisava voltar para o carro.

— Não, foi o *trovão* que interrompeu — retruquei, com o coração a mil. — A gente precisava *mesmo* voltar!

— Meredith, foi *uma* trovoada. Achei que você soubesse o que eu ia dizer, e não quisesse ouvir — disse ele, engolindo em seco. — Quis respeitar.

Ouvi um ruído esquisito na grama atrás de nós, mas estava frustrada demais para olhar. Provavelmente era Loki, Clarabelle, ou algum dos outros cachorros.

Rangi os dentes.

— Então é por isso que você não disse nada na segunda-feira? — perguntei.

Outra pista me voltou, do jantar de Pestana e Docinho, quando Sarah contara a história da salada. Ela tinha dito que não lembrava com quem Claire estava sentada no Basin — talvez fosse verdade, talvez não, não era importante —, e Wit não parava de se remexer no banquinho de Claire.

— Quando falamos dela? — continuei.

Wit fez silêncio. Ouvi mais uma vez o ruído na grama, mas só conseguia me concentrar em esperar ele falar.

— Você estava tremendo — murmurou ele. — Fazia calor, mas você estava tremendo.

Cruzei os braços, mas ele começou a passar os dedos de leve pelo meu cabelo, sutil e tranquilo, como naquela noite. Resisti ao impulso de fechar os olhos e me permitir chorar.

— Eu nunca teria feito isso com você — falou.

— Mas você guardou segredo. Guardou segredo por tempo *demais*. Você planejava me contar *um dia*? — retruquei, me afastando um passo. — Dei todas as oportunidades... Falei dela, contei as histórias — eu disse, sacudindo a cabeça. — Talvez se...

Não consegui acabar de falar, porque um disparo me atingiu bem nas costas.

Bom, não apenas um *disparo*.

Um disparo de *água*.

Peraí, o que foi isso?, pensei, e eu e Wit nos viramos e vimos tio Brad sorrindo que nem a mais esperta das raposas. Levei um segundo para entender, mas, quando entendi...

Fiquei sem palavras.

Você foi assassinada, pensei. *Você estragou tudo.*

Senti um embrulho no estômago. Era para eu fazer aquilo por Claire. Era para eu *ganhar* por ela.

— Entrega logo — disse tio Brad, apontando a arma para o bolso do meu short. — A agenda hoje está cheia, com o ensaio e o jantar e tal.

— Tá — falei, com a garganta seca. — Ok.

Enfiei a mão no bolso para pegar o papelzinho, mas fiz isso devagar, para olhar rapidamente para Wit.

— Corra — murmurei para ele.

Tio Brad ainda estava de arma em punho e, apesar da raiva com Wit, não queria que meu tio acabasse com dois alvos em um mero minuto.

Wit estreitou os olhos.

— Quê?

— Vamos logo, Mere...

— Corra — murmurei de novo.

— Não — disse Wit, enquanto eu puxava o papel do bolso, com o nome virado para meu peito. — Não acabamos a conversa. Entregue logo — falou, apontando o tio Brad —, para resolvermos isso. Não vou embora.

Com o corpo virado para longe do tio Brad, mexi o papel para Wit ver o nome dele escrito ali. Ele arregalou os olhos turquesa, e o resto do rosto murchou.

— Stephen — falei, firme. — Corra.

DEZOITO

Depois de Wit escapar por pouco de ser eliminado e eu entregar meu alvo ao tio Brad, fui ficar emburrada na praia secreta, mas nem sabia exatamente *por que* estava emburrada. Era por causa de Assassino? Aparentemente, meu nome tinha mudado de mãos muitas vezes na semana. O aliado misterioso de Ian era meu primeiro assassino, mas tio Brad me herdara de Jeannie Dupré.

— Ela hesitou antes de me dar seu nome — dissera ele. — Apesar de você ter matado o marido dela, ela hesitou bastante.

Nadei até a plataforma do lago Paqua e me larguei de costas, para ficar remoendo as coisas ao sol. Ninguém estaria me procurando — eu só tinha compromisso na hora do jantar. *Me desculpe, Claire*, pensei, quando o sol desapareceu atrás das nuvens. *Me desculpe por não te deixar orgulhosa. Joguei tudo fora por um cara qualquer.*

Por que eu era assim? Luli tinha acertado em cheio: eu tinha *mesmo* passado do meu envolvimento com Ben para meu envolvimento total com Wit. De tão comprometida, em vez de eliminá-lo tranquilamente no jogo, eu tinha decidido postergar e postergar — tinha decidido *proteger* ele. Tinha me deixado de lado outra vez. Meus olhos ficaram marejados e logo as lágrimas começaram a escorrer.

Comecei a pensar no vídeo no Instagram de Sarah — Claire e Wit conversando, rindo juntos — e no fato de que ele não me contara. *Ei, conheci sua irmã.* Honestamente, eu não sabia como teria reagido, mas o problema era ele não ter dito nada.

Claire, porém, tinha dito alguma coisa. Eu tinha percebido a caminho da praia, ao abrir as mensagens antigas que não tinha coragem de apagar. A última mensagem que ela me mandara era:

Tenho uma notícia inacreditável! O destino finalmente se alinhou!

Eu demorara para responder, já que nossa família estava dando uma festa de Ano-Novo. Ben e eu tínhamos jogado com o pessoal um pouco, depois viera o jantar e a sobremesa, e, depois, saímos para ficar um pouco a sós. Eu só tinha mexido no celular umas horas mais tarde, quando nos instalamos para ver Ryan Seacrest apresentar *Dick Clark's New Year's Rockin' Eve*. Minha barriga tinha se revirado. *Notícia inacreditável!*

Conheceu um garoto?

Depois de ler sobre um sem-fim de pares românticos nos livros, Claire merecia muito um par romântico só dela.

A mensagem tinha sido enviada, mas já estava bem tarde, e ela estava ocupada na rua Bourbon, sem oportunidade de responder.

Claro, acabou que ela *nunca* tivera a oportunidade de responder. Eu tinha me perguntado muito sobre aquela mensagem, depois de sua morte. *O destino finalmente se alinhou.*

Eu vivia me perguntando o que ela queria dizer com aquilo, mas, principalmente, estava pouco me fodendo para o destino, e só queria que ela tivesse dito "Eu te amo, Mere" antes de se deitar para dormir em segurança.

Finalmente entendia a resposta.

Claire tinha, *sim*, conhecido um garoto em Nova Orleans.

Só que não era para ela.

— Stephen! — decidira ela quando ainda éramos tão pequenas que usávamos roupas combinando, e fazíamos piada com meu casamento no futuro. — Vai ser Stephen!

Fiquei tonta, como me sentira ao ver o nome dele no papelzinho. *Stephen...*

Eu devia ter dormido, porque acordei de sobressalto quando uma mão molhada puxou meu tornozelo. Abri os olhos e vi Wit na água, de cotovelos apoiados na plataforma.

— Você está torrada — falou. — Esqueceu o filtro?

Fiz uma careta ao tentar me sentar, porque meus braços e pernas estavam vermelhos e queimados. Quanto tempo eu tinha passado lá? O sol não estava mais atrás das nuvens; na verdade, tinha andado pelo céu.

— Tem babosa — disse Wit, com a voz estranhamente formal. — Tenho um frasco enorme na cômoda, lembra?

— Seu nome do meio é Oscar — respondi, com uma epifania repentina. — Não é?

Ele fez que sim com a cabeça.

@sowitty17, pensei. Não era arrogante, era só esperto. Estava bem ali o tempo todo: SOW.

Stephen Oscar Witry.

— Gostei — falei, mergulhando os dedos dos pés na água.

A água fria foi um alívio, porque até meus pés estavam queimados. Respirei fundo.

— Olha, falando no que aconteceu mais cedo... — comecei.

— É, falando nisso. Por que você fez aquilo?

A voz afiada me deixou enjoada. Eu ia falar de Claire, mas ele obviamente estava falando de outra coisa.

De Assassino.

— Eu acreditei em você, Meredith. Quando disse que não tinha me tirado, eu *acreditei*. Até adivinhei a verdade, mas mesmo assim — falou, mexendo na água. — Você mentiu para mim.

— Desculpa. Wit, me desculpa. Eu queria contar, queria mesmo, mas...

— Mas o quê? — perguntou. — Achou que tudo ia acabar se eu soubesse?

Engoli em seco.

Ele balançou a cabeça.

— A gente podia ter pensado em um plano, criado um acordo para nós dois avançarmos, chegarmos juntos às finais.

— Mas era o que eu estava fazendo — respondi, porque, equivocada ou não, era a verdade, e eu ia me defender. — Era exatamente o que estava fazendo. Nunca me aproximei de você com a arma. Queria que você acabasse com o máximo de gente possível, para sobrarmos nós dois nas finais.

— É, mas você fez tudo errado. Quebrou nosso pacto. A gente *combinou* de contar se soubesse quem tinha nos tirado — falou, e deu de ombros. — E você não contou.

— Wit...

Minha voz nunca tinha soado mais fraca; se eu fosse Loki, estaria com o rabo entre as pernas.

Ele suspirou.

— Preciso ir. Tenho que sair para o ensaio.

— Quando você volta? — perguntei.

— Não vamos voltar. Vamos direto para o jantar — falou, e hesitou. — Vou levar nosso roteiro.

— Tá, valeu — falei, pensando no papel dobrado dentro do guia da Nova Zelândia. — E, hum... — comecei, e mordi o lábio. — Podemos conversar mais tarde?

Porque parecia que nada tinha se resolvido entre nós; nossa situação e comunicação só tinham se complicado mais. Ele tinha mentido para mim. Eu tinha mentido para ele. Pela primeira vez, não estávamos alinhados.

— Claro — concordou Wit. — Sei que devo a você mais... algo muito melhor...

Ele parou de falar, respirou fundo, e me olhou nos olhos.

— Vamos conversar mais tarde, sim — declarou, antes de se afastar da plataforma e nadar de volta até a orla.

O jantar de Sarah e Michael era ilha acima, em Chilmark, entre as colinas bucólicas, na pousada Beach Plum. Jardins formais e casinhas particulares se espalhavam pelo terreno de três hectares, e o jantar era na casa central, aonde minha prima levara o noivo na primeira visita dele à região. Eles queriam reviver aquele primeiro encontro na ilha, e manter tudo o mais simples possível — mesas compridas e rústicas de carvalho no pátio traseiro de tijolos, com caminhos de mesa de linho e vasos de flores silvestres da Morning Glory. Diferentemente da festa que aconteceria no dia seguinte, os lugares não eram marcados.

— Que lindo — disse minha mãe, enquanto subíamos os degraus do pátio. — Lindo mesmo.

— Você é ainda mais linda, Liz — disse meu pai, antes de beijá-la.

Fiquei de coração quentinho. Sarah e Michael não eram o único par perfeito.

Ironicamente, os noivos e os padrinhos estavam entre os últimos a chegar.

— Teve um problema na igreja — disse tia Christine, pisando duro sobre os saltos. — Eu *avisei* que era proibido nos eventos oficiais!

— Relaxa, mãe — disse Sarah, sorrindo.

Ela estava linda, de vestido branco e sandálias anabela douradas.

— Gostei do sapato, Mere — disse para mim, com uma piscadela, já que eu estava usando sandálias iguais.

Meu vestido era de um tom coral claro, e as mangas, sem ombro, esvoaçavam na brisa.

O "problema" era que Nicole Dupré tentara assassinar um dos padrinhos no ensaio da cerimônia.

— Mas não foi *durante* o ensaio — protestou ela. — Já tínhamos saído da igreja para pegar os carros.

Pestana ainda não determinara a resolução do dilema, mas, depois da entrega das bebidas, tia Christine anunciou que, se visse alguma arma d'água ali, haveria consequências *graves*.

Meu pai riu e deu um tapinha no ombro de tio Brad.

— Licença, vou ao banheiro — disse meu tio, entregando o martíni para a esposa. — Só um minutinho.

Todos rimos ao vê-lo entrar correndo.

— Eis o pai da noiva, senhoras e senhores — disse tia Christine, seca, tomando um longo gole da bebida de tio Brad antes de revirar os olhos, carinhosamente. — E também meu marido.

Encontrei Wit com os padrinhos.

— Espera aí, o quê...? — falei, quando ele se virou. — Cadê o...?

Apontei o rosto dele, que não tinha mais nenhum sinal de hematoma. Ainda estava queimado de sol, mas sem a mancha verde-pântano.

— Ah, ainda está aí — disse Wit. — Só escondido debaixo de uns cinquenta quilos de maquiagem — falou, limpando um pouco para eu ver. — Sua tia me convocou à casa do lago, onde as madrinhas usaram uma mistura de base, corretivo e um negócio de contorno para eu ficar arrumadinho nas fotos. Acho que não ficou tão ruim — concluiu, dando de ombros.

— Nada ruim — respondi, meio chocada.

Eu só conhecia Wit com o hematoma imenso. Ele estava parecendo mais o garoto do vídeo de Sarah. Era meio assustador.

Nossa, como ele era lindo.

— Onde você vai sentar? — perguntei.

Com você, esperava que ele dissesse. A gente combinara de conversar, precisava conversar, e eu queria conversar.

— Com minha família — respondeu, soando contido de novo, como se mal nos conhecêssemos, e senti um peso no estômago. — E você?

— Ainda não sei — respondi, com o mesmo tom formal. — Preciso descobrir.

Eu me virei, mas os dedos quentes de Wit tocaram meu cotovelo antes de eu conseguir dar um passo.

— Está bem aqui — falou quando o olhei, e deu um tapinha no bolso do peito do paletó. — Não esqueci.

— Não achei que esqueceria.

Ele inclinou a cabeça.

— A gente se encontra?

Concordei.

— A gente se encontra.

<hr>

— Não, é impossível, Eli — disse Jake. — Não dá.

— Dá, sim — retrucou Eli, sacudindo a cabeça. — Já apareci em *dez*.

— Dez o quê? — perguntou tia Julia, se sentando com tia Rachel.

O prato principal estava a caminho, mas tia Rachel não se sentia bem, então elas tinham saído para caminhar nos jardins. Não parecia ter ajudado muito. O rosto de tia Rachel ainda estava torcido de desconforto.

O potrinho está chutando de novo?, me perguntei. *Ou é mais que isso?*

— Dez fotos — disse Pravika. — Eli decidiu que a missão dele é invadir todas as fotos do casamento.

— Não são *todas* — disse Luli. — Não tem jeito de tia Christine deixar que ele ultrapasse a segurança estabelecida para as fotos da cerimônia amanhã.

Eu ri.

— Mas foram invasões de bom gosto — acrescentei. — Ele não faz chifrinho nem nada, só posa, educadamente, com o grupo.

— Isso — concordou Eli.

Nossa comida foi servida: era um prato inspirado em Nova Orleans. Jeannie tinha trabalhado com o chef de Beach Plum para criar um cardápio personalizado.

— A ideia não é *estragar* as fotos — continuou ele —, mas fazer os convidados se perguntarem "Porra, quem é esse aí?" quando o álbum for postado.

Mais gargalhadas, mas eu vi tia Rachel empurrar o jantar e massagear a testa. Tia Julia se empertigou.

— Rach...

Soou um tilintar breve e, como se desligada por um interruptor, toda a conversa se calou. Eu me virei e vi Jeannie Dupré com uma taça de champanhe e um microfone na mão. Michael se abaixou e cochichou no ouvido de Oscar Witry, e eles se entreolharam, pensativos, antes de Oscar se levantar e parar ao lado da mãe de Michael.

— Boa noite! — disse ela. — Eu sou a Jeannie, a mãe mais orgulhosa de qualquer noivo do mundo! — falou, sorrindo para o filho. — E quero agradecer vocês todos pela presença hoje. É uma ocasião muito especial, e se tornou ainda mais importante por comemorarmos com cada um de vocês...

— Rachel — murmurou tia Julia. — Tudo bem?

Tia Rachel pressionou as duas mãos no rosto.

— Não — falou, sacudindo a cabeça. — Contrações — soltou, com um gemido baixo. — Acho que minha bolsa vai estourar.

Meus amigos estavam atentos ao discurso de Jeannie, mas eu e tia Julia nos entreolhamos.

— Meus pais — pediu ela. — Fale com Pestana e Docinho.

Fiz que sim com a cabeça e me levantei, andando rápido até a mesa dos meus avós.

— O que foi, meu bem? — perguntou Docinho, se virando, junto de Pestana, quando toquei seu ombro. — Está interrompendo o discurso...

Falei de tia Rachel.

Eles entraram em ação. Docinho imediatamente foi procurar minhas tias; tia Julia, Jake, e Eli estavam ajudando tia Rachel a se levantar. Enquanto isso, Pestana ia até Sarah, pegava suas mãos e explicava.

— Desculpa — murmurou ele, antes de dar um beijo na testa dela.

Era para ele fazer um discurso também.

Algumas pessoas tinham notado a urgência, mas não faltaram aplausos quando Jeannie ergueu uma taça em brinde aos noivos. Jake e Eli voltaram à nossa mesa vários minutos depois.

— A caminho — confirmaram. — Estão no carro, a caminho do hospital.

Todos suspiramos de alívio, e Luli soltou minha mão. Eu nem tinha notado que ela estava segurando. Talvez fosse um hábito antigo, ou talvez estivéssemos retomando a amizade.

Eu escolhi acreditar na segunda opção.

Continuou o jantar, e também os discursos. Tio Brad fez uma apresentação de fotos de Sarah, do nascimento dela, ao primeiro dia de aula, à festa de noivado, à véspera, na praia. O tio preferido de Michael falou que ele era um homem muito decente, mas também que precisava ser mais eficiente em arranjar ingressos grátis para ver jogos dos Saints.

Do outro lado do pátio, enquanto esperávamos a sobremesa, Wit fez sinal para mim, levantando a mão e acenando. Gesticulei para ele vir até minha mesa e, logo, ele chegou, emanando calor do seu corpo para o meu. Lembrava a manhã preguiçosa que tínhamos passado na cama dele, compondo o brinde, com nossa letra toda embolada — os garranchos em maiúscula de Wit, e minha letra cursiva e redonda.

— Isso, mandamos bem. — Lembrei que eu disse, recostada nos travesseiros de Wit, deitado em meu colo e com a caneta no ar. — Adorei isso — dissera também, apontando uns versos que ele escrevera.

— Está bom? — perguntara ele, se virando para me olhar. — Não sou o melhor dos poetas.

— É, sim — eu dissera, ao beijá-lo. — Só não sabe.

Nem Sarah nem Michael sabiam do nosso discurso; tínhamos combinado de fazer surpresa. Wit desdobrou o papel, e eu sorri diante de todas as pequenas lembranças contidas ali. Entre nós dois, tínhamos ouvido inúmeras histórias das vidas deles antes de se conhecerem, e depois de se juntarem.

— É por isso que ele me encheu por causa das meninas de Tulane — admitira Wit, depois de me contar da época de vadiagem de Michael na república. — Ele era igual, até conhecer Sarah.

Eu tinha ficado chocada.

— Mas ela sempre disse que foi amor à primeira vista!

Wit tinha confirmado com a cabeça.

— Ah, ele diz a mesma coisa, mas acrescenta que, mesmo com amor à primeira vista, ela precisou dar um jeito nele.

— Quer fazer as honras? — perguntei na festa, oferecendo a ele meu copo d'água, e segurando o microfone. — Ou vou eu?

— Você — disse ele. — Meus dedos estão tremendo.

Peguei a mão dele para conferir, e estava tremendo mesmo.

— Fica nervoso ao falar em público?

Ele não respondeu.

Senti um nó no peito e, antes de conseguir me conter, o beijei. Só um beijo leve na boca — a boca que eu beijara tantas vezes na semana, a boca que eu adorava, a boca que eu sabia precisar *parar* de adorar.

— Finja que estamos sozinhos — murmurei. — Finja que estamos só eu e você aqui, de bobeira na choupana, que nem no ensaio. Tá?

Wit fechou os olhos.

— Tá.

Esperei até o brilho dourado dos olhos dele ressurgir para bater de leve na taça. As pessoas se viraram para nós, e Sarah e Michael fizeram uma cara particularmente entretida.

— Boa noite, fãs de Sarah e Michael — falei, confiante, com o microfone na mão. — Eu sou a Meredith, prima da Sarah, e esse daqui é... — hesitei, prestes a dizer *Stephen*, mas logo me recuperei — ... Wit, meio-irmão de Michael.

— E, apesar da concorrência hoje estar acirrada — interveio Wit —, eu e Meredith gostaríamos de tentar fazer um discurso. Acham boa ideia?

A plateia aplaudiu.

— Maravilha! — falei, esbarrando meu ombro no de Wit. — Wit e eu somos aspirantes a poetas, então, compusemos um poema para vocês, Sarah e Michael!

Wit levantou o roteiro para todos verem, sem tremor nos dedos. Pigarreei exageradamente e, sorrindo, comecei a declamar:

*Queridos Michael e Sarah,
sigamos as ruelas da memória,
indo até o começo,
em Tulane se inicia a história.*

*O que amou em Michael,
o escolhido que ele é?
O amor que tem por carne-seca,
ou o infame pontapé?*

Gargalhadas, vivas e assobios encheram o ar. Michael escondeu o rosto nas mãos enquanto os padrinhos zombavam dele, e até Sarah sorriu. "O infame pontapé" se referia a uma festa na república Sigma Chi, na qual Michael, de tão bêbado, tinha chutado uma bola de futebol americano e acidentalmente acertado uma das janelas da casa. O vidro tinha ficado inteiramente estilhaçado.

Quando o público se acalmou, passei o microfone para Wit. Ele me olhou e abriu aquele sorriso torto antes de começar a parte seguinte.

*O que encontrou em Sarah
que ganhou de você de lavada?
A fantasia de Sailor Moon
ou o queijo quente da madrugada?*

*Tantas histórias contaram,
e chegamos ao fatídico dia.
Sarah vai erguer o buquê
e Michael vai chorar, sei que vai.*

Vieram mais uivos de gargalhada dos padrinhos, e *awwww* de todo o resto. Meu coração deu um pulo, e me aproximei de Wit para lermos as últimas estrofes juntos. Ele levou a mão à minha lombar, e eu, a minha ao punho dele, e nosso hálito se mesclou ao declamar:

> Vocês dois serão para sempre —
> dúvida não há nenhuma.
> Por honestidade e humor,
> se conhecem do forro à espuma.
>
> Agora queremos brindar
> com todos os presentes aqui:
> Sarah e Michael, amamos vocês,
> nesse viva, deem o melhor de si!

DEZENOVE

Os padrinhos de Michael continuaram a farra depois do jantar, com fogueira, marshmallows, música, e muita cerveja e charutos na choupana, mas eu só fiquei lá por mais ou menos meia hora. Foi tempo suficiente para ver Jake e Luli acertarem algumas rodadas de boca do palhaço, mas não o suficiente para conversar com Wit. Na Beach Plum, eu tinha sentido tanta vontade de falar com ele, mas, de repente, não sentia mais *nenhuma*. Afinal, do que adiantaria? Estava tudo acabando mesmo.

Escapei para o acampamento, para ajudar minha mãe a "cuidar" de Hannah e Ethan. Os dois estavam dormindo na beliche do quarto, e a babá pusera os dois para dormir fazia tempo. Na manhã seguinte, acordariam e descobririam que o irmãozinho tinha chegado.

Minha mãe estava sentada no sofá, e eu me larguei em cima dela, que nem uma menininha triste. Eu ainda usava o vestido coral, mas tinha soltado o penteado, deixando o cabelo solto e ondulado — minha mãe fazia cafuné.

— O que foi, Mere? — perguntou, quando suspirei. — Por que não está se divertindo com Wit e seus amigos?

— Porque estou triste com o Wit — murmurei.

Nenhuma de nós riu da rima.

— Falei que seria difícil — disse ela, depois de um minuto. — Se despedir dele.

Fiz que sim, lembrando aquela noite no anexo, quando eu admitira gostar de Wit, e ela me olhara com preocupação.

— Mas não é só isso — murmurei, e me virei no colo dela, até ficar de barriga para cima, antes de encontrar seu olhar. — Ele conheceu Claire. Quando ela visitou Sarah e Michael em Nova Orleans. Ele *conheceu* ela, e nunca me contou — falei, com a voz embargada. — Ele diz que tentou contar algumas vezes, mas eu interrompi ele, e ele achou que eu soubesse, e só não queria conversar. Mãe, ele guardou segredo disso tudo. Ele mentiu.

— Como você descobriu? — perguntou minha mãe, baixinho. — Se ele não contou?

— Por um vídeo antigo no Instagram da Sarah. Era daquela noite, no Basin. Claire estava sentada na frente de Sarah, à mesa, e adivinha quem estava do lado dela?

Um nó apertou minha garganta.

Ela me puxou para um abraço e limpou minhas lágrimas inevitáveis com cuidado.

— Ele deveria ter contado, sim. Especialmente depois de vocês passarem tanto tempo juntos, e de ficarem tão íntimos — disse ela, com um beijo na minha testa. — Não acho que ele mentiu, Mere, mas, realmente, não foi sincero. Se ele tentou contar, mas não conseguiu, acho que estava... — falou, hesitando — ... lendo a borra do chá.

Lendo a borra do chá.

Aquele jeito de dizer que alguém estava interpretando a situação... era de minha irmã. Era de Claire.

Minhas lágrimas escaparam de novo.

— É que eu sinto tanta saudade dela — falei. — Eu sinto tanta saudade, mãe.

— Ah, Meredith, eu também sinto... todos sentimos. Meu coração dói todo dia — disse, fazendo carinho no meu rosto. — Mas, nesta semana aqui, doeu um pouco menos. Por mais impossível que pareça, sinto a presença dela aqui. Sinto ela com a gente.

Pensei na voz de Claire na minha mente durante a semana, nos abraços que ela me deu pelos raios de sol.

— Ela está por todo lado — concordei. Porém, aquilo não me fez parar de chorar. Na verdade, só fez piorar, me lembrando da eliminação de Assassino e da consequência. — Estou muito chateada com Wit — chorei. — E ele também está chateado comigo.

Minha mãe não disse nada, esperando que eu explicasse.

— Fizemos um acordo logo antes do começo de Assassino. Não era uma aliança, mas um pacto para trocar informações e avisar se ouvíssemos o nome um do outro — falei, e engoli em seco. — Acabei herdando o nome dele como alvo, mas não falei nada. Não *fiz* nada. Nunca fui atrás dele. Era um plano para chegarmos juntos à final — disse, e hesitei. — Mas, hoje, quando ele descobriu, ficou puto... *muito* puto.

Minha mãe não comentou.

— É besteira, né? — perguntei, com a voz fraca. — Assassino é um jogo de segredos e enganação. A gente mente para sobreviver. Quer dizer, eu menti para Luli e para minha aliança *de fato*. Não me orgulho, mas menti — falei, coçando a testa. — Wit... ele joga que nem a Claire. Ele deveria entender.

— Ele deveria entender, sim. É só um jogo, e não devemos guardar rancor no fim — disse minha mãe, ajeitando meu cabelo atrás da orelha. — Mas, nesse caso, acho que Wit não conseguiu se conter. Foi dominado pelas emoções.

Eu perdi o fôlego.

— Como assim?

Ela abriu um sorriso agridoce.

— Mere, seu pacto começou como estratégia, mas agora acho que é mais importante do que vocês esperavam. Vocês dois sabem disso.

Dessa vez, fui eu que me calei. Meu peito estava a mil.

— Sou muito agradecida a ele — acrescentou. — Ele nos devolveu você. Ele e a fazenda. Você passou o último ano e meio em uma névoa atordoada, e sei que nós também, e acho que desde aquele dia horrível não vejo você tão viva e desperta. Quando vocês estão juntos... — falou, balançando a cabeça. — Acho que você deveria falar com ele. Se vocês se despedirem com rancor, vão se arrepender.

Eu me encolhi junto a ela.

— Não posso falar com ele.

— Por que não?

— Porque... — comecei, mas fui interrompida pelo celular da minha mãe, que vibrava na mesinha de centro.

A tela dizia Tom.

Ela atendeu e, depois alguns minutos de conversa, desligou e me olhou.

— Oliver Isaac Epstein-Fox — anunciou, sorrindo. — Três quilos e setecentos gramas.

~

Eu estava me aninhando para dormir no divã do anexo quando ouvi os degraus rangerem na frente de casa. Sabia que não eram meus pais. Tia Julia ia passar a noite na maternidade, então eles iam dormir no acampamento com Ethan e Hannah.

— Oi? — falei.

— Oi — respondeu alguém.

Afastei a manta e avancei na direção da porta. Wit estava lá fora.

— Onde você estava? — perguntou. — Devo ter dado umas cem voltas na choupana.

— Não estava mais lá — falei. — Quer dizer, fiquei um pouquinho, mas aí fui cuidar de Ethan e Hannah com minha mãe.

— Ah, saquei.

— O que veio fazer aqui? — perguntei.

Wit levantou a mão e a apoiou na tela da porta. Por instinto, fiz o mesmo, juntando nossas mãos.

— É que a gente nunca fez — falou.

Franzi as sobrancelhas.

— Nunca fez o quê?

— O desafio — falou. — O desafio da estrada.

O desafio da estrada.

— Você me desafiou na segunda-feira, em Morning Glory. Combinamos de fazer essa semana — disse ele, e deu de ombros. — Mas amanhã é o dia, então...

Abaixei a mão. *Amanhã é o dia.* Ele tinha acertado em cheio, e no fundo do meu peito — era por isso que eu não podia fazer aquilo. Além da comunicação atrapalhada, nosso tempo juntos estava acabando rapidamente, e eu precisava aceitar. Mesmo que o casamento ainda fosse acontecer, eu precisava nos afastar *imediatamente*.

— Desculpa — falei, fingindo bocejar —, mas eu estava prestes a ir dormir.

Silêncio.

— Por favor — murmurou Wit. — Por favor, vamos caminhar — disse, e hesitou. — Vamos caminhar e conversar.

Eu ri. Foi uma risada seca, mas eu ri.

— Ok — falei, pensando no que minha mãe dissera de Wit, que eu não me sentiria bem de fechar aquilo sem falar com ele. — Vamos caminhar — disse, levantando a mão e encontrando a dele por mais um instante. — E conversar.

Porém, nos dez primeiros minutos de caminhada, o único som era dos nossos pés arrastados na estrada de areia, e dos bichinhos noturnos correndo de nós. Mantivemos um ritmo tranquilo, andando lado a lado, sem dar as mãos. Se nossos dedos se roçavam, era por acidente. Nenhum de nós falou nada.

Até que, do nada, Wit falou:

— Desculpa. Desculpa por não contar de Claire. Você estava certa. Eu tive muitas oportunidades, mas tive medo de passar dos limites e deixar você triste, e então, conforme passava o tempo, me convenci que você provavelmente supunha que eu tinha conhecido ela com Sarah e Michael.

Eu suspirei.

— Eu fiquei muito abalada com aquele vídeo, Wit — falei. — Mas tenho pensado muito, e tudo bem — acrescentei, depois de uma pausa.

Estava mesmo. Desde que eu fora embora do acampamento, tinha aceitado o encontro deles e, de certa forma, ficado feliz pelo acontecimento. *Queria que você conhecesse ela. Ela teria gostado de você.*

Quantas vezes eu tinha dito isso ao longo da semana?

Já tinha perdido a conta.

— Sarah passou meses falando dela antes da visita — disse Wit, baixinho, e riu. — Parecia que era a própria Taylor Swift que viria.

Abri um meio sorriso. Sarah era a Swiftie mais dedicada de todas as fãs da Taylor.

— Passei Natal em Vermont com minha mãe e meu padrasto — continuou ele, no escuro. — Mas voltei a Nova Orleans para o Ano-Novo. Sarah e Michael me convidaram para jantar com eles no Basin. Quer dizer, foi mais uma ordem do que um convite. Eu *precisava* conhecer a famosa Claire.

Respirei fundo, com medo de perguntar, mas precisando da resposta.

— O que achou dela?

Wit assobiou.

— Achei ela extraordinária — falou. — Ela parecia gêmea de Sarah, claro, mas não estou exagerando ao dizer que ela tinha uma personalidade cintilante.

— É — concordei. — Claire era assim. Era deslumbrante.

Ela só não fazia ideia que era deslumbrante, que vida grande lhe aguardava.

Senti um aperto no peito.

Aguardaria.

Que vida grande lhe *aguardaria.*

Eu não achava que me acostumaria nunca àqueles tempos verbais.

— Do que vocês falaram? — perguntei.

Wit entrelaçou os dedos nos meus.

— Do que *você* acha que falamos?

— Sei lá. Tulane?

— Não, nem mencionamos Tulane — respondeu Wit. — Enquanto eu via sua irmã *não* comer salada, ela não parava de falar de *você*.

Meu estômago se revirou.

— Como assim?

— "Você precisa conhecer minha irmã" — falou. — "Você adoraria ela, Stephen. Ela é tanta coisa, mas, especialmente, uma combinação de fofa e sarcástica. Todas essas suas piadas das quais eu ri? Meredith teria retrucado com genialidade. Aposto que vocês passariam horas de papo."

Desacelerei o passo.

— Inteligente — continuou Wit. — Boba — falou, respirando fundo. — Dramática. Faminta na madrugada. Fiel. Leitora de fantasia. Competitiva. De sono pesado. Destemida.

Ele segurou alguns dos meus dedos.

Senti os olhos arderem. Fazia muito tempo que eu não me sentia aquela garota — a irmã de Claire —, até voltar ao Vineyard e conhecer Wit. Minha voz falhou quando tentei falar.

— Como ela sabia que você se chamava Stephen?

— Ela adivinhou que Wit era apelido de Witry. Então perguntou meu primeiro nome — falou, e hesitou. — Por quê? Tem alguma importância eu me chamar Stephen?

Parei de repente. A gente só devia ter andado um terço do caminho, mas era hora.

— Não tem, não — falei, soltando os dedos dele. — Não tenho nada com Stephen.

Wit demorou para responder.

— Em que sentido? — acabou perguntando. — Com o nome? Comigo? Com a gente?

Suspirei.

— A última opção.

A lua brilhava tanto que vi Wit franzir a testa.

— Não...

— A semana acabou, Wit — interrompi, engolindo em seco. — E, quando acabar o casamento, as outras coisas também precisam acabar.

— Espera aí — falou. — Outras coisas?

— *Nossas* coisas — falei, apontando entre nós dois. — O que fizemos nesses últimos dias, agindo que nem...

#AmarradaNoWitry, pensei. *Agindo que nem #AmarradaNoWitry.*

— Bom, e por que não podem continuar? — perguntou. — Por que não podemos passar disso?

Meu coração acelerou.

— Você imaginou passar disso?

Ele fez silêncio, e suspirou.

— Não exatamente.

— Viu? — perguntei, sacudindo a cabeça.

— Não, não — disse ele, rápido. — Eu esperava que essa semana fosse ser uma coisa, mas não foi, e eu me envolvi na magia... me envolvi com *você*. Parece besteira, mas nunca pensei que o tempo estava acabando. Esse lugar... — falou, olhando a lua. — É um desses lugares especiais, em que o tempo parece não existir. Em que é sempre verão, em que eu sempre acordarei ao seu lado.

Comecei a tremer.

— É, mas não funciona assim — falei. — Pode até parecer, mas é uma ilusão... uma fantasia. A semana vai acabar. Acabou.

Wit pôs as mãos nos meus ombros.

— Nós não precisamos acabar — falou. — Podemos ficar juntos.

— Como? — perguntei, recuando. — Você vai para a Nova Zelândia! Vai passar um *ano* inteiro do outro lado do mundo!

— Um ano *letivo* — corrigiu. — Do fim de agosto a maio, e enquanto isso podemos namorar a distância.

A distância.

Todo mundo dizia que era difícil, e eu aplaudia os casais que levavam jeito para aquilo... Mas eu? Havia um motivo para Claire não ter dito "paciente" ao me retratar para Wit. Eu *não era* paciente. O fuso horário *muito* diferente, a espera por conversas marcadas no FaceTime, ou, com sorte, uma visita... eu não daria conta. Ficaria *péssima*. Ben e eu tínhamos planejado continuar juntos, e não tinha dado nada certo! Ele tinha mudado de ideia antes mesmo de tentar. Quatro anos juntos e ele não confiava o suficiente na gente.

— De qualquer jeito, estaríamos namorando a distância — dizia Wit. — Mesmo se eu estivesse em Tulane.

— Não dá — falei. — Não aguento a distância... pelo menos não a distância de outro hemisfério. Não seria suficiente, Wit. Não daria certo comigo.

A brisa fez os galhos farfalharem, e eu fingi não sentir o fedor de gambá. Torcia para que todos os cachorros estivessem em casa.

— Então venha comigo — disse Wit, baixinho. — Vamos para a Nova Zelândia.

Eu bufei.

— Está de brincadeira.

— Não estou.

Senti um calafrio.

— Tivemos tantas aventuras aqui. Vamos ter mais aventuras, tantas aventuras. Claire disse que você era destemida — falou, abaixando a voz em um murmúrio. — E acho que você precisa disso, tanto quanto eu. Acho que *precisa* de alguma coisa, de uma mudança... — disse. — Venha comigo.

Senti um aperto na garganta.

— Não posso — soltei, engasgada. — Não posso. Tenho que começar a faculdade. Tenho que conhecer minha colega de quarto, me matricular nas aulas, fazer novos amigos, estudar, ir jantar com meus pais uma vez por semana. Não posso ir embora. Não dá.

Wit não respondeu. Ficamos parados alguns minutos, e voltamos a caminhar pela estrada da fazenda. Mesmo com aquele clima, ele ia tocar o obelisco de Paqua. Ia completar o desafio.

Completamos juntos. Foi em silêncio, mas eu bati na pedra fria e soltei um suspiro demorado e exausto. Pena que ainda tinha o caminho todo de volta às casas.

Eram duas da manhã quando Wit me acompanhou à porta do anexo. Ficamos ali parados por um momento, sem jeito, sem saber bem o que fazer.

— Boa noite — falei.

— Mais um dia — disse ele ao mesmo tempo, pegando minha mão.

— Quê?

— Tem mais um bom dia — disse ele. — A semana ainda não acabou. Ainda tem o casamento amanhã — falou, apertando minha mão. — Vamos fingir.

Fingir.

Eu sabia o que ele sugeria. *Vamos fingir que o tempo não existe. Vamos fingir que a semana não está acabando. Vamos fingir que sempre seremos assim — felizes, queimados de sol, e enroscados juntos.*

Doeria. Doeria *muito*, mas também seria maravilhoso — um último dia perfeito com ele.

— Tudo bem — sussurrei, apertando sua mão. — Vamos fingir.

Em vez de me aninhar no divã, atravessei a sala e entrei no quarto da beliche. A janela estava aberta, e restos da música e das gargalhadas da choupana entravam lá dentro — uma espécie de canção de ninar. Eu sorri, entrei debaixo das cobertas de Claire, e fechei os olhos.

SÁBADO

VINTE

O sol me acordou, raios suaves entrando pela persiana do quarto. Eu não esperava dormir tão bem na cama de Claire, mas não tinha acordado nenhuma vez durante a noite. *Obrigada*, pensei, afundando nos travesseiros aconchegantes e fechando os olhos mais uma vez antes de respirar profunda e tranquilamente e afastar a coberta branca da minha irmã.

Era um dia especial.

Alimentei Loki, que estava impaciente, e segui para a choupana, onde fui recebida pelos resquícios da festa da véspera: um violão na cadeira, latas vazias de cerveja ao redor da fogueira, alguns carvões ainda em brasa. O caminho do quarto de Wit me vinha naturalmente, e a porta se abriu e fechou atrás de mim com um rangido.

— Argh — gemeu ele, com a voz inteiramente destruída, estalando que nem a fogueira. — *Não*, Michael, eu não vou correr.

— Não é o Michael — falei, me jogando na cama dele. — É alguém muito, muito pior!

— Ah, é? — riu Wit.

Juntos, afastamos a coberta para eu entrar e me encaixar em seu abraço quente. Ele cheirava a laranjas e a brisa da região, mas também a fumaça de charuto.

Isso explicava a voz ferrada.

— Exagerou na farra ontem? — brinquei.

Ele devia ter se juntado à festa depois do desastre do nosso desafio.

Outro gemido.

— Foi por pressão.

— É — falei. — Dizem para não ceder a essas pressões.

Wit enterrou o rosto na minha camiseta azul da Faculdade de Hamilton, e eu passei a mão pelo cabelo dele, que estava duro de sal do mar.

— Estou exausto — soltou ele, rouco. — As coisas só acalmaram por volta das quatro. Eu fui deitar às duas e meia, mas como dormir se a festa é na sua casa?

— Não dá — respondi.

Fiquei nervosa por ele de repente. Já eram oito da manhã, e a primeira obrigação do dia dele seria dali a menos de uma hora.

Wit concordou, e levantou a cabeça para me olhar.

— Dormiu bem? — perguntou.

— Dormi — falei, sorrindo um pouco. — Na verdade, dormi muito bem, sim.

— Que bom — disse ele, sorrindo. — Muito bom.

Então, apenas nos entreolhamos, aqueles olhos turquesa e pesados me fitando. Eu sabia que ele queria me beijar, e que eu queria beijá-lo. Porque, se era para a gente fingir, eu ia fingir *mesmo*.

— Escova os dentes antes? O bafo de charuto... — sussurrei, torcendo o nariz. — Eca.

Wit afastou a coberta, e eu vi ele se levantar, só de samba-canção, e espreguiçar o corpo magro e musculoso — de forma lânguida, dramática, inteiramente de propósito.

— Safado — falei.

— E você adora — retrucou ele, e desapareceu para dentro do banheirinho da suíte.

O banheiro continha apenas um vaso e uma pia, porque o único chuveiro da choupana ficava nos fundos. Ouvi ele abrir a torneira.

— Você tem um plano? — perguntei, alguns minutos depois, após vários beijos com hálito fresco de menta.

— Plano?

— Isso, um plano.

Porque era preciso ter um plano para a final de Assassino em Paqua. Nada de usar a fazenda inteira de terreno; a grande final era no estilo Jogos Vorazes, em um setor determinado do campo vasto. Os espectadores delineavam as fronteiras da arena com cangas e cadeiras; os assentos dos comissários eram réplicas quase idênticas dos tronos verdes e altos dos juízes de Wimbledon. As cadeiras tinham sido tiradas do celeiro na véspera, e eram cobertas por toldos, para impedir que a vista fosse obstruída pelo sol.

De manhã, as pessoas, aos bocejos, começaram a armar as cadeiras. Eli tinha levado até um travesseiro, e, assim que se deitou na canga, pegou no sono.

— Que apoio, Eli — resmungou Luli, amarrando bem os tênis. — Vai ser meu primeiro agradecimento da vitória.

Jake e Pravika riram. Por ordem de tia Christine, a final ia acontecer muito mais cedo do que era costumeiro, para não interferir com o itinerário do casamento. As madrinhas e os padrinhos iam para um brunch particular antes de passarem o dia se arrumando. Quer dizer, pelo menos as madrinhas fariam isso. Wit mencionara que Michael e os padrinhos tinham combinado de ir surfar. A lógica de Gavin, um dos padrinhos, era a seguinte:

— É só terno e gravata. Vai levar dez segundos para vestir.

— Muito bem, pessoal! — veio a voz de Pestana, retumbando pelo megafone de comissário. — Sejam todos bem-vindos à final de Assassino do verão!

Apesar da exaustão, irrompemos em vivas.

— Nossos finalistas estão todos presentes? — perguntou Docinho, olhando ao redor do campo.

Como previsto, a quantidade de assassinos na ativa tinha diminuído severamente ao longo dos dias. A maior final que eu já presenciara tinha doze concorrentes, e a menor, três.

De qualquer forma, Claire sempre acabava com todo mundo. Senti uma pontada no peito, ainda decepcionada por não ter tido coragem de puxar o gatilho e atacar Wit. Se tivesse, talvez estivesse entre os assassinos, me preparando para os alvos finais.

Nesse ano, eram sete finalistas: Wit, Luli, tio Brad, Nicole Dupré, a irmã mais velha de Pravika, um padrinho, e...

— Todo mundo menos Julia! — disse tio Brad aos pais. — Mas talvez ela...

— Talvez ela faça o quê, Brad? — perguntou tia Julia, entrando em campo com a arma em punho. — Talvez ela faça *o quê*?

— Mamãe! — exclamaram Hannah e Ethan da plateia.

Tia Julia sorriu.

— Acharam que eu ia me entregar, é? — perguntou, com a mão na cintura. — Mas *nunca*.

Porém, foi *exatamente* o que ela fez. Quando Docinho apitou o início da final, todos os assassinos se espalharam, determinando sua área, enquanto tia Julia ficava parada perfeitamente no meio da arena.

— Não vou a lugar nenhum, Divya! — falou para a irmã de Pravika. — Pode vir — disse, sentando-se na grama. — Sou sua!

Divya aproveitou a oportunidade e logo atacou.

— Maravilha! — disse tia Julia, se levantando e entregando o alvo, que eu sabia ser Luli. — Vamos lá, crianças — falou para Ethan e Hannah, acenando para eles. — Eu e a mamãe queremos apresentar vocês a alguém!

O jogo ficou sério depois disso. Cheia de ímpeto, a irmã de Pravika estava dando um trabalhão para Luli, e as duas corriam em círculos.

— Sério, Divya? — gritou Luli. — Depois de tudo que vivemos juntas? Dessa semana na mesma barraca?

— Eeepa! — gritou Jake, da plateia. — O que rolou nessa barraca?

A irmã mostrou o dedo do meio para ele, e continuou a fugir de Divya.

Enquanto isso, Nicole Dupré estava atrás de um padrinho, que, por sua vez, ia atrás de tio Brad — um triângulo ocupado demais para notar Wit, o bandido da bandana, empoleirado na árvore no limite da arena.

Ele ficou dez minutos escondido lá, e só se revelou quando ficou claro que Divya estava cansada de perseguir Luli. O rabo de cavalo dela estava balançando sem parar, e ela respirava com dificuldade.

— Divya! — gritou ele, descendo de um galho. — Quer água? — perguntou, mostrando a garrafa de Gatorade. — Tenho água.

De mãos apoiadas nos joelhos, Divya aceitou.

— Ah, Divya — suspirou Pravika. — Que idiota.

— Ela está desidratada — disse Jake. — Não está pensando com clareza.

Pravika riu.

— Espero que não.

Contive uma gargalhada enquanto Wit, parecendo inofensivo, andou até Divya e jogou água na barriga dela.

— Divya! — veio a voz de Docinho no megafone. — Eliminada!

— E Vincent! — disse Pestana. — Eliminado!

Viramos a cabeça e vimos Nicole comemorar quando o padrinho caiu ao chão. Restavam ela, tio Brad, Luli e Wit.

Porém, só se via as mulheres na arena. Wit tinha trepado na árvore de novo e tio Brad se escondera na grama alta.

Dois dos jogadores mais ofensivos, pensei, sorrindo, *agora jogam na defensiva*.

— Brad! — disse meu pai, meio sussurrando, meio gritando. — Está quase saindo da arena!

— Ei! — gritei para ele. — Nada de interferência!

Que hipócrita, brincou Claire, e eu corei.

Luli e Nicole estavam andando devagar, recuperando o fôlego. Wit estava com Luli, e Luli, com Nicole.

Vai nessa, eu queria dizer à minha amiga. *Ela está bem aí...*

— Ah, cacete — disse Eli, desperto de repente. — Olha só.

Ele apontou para Luli, que estava pegando a garrafa de Wit, que ele largara na grama depois de derrubar Divya. Vimos Luli beber um gole demorado d'água — o sol estava forte de manhã.

— É... — começou Eli.

— Uma armadilha? — falei, apontando a árvore de Wit.

Eli levantou a sobrancelha. Não dava para ver Wit, mas, detrás do tronco, saíam os seis bocais roxos da arma d'água elaborada de Claire. Com três jatos de cada lado, o apetrecho complexo permitia um alcance inacreditável.

— Não — choramingou Pravika. — Luli, não! Ainda não!

Jake se remexeu, animado. A humilhação do ataque de balões d'água da quarta-feira nem se comparava ao que estava prestes a acontecer com a irmã dele.

— Porra, passa a pipoca.

Um, pensei, com o coração acelerado, *dois...*

Pausa.

Três!

Seis jatos d'água acertaram as costas de Luli.

— Ai! — foi a reação coletiva da plateia.

A camiseta de Luli estava encharcada. Ela se virou e, ao notar Wit, arremessou a garrafa d'água nele.

— Seu filho da puta! — gritou. — Seu filho da...

— Recue, Luli! — interrompeu Pestana. — Recue!

Ela bufou e saiu da arena batendo os pés.

— Cubram os ouvidos — disse Jake, quando Docinho anunciou a eliminação de Luli. — Ela vai gritar.

Cobrimos, mas nada abafava o berro frustrado de Luli.

No campo, Wit deixou a arma de Claire no chão e trepou na árvore. Nicole, seu novo alvo, ficou ali parada, o analisando.

— Ele vai ganhar da *árvore* — disse Jake. — Estou dizendo. Ele vai ganhar esse jogo todo sem descer da árvore.

— Não vai, não — falei.

Jake se debruçou na cadeira.

— Quer apostar?

Eu ri.

— Jake, não quero roubar todas suas gorjetas da Mad Martha.

— Tá, mas Meredith — disse Eli, alguns segundos depois —, quantas armas — apontou a árvore, e o galho do qual pendia a arma intermediária neon — ele tem lá em cima?

— E isso é permitido? — perguntou Pravika. — Será que pergunto a Pestana...

— Senta essa bunda aí, Pravika — disse Luli, se juntando a nós. Parecia que os gritos tinham ajudado, e ela estava mais calma ao aceitar imediatamente o café gelado que ofereci. — Você sabe muito bem que a única regra é não sair dos limites da arena.

— Acho que não tem mais arma — falei para Eli, quando Wit pendurou a arma neon no ombro.

Ele precisava ir de defesa para ataque; Nicole não chegaria nem perto da árvore, e tio Brad estava se arrastando devagar pela grama.

— E aí, Wit, como vamos fazer isso? — perguntou Nicole para o irmão postiço. Mesmo de longe, vi que a arma dela tremia nas mãos. Não estava virada para ele; Wit não era seu alvo. — Quer correr um pouco? — continuou ela.

Ele deu de ombros.

— Não estou a fim.

— Você não sabe se divertir.

— Acho que não.

Eles ficaram no impasse. Olhei para a plateia, e vi que Michael estava profundamente estressado. A irmã mais nova e o irmão postiço amado. Para quem estava torcendo?

Wit levantou a arma na mão, e Nicole tentou dar umas desviadas antes de correr bem na direção dele.

Como previsto.

— Larga — murmurei. — Larga agora.

— Puta merda — disse Luli, quando Wit largou a arma maior, pegou a pistola de Claire da cintura da bermuda, e deu um tiro no pescoço da irmã. — Isso foi...

— Incrível — suspirou Pravika.

— Genial — exclamou Jake.

— Acho que estou apaixonado por ele — declarou Eli.

— Nem pense nisso — murmurei.

Ao mesmo tempo, um rugido se espalhou pela plateia, e Docinho anunciou, com prazer demais na voz:

— Nicole! Eliminada!

— Ah, nem pense, é? — perguntou Eli, me dando um beliscão. — Por que, Mere?

Por sorte, fui salva de responder; Nicole tinha se jogado em Wit, e os dois rolavam juntos na grama.

— Parem! — berraram tia Christine e Jeannie Dupré. — As fotos do casamento!

E tio Brad, pensei. *Agora são só ele e Wit.*

Nicole concedeu a vitória e, como Luli, saiu pisando duro.

— Bom, só eu e você, tio Brad — disse Wit, quando o pai da noiva se ergueu do meio da grama. — Eu e você.

— Eu sabia que seria assim — disse meu tio, balançando a cabeça. — Você ou Mere... sabia que seria um de vocês — falou, e fez uma reverência. — Que vença o melhor.

Wit retribuiu a reverência.

— Que vença o melhor.

Ele estava de mãos abertas, sem nada a esconder.

— Nossa Senhora — disse Pravika. — Ele não está armado.

Eli agarrou meu braço.

— Por favor, me diga que ele tem outra arma d'água escondida na bermuda.

— Como eu poderia saber? — perguntei.

Meus amigos todos me olharam.

— Não — falei. — Não tem. Seria peso desnecessário.

Wit precisava manter-se leve, e fazer tio Brad correr um pouco. Ele desenhou um oito pelo campo, antes de se virar bruscamente e correr na direção oposta. O pai de Sarah disparava sem parar, mas Wit sempre escapava antes de ser atingido pela água.

— Ele vai pegar a armona? — perguntou Jake.

— Eu escolheria a garrafa — disse Luli. — É fácil de pegar.

— E a pistola? — sugeriu Pravika.

Olhei para o resto da plateia, todos atentos, inclinados para a frente para ver melhor. *Logo*, pensei. *Logo vamos comemorar.*

Cinco minutos depois, tio Brad estava cansado. Mesmo que ele estivesse em forma, Wit tinha dezenove anos, e meu tio, quase sessenta. Wit parou de correr e se virou de costas para nós. Suor pingava em uma linha pela camiseta dele, e a bandana estava pendurada no pescoço.

— Calor — comentou.

— De matar — respondeu tio Brad, secando a testa.

Ainda desarmado, Wit começou a recuar na direção da plateia, e meu tio notou. Vi ele avançar e reposicionar a arma.

— Não — sussurrou Pravika. — Ele vai sair da fronteira.

— Relaxe — falei.

Wit continuou a recuar, e tio Brad, a avançar.

Devagar, tranquilamente.

Eles iam brincando no caminho. Era uma dança, que acabava com Wit aparentemente encurralado.

Encurralado bem na minha frente.

— Espere, pare! — exclamei, quando Wit levou a mão para trás, com os dedos prontos. — Está bem na fronteira! Não se mexa!

— É — disse tio Brad, alongando a letra como um vilão da Disney. — Não se mexa, moleque.

Ouviram-se exclamações quando ele disparou, e outras, ainda mais altas, um instante depois, quando Wit se agachou para evitar o jato e sussurrou:

— Agora, Matadora!

Rapidamente, tirei a pistolinha cor-de-rosa de sob meu assento e entreguei na mão dele, com um nó no estômago quando Wit pulou, avançou, e assassinou tio Brad, chegando à vitória.

A plateia enlouqueceu.

— Witty! — gritou Michael, surgindo de repente para pegar Wit nos ombros. — Witty vitorioso!

Tio Brad ficou ali parado, em choque.

— Mas não — disse, sacudindo a cabeça. — Não.

— Como assim, *não*? — perguntou Sarah. — Fala sério, pai. Você perdeu — disse ela, e deu um beijo na bochecha dele. — Vice ainda é ótimo!

— Ele não seguiu as regras — disse tio Brad para Pestana e Docinho, que tinham entrado em cena, e Michael abaixou Wit. — Meredith entregou a arma dele.

— Sim, meu bem — disse Docinho —, mas tecnicamente não há regras contra assistência. Os finalistas e as armas só precisam se manter dentro da fronteira — falou, com um sorriso, e apontou a linha pintada de spray, que fora o projeto do meu pai na tarde anterior.

— Mas, mãe, a cadeira de Mere está do outro lado da linha — respondeu tio Brad. — Que nem a de todo mundo.

— Na verdade, não está, não — falei —, porque peguei uma *espreguiçadeira*, e não uma *cadeira*.

A espreguiçadeira era outra joia encontrada no depósito do anexo. Estava velha e desbotada, mas ainda dava para usar. Eu sabia que viria a calhar.

— O pé passa da linha, e entra na arena — continuei, tranquila, apesar do coração estar a mil por hora. — Foi bem ali que escondi a arma.

Uma inspeção se seguiu, claro. Pestana se abaixou para ver se encontrava a marca minúscula da arma na grama e, depois de pedir a opinião de Docinho, levou o megafone à boca.

— Eis nosso campeão! Stephen Witry!

Gritos irromperam de novo. Sarah se jogou em Wit e, pelo canto do olho, vi Docinho sorrir e dar um tapinha carinhoso no rosto do filho mais velho.

— Um dia — disse ela.

Quando todos se acalmaram, meus avós entregaram a Wit a medalha de ouro de Assassino (era de plástico, comprada na farmácia do centro). Medalha idêntica àquelas que Claire pendurava na parede do quarto.

Fiquei olhando para ele. Vi quando cumprimentou os outros finalistas com apertos de mão; bateu nas mãos dos meus pais em comemoração; abraçou Jeannie e os irmãos. Finalmente, ele e o pai se abraçaram por muito tempo.

Finalmente, só restamos nós dois na arena. Ele estava encharcado de suor, mas ainda assim me abraçou, me levantando.

— Parabéns — falei. — Eli já declarou seu amor por você.

Ele me abaixou e sorriu.

— Eu não teria conseguido sem você — falou. — Foi por sua causa que ganhei.

Eu pestanejei.

— Foi?

— Foi — confirmou.

— Ah, fala sério — disse, abanando a mão. — Só entreguei a arma.

Wit me abraçou de novo.

— Será que ela ficaria feliz? — sussurrou. — Sei que ela torceria para você, mas, ainda assim... tudo bem eu ter ganhado?

— Sem dúvida — sussurrei; o sol não podia estar mais forte, e Claire estava transbordando de orgulho. — Sem dúvida.

Então, me afastei e puxei a bandana dele, antes de sorrir e beijá-lo.

— E, por sinal — murmurou ele, me beijando de volta, e desceu as mãos para minha cintura. — Não quero Eli. Quero *você*.

VINTE E UM

Quero você.

O que Wit queria dizer? Estava fingindo, como combinado? Ou falando a verdade? Eu não conseguia me decidir, mas tinha soado terrivelmente sincero.

Fui até a casa do lago — ou, como tia Christine chamava, "a suíte da noiva". Sarah tinha me convidado para fazer o cabelo, as unhas, e a maquiagem com ela e as madrinhas. Era apenas meio-dia, mas eu planejava aparecer de penetra no brunch, elegantemente, porque queria comer rabanada.

A preparação da festa continuava no casarão, em ritmo menos tranquilo do que na véspera. Mesas redondas e cadeiras de palha estavam sendo carregadas para a tenda e, combinando com o Pinterest de Sarah, haveria uma pista de dança ampla no centro, com luzinhas pisca-pisca delicadas penduradas no teto. Ela também tinha salvado imagens de vários buquês de centro de mesa, e eu me perguntei qual ela teria escolhido.

Meus pés não resistiram a desviar para o casarão — não para me aproximar da muvuca, mas para ver se Pestana estava na varanda.

— Meredith! — chamou, e ergueu o olhar do livro; eu não sabia como aguentava ler com tanto barulho. — Achei que você já estaria a caminho da casa do lago.

— Ah, ainda não — falei, perdendo de repente a vontade de rabanada. — Provavelmente ainda estão no brunch. É melhor eu esperar um pouquinho.

— Acho que Sarah não se incomodaria — disse meu avô, tomando um gole de chá, e eu me instalei na rede. — Nem um pouco.

Fiz que sim com a cabeça, mas não fui embora. Ficamos alguns segundos em silêncio, até Pestana abaixar a xícara e falar de Wit.

— Muito impressionante. O triunfo dele hoje foi muito impressionante. É por isso que eu e Docinho temos regras tão simples, sabe? Para ver a criatividade dos jogadores — falou, rindo. — Disse que ele está sempre convidado para a fazenda, e que vai precisar voltar para defender o título — disse, olhando o horizonte. — Vocês dois deram vida nova ao jogo.

Meu coração afundou.

— E é admirável — continuou Pestana, antes que eu pudesse falar.

Não que eu tivesse muito a dizer. Parecia que alguém tinha roubado minha voz.

— Acho admirável — prosseguiu — ele ter reconhecido a infelicidade na faculdade, e tirar um tempo para refletir e ver se ele quer mudar alguma coisa — falou, com um assobio. — A Nova Zelândia é longe, mas será uma aventura. E vai valer a pena, pelo que ele diz. Na minha opinião, também vai ser terapêutico. É por isso que eu e Docinho decidimos nos mudar para cá em tempo integral. Qualquer que seja a temporada, a fazenda nos faz bem. Tem poderes de cura.

— Tem, sim — me ouvi falar. — Tem mesmo.

Porém, minha barriga estava embolada. Não estávamos mais falando de Wit; estávamos falando de *mim*. De mim e da minha escolha de estudar em Hamilton... uma faculdade incrível, mas a faculdade onde meu pai trabalhava e que ficava pertinho da minha casa. Eu tinha me candidatado em novembro, sido aceita em dezembro, e daí em diante nem pensara mais naquilo.

Você quer *ficar perto de casa?*, sabia que meu avô estava perguntando. *Ou* precisa *ficar perto de casa?*

Preciso, pensei. Pelo menos precisava — quando me candidatara, fazia menos de um ano desde que perdera Claire, e me lembrava de ainda me sentir tão derrubada pelo luto que nem imaginava sair de Clinton. A ideia dos meus pais estarem a um telefonema de distância, em vez de uma caminhada do campus, me abalava. *Estou segura* tinha sido minha reação à carta de aceite. *Vou ficar segura.*

Ou seja: eu tinha me inscrito na faculdade da minha cidade por medo de ir embora. Minha irmã tinha morrido em sua primeira aventura longe de casa, então eu não queria aventuras. Queria a família; queria *familiaridade*.

Porém, depois dessa semana... depois de comemorar o legado de Claire, e conhecer alguém tão determinado a viver a vida plenamente...

Estava começando a pensar que *preciso* talvez não fosse mais minha resposta. A ideia era apavorante, mas eu sabia que precisava confrontá-la.

— Volte a ler — falei para Pestana, me levantando de um salto. — Vou lá comer uma rabanada.

⁓

Sarah e as madrinhas estavam todas usando pijamas de cetim combinando, e tia Christine me expulsou da suíte antes de trocarem os vestidos. Wit vinha chegando enquanto eu ia embora. Afinal, os padrinhos deviam ter ido surfar; Wit estava de roupa neoprene, que abaixara até a cintura.

— O que está fazendo? — perguntei, com o coração dando um pulo. Ele estava...

— Vim fazer a maquiagem — falou, apontando o rosto e o hematoma verde, que começava a desbotar a um tom de amarelo ainda visível. — Tia Christine mandou mensagem dizendo para eu vir correndo.

— Por que ela tem seu número e eu não tenho? — soltei.

Wit inclinou a cabeça.

— Quer meu número?

— Claro!

Ele me passou o número, e eu digitei rápido no celular, mas não mandei mensagem para ele salvar meu contato. *Oi! É Meredith!* soava ridículo.

— Não entre aí — falei, me aproximando e mexendo com uma das mangas molhadas e soltas da roupa dele. — Mostre suas cores.

Wit sorriu.

— Daria mesmo mais personalidade às fotos.

Ele passou o braço pelo meu ombro e nos viramos, indo embora da casa juntos.

— Sabia que as fotos devem levar *duas* horas? — perguntou.

— É, foi o que a Sarah me falou — respondi. — Que tal você voltar ao anexo? Faço uns lanchinhos para você não ficar com fome.

— Você faz lanchinhos?

— Faço uns deliciosos. Já ouviu falar de *puppy chow*?

Wit me pegou no colo e me girou. Eu imaginava que fosse um *sim*.

— Ei, toma cuidado! — falei, rindo. — Não estrague meu cabelo!

Eu nunca teria conseguido me pentear daquele jeito. Danielle, a madrinha principal, tinha feito escova e arrumado em uma coroa de tranças impecável.

— Foi mal, foi mal — disse ele, me abaixando. — O cabelo está lindo — acrescentou, depois de uma pausa.

Eu sorri.

— Obrigada.

Continuamos a andar e, depois de entregar a ele uma tupperware de salgadinhos com chocolate, manteiga de amendoim e açúcar, mandei ele embora para eu me arrumar.

— Então, é o seguinte — disse minha mãe, depois de eu desfilar para ela com meu vestido: era tomara que caia, bege, estampado de lírios azul-escuros e rosa-claros. A saia girava quando eu rodopiava, e eu estava de salto alto, e com o colar de madrinha de Claire. — Você vai de bicicleta à igreja.

— Como assim? — perguntei, e parei de rodopiar pela sala, de imaginar Wit rodopiando comigo pela pista mais tarde. — Vou de *bicicleta*?

— Isso — disse meu pai. — Christine falou que ontem, no ensaio da cerimônia, foi horrível estacionar. Não queremos levar muitos carros, porque a rua é muito estreita.

— Ah, saquei.

A igreja de St. Andrew ficava no fim da rua North Summer, em Edgartown, e, apesar de ser incrivelmente idílica, de tijolos vermelhos históricos e janelas arqueadas brancas, tanto a igreja quanto o ambiente a seu redor eram *minúsculos*.

— Vou ter que subir a estrada da fazenda de bicicleta também? — perguntei.

Cinco quilômetros de roupa formal em uma estrada de areia? Achei que acabaria mal.

— Não — disse meu pai, sacudindo a cabeça. — Brad e eu já fomos e viemos várias vezes de caminhonete. Deixamos umas bicicletas perto do obelisco.

— Quem mais vai pedalando? — perguntei.

— Que loucura — disse Luli, meia hora depois, ao subir na *mountain bike* laranja. — A gente pode se *atrasar*. A gente pode literalmente entrar na hora do "fale agora ou cale-se para sempre".

— A gente *não vai* se atrasar — retrucou Pravika. — São só quinze minutos de bike.

— E ainda estão nas fotos — disse Eli, com um suspiro.

Infelizmente, Eli não tivera a oportunidade de invadir nenhuma das fotos antes da cerimônia.

— Tá, então vamos? — perguntou Jake, olhando para Luli. — Já que está tão preocupada?

Assim, nós cinco começamos o caminho, acompanhados de um bando de crianças. Luli e Jake tinham combinado de ir na dianteira, Eli, no meio, e eu e Pravika, na retaguarda. Nós duas tiramos os sapatos de salto, e guardamos na cestinha, decidindo pedalar descalças. Seria divertido.

O sol nos acompanhava do céu azul sem nuvens, e eu inspirei fundo o ar da ilha, pedalando pela ciclovia pavimentada. *Ela vai se casar, Claire*, pensei. *Sarah vai se casar hoje*.

Passamos pela Morning Glory e por seus pastos verdes, pelas casinhas quadradas com telhas de cedro, por trilhas secretas e sinuosas que subiam as colinas, e acabamos sacolejando nas calçadas de tijolos de Edgartown.

— Cuidado! — gritou Eli, mais adiante. — Afastem-se do meio-fio!

— Parece a família Von Trapp, Nick! — ouvi alguém dizer e, ao me virar, vi uma menina loira de mãos dadas com um menino de barba ruiva. — Não parece?

Eu sorri. Era exatamente o que parecíamos.

O desfile a caminho da igrejinha já estava a toda quando estacionamos as bicicletas perto da livraria e conduzimos todo mundo até a North Summer, a poucas quadras dali.

— Agora, galera! — disse Eli, batendo palmas. — Procurem seus pais!

Encontrei meus pais em um banco perto da frente, e eles riram quando me sentei.

— O que foi? — perguntei, nervosa. — O que houve?

Estiquei a mão para verificar se meu cabelo ainda estava intacto.

— Seus sapatos — disse minha mãe. — Mere, cadê seu sapato?

Olhei para baixo, e vi que estava descalça.

Merda — eu tinha esquecido eles na cesta. Tinha precisado guiar tantas crianças.

— É um tributo — falei, mexendo os dedos para exibir a pedicure. — Sarah vive descalça na fazenda, então vim descalça ao casamento.

Meu pai riu de novo.

— Eu te amo, Meredith — disse ele, antes de beijar minha cabeça. — Você nem imagina o quanto eu e sua mãe te amamos.

~

Como prometia o convite do casamento de Sarah e Michael, a cerimônia começou às quatro da tarde com um prelúdio de trompete e a procissão dos avós. Precisei me virar para esconder a gargalhada no paletó do meu pai quando Pestana e Docinho desceram juntos ao altar, minha avó reluzindo que nem uma rainha, e meu avô com um sorriso satisfeito.

— Não sei, não, Sarah — ele tinha brincado depois do anúncio de noivado. — Sei que quer se casar na fazenda, mas não sei se vai ser possível sem uma procissão de avós na cerimônia. É um sinal de respeito.

— Como ele é exibido — cochichou meu pai, na igreja.

— Ele é *incrível* — retruquei.

— É — concordou meu pai. — É, os dois são.

Em seguida vieram os padrinhos e as madrinhas. O primeiro par era Danielle e Gavin. As madrinhas estavam de vestidos lindos, azul-esverdeados, e os padrinhos, de ternos azul-marinho com gravatas-borboleta azul-claras, combinando com a de Michael. O noivo, no altar, batia os tornozelos dos sapatos marrons, animado.

Wit e Nicole estavam alegríssimos quando chegou a vez deles, quicando pelo corredor em vez de caminhar com tranquilidade.

— Nossa Senhora — ouvi Jeannie dizer.

Ao mesmo tempo, tio-avô Richard perguntou se eles estavam bêbados. Eu sabia que não. O irmão deles estava se casando; eles estavam em *êxtase*.

E, finalmente, veio Sarah. Ela estava brilhando de tanto sorrir, andando de braços dados com tio Brad, e carregando um lindo buquê de hortênsias. O vestido dela era simples e estonteante, branco, sem manga, com um decote recortado comprido, e costas baixas. Ela usava o cabelo castanho-avermelhado quase solto, só arrumado para trás, para exibir os brincos marcantes e perolados. Apesar de ela e Michael terem se visto arrumados em Paqua, ele ficou hipnotizado. Sarah abriu um sorriso ainda maior ao chegar ao altar. *Oi*, vi ela murmurar. *Você por aqui?*

Ela continuou a brilhar quando Oscar Witry e alguns outros convidados leram textos, e antes de ela e Michael declararem seus votos, melosos, mas incrivelmente fofos. Claro que Sarah precisava citar Taylor Swift, e mencionou um trecho da música "Lover".

E ela estava inteiramente reluzente quando Michael a beijou, e eles desceram do altar como recém-casados, entre os convidados todos de pé, comemorando e batendo palmas. Michael levantou o punho em sinal de vitória quando saiu pela porta.

— Viva — sussurrei, sentindo Claire ao meu lado. — Agora ela é Dupré.

VINTE E DOIS

A festa, sem dúvida, era a concretização do Pinterest de Sarah. Perdi o fôlego ao entrar na tenda, que ganhara vida com luzinhas e plantas verdejantes. Havia uma pista de dança vasta e redonda, mesas de toalha branca, cadeiras de vime da cor da areia, e decorações de farol iluminado, envoltas em hortênsias azuis, em todas as mesas.

— Qual é sua mesa? — perguntou Wit, e pegou uma pedrinha cinza e lisa.

Na frente da pedra, estava escrito, em caligrafia preta, STEPHEN WITRY. Senti calafrios; eu amava o nome dele.

— Vejamos — falei, procurando minha pedra no móvel.

Quando a encontrei, não foi só meu nome que se destacou.

BENJAMIN FLETCHER estava posicionado bem ao lado de MEREDITH FOX.

A organizadora do casamento provavelmente não fora avisada que Ben não iria; tia Christine ou Sarah devia ter se esquecido de dar o recado. Comecei a rir — rir mesmo, de verdade.

— O que foi? — perguntou Wit, enquanto eu gargalhava. — Qual é a graça?

Peguei a pedra de Ben e a entreguei a ele.

— Aqui — falei. — Olha isso.

Wit observou a pedra antes de resmungar alguma coisa, dar meia-volta e sair da tenda. Imaginei ele jogando a pedra nas dunas. Quando voltou, ele sorriu para mim.

— Bebida?

— Por favor — falei, e nós dois nos juntamos à fila comprida do bar.

Eli, Pravika, Luli e Jake já tinham se resolvido, e estavam agrupados perto do bolo de três andares, bebendo taças do ponche de limonada com amora de que Docinho passara a semana falando. Eu sabia, por experiência, que era uma delícia; afinal, era receita secreta dela.

— Meredith, é você? — ouvi alguém perguntar depois de um tempo de espera na fila, e, quando me virei, vi uma das primas de Sarah, que tinha acabado de chegar para o casamento. — Quanto tempo!

— Oi, Darcy — falei, lembrando-me de conhecê-la vários anos antes, quando ela socializara tanto na praia que eu jurava ainda ouvir a voz dela na hora de ir dormir. — Como vai?

Assim, abri, sem querer, a porta de um papo. Escutei Darcy, respondendo como podia, mas tudo que eu queria era tomar ponche, e minha barriga começou a roncar.

Wit, educadamente, nos interrompeu ao se apresentar.

— Sou o irmão de Michael — falou.

Depois de olhar a gente de cima a baixo, Darcy sorriu.

— Vocês são fofos — falou, tomando um gole de vinho. — Há quanto tempo namoram?

Senti minha barriga se retorcer. *Não namoramos*, quase falei, mesmo sabendo que parecia ser o oposto. Wit tinha me abraçado pela cintura, distraído, e eu estava grudada nele, com o queixo apoiado em seu ombro, enquanto ele apoiava o queixo na minha cabeça. Era tão natural — tão incrível, mas *terrivelmente* natural.

Wit se endireitou um pouco, mas continuou bem abraçado em mim.

— Pouco tempo, Darcy — falou, pigarreando. — A irmã de Meredith, Claire, chegou a tentar nos apresentar uns dois anos atrás, mas acabamos só ficando essa semana.

— Essa semana? Jura? — perguntou Darcy, rindo, e tocou meu braço. — Eu teria chutado no mínimo um ano.

— Juro, sim — disse Wit.

Eu fiz que sim com a cabeça. Não porque estávamos fingindo, mas porque meu coração...

Deu um salto como sempre fazia perto de Wit.

— Tenho que te mandar mensagem! — exclamei, quando finalmente chegamos ao bar. — Não mandei, então você não tem meu número.

Wit viu o barman encher nossos copos.

— Não precisa me mandar mensagem — falou, baixinho.

— Como assim? — perguntei, pegando minha bebida. — Não quer conversar?

— Não, quero, sim — falou. — Quero, mas não precisa me mandar seu número — disse, passando a mão pelo cabelo, e suspirou. — Porque já tenho.

Não entendi bem.

— Você já...

— Não era brincadeira — murmurou. — Claire tentou *mesmo* nos apresentar. Ela me deu seu número naquela noite, antes de sair do restaurante.

De repente, senti os olhos arderem.

— Mas você nunca mandou mensagem — falei, com a voz falhando, e deixei ele me afastar do bar. — Nunca me procurou.

Wit curvou a boca em um sorriso.

— Matadora, por que procuraria?

Porque eu teria adorado você, pensei. *Adoro você agora, teria adorado antes.*

— Deixando todo o resto de lado — disse Wit, pegando minha mão —, Claire não mencionou que você tinha namorado. — Ele hesitou. — Admito que, depois de ouvir tanto falar de você, encontrei seu Insta...

— Viu! — exclamei, quase derramando o ponche. — Você fala que *não é muito* de Instagram, mas na verdade vive lá!

Wit corou.

— Tá, você entrou no meu perfil... — falei. — Me *stalkeou*...

— Dei só uma olhada — corrigiu ele. — Nada de mais.

Bebi um gole.

— Uhum.

Ele bebeu também.

— Uhum.

— E aí, o que achou? — perguntei.

— Achei que parecia cuidadosamente organizado — respondeu.

— Era mesmo — falei, pensando no tempo ridículo que eu passava editando fotos e pensando em legendas. — E o que mais?

Wit hesitou.

— Diga — pedi. — Pode dizer.

Ele olhou para o ponche, e depois para mim.

— Achei que não combinava com a garota de quem Claire falava sem parar — disse. — Para ser sincero.

Senti a boca tremer, porque sabia que era verdade. Eu não era aquela garota, toda pintada de cor-de-rosa, posando em fotos e pendurada no braço do meu namorado como um acessório. Eu amava rir com meus amigos ao sol, dormir em uma beliche suja de areia, e sorrir ao lamber manteiga da cara de um menino lindo chamado Stephen. Essa era minha versão de verdade.

Wit apertou minha mão.

— Mas isso só me fez querer conhecer você mais ainda.

Apertei a mão dele de volta. Apertei, beijei seus dedos, e não disse mais nada.

A primeira dança de Michael e Sarah Dupré no casamento não foi ao som de Taylor Swift, mas de uma versão, tocada pela banda ao vivo, de "Hearts Don't Break Around Here", do Ed Sheeran. Setenta e cinco pessoas assistiam à dança, mas eu duvidava de que eles notassem os convidados. Minha prima e o marido estavam envolvidos demais um no outro, sorrindo, extasiados, tão apaixonados.

— De jeito nenhum — disse tia Julia à mesa, negando com a cabeça. Tia Rachel e o bebê estavam ótimos, então ela convencera tia Julia a ir à festa. — Amo essa música, mas não tem jeito de Michael ter escolhido. Ele é todo do R&B.

— Mas também é Sheerio — disse Wit, sentado ao meu lado; tinha decidido alternar de mesa ao longo da noite. — Ele é secretamente Sheerio.

— Licença — disse meu pai, inclinando a cabeça. — Ele é o quê?

— *Sheerio* — respondi. — Por exemplo, Sarah é Swiftie porque é fã da Taylor Swift, e Michael é Sheerio porque ama Ed Sheeran.

— E eu, sou o quê? Se sou fã do Dave Matthews, qual é meu nome? — perguntou meu pai, e fingiu encher o peito. — Vocês sabem que até agora já fui a quarenta e cinco shows?

— Ah, nossa, Tom — disse tia Julia, seca. — Você nunca me contou isso.

Debaixo da mesa, Wit levou a mão ao meu joelho.

— O que houve? — murmurou.

Não parei de olhar Sarah e Michael.

— Como sabe que houve alguma coisa?

— Só sei.

Senti meu pescoço ruborizar, e tentei não deixar aparecer no rosto.

— Não houve nada — falei para Wit.

Beijei o rosto dele — uma, duas, três vezes. Do outro lado da mesa, minha mãe me olhou.

— Só estou doida para dançar com você — acrescentei.

— É bom mesmo — respondeu ele, tranquilo. — Danço espetacularmente bem.

— Jura?

— Juro — falou. — Porque, acredite ou não, esquiar e dançar são habilidades um pouco parecidas...

Ele parou de falar quando a música parou, e todo mundo se levantou e aplaudiu os recém-casados. Wit pegou o paletó das costas da cadeira para voltar ao lugar marcado para a família. Ele me deu uma piscadela.

— Logo você vai ver — acrescentou.

Todo mundo amou os discursos. Danielle falou de Sarah ser a irmã que ela nunca teve, e Gavin leu uma série de mensagens que Michael mandara a ele depois de conhecer Sarah.

— Guardo essas mensagens há cinco anos. Dizem que não dá para transmitir tom por mensagem, mas na época... — disse ele, sacudindo a cabeça. — Na época, eu notei. Eu notei, no meio daqueles erros todos de digitação e da ressaca, que *alguma coisa* tinha mudado, alguma coisa tinha *acontecido* — falou, levantando a taça de champanhe. — Parabéns, cara. Parabéns para você e para a gostosa nerd na sua aula de psicologia que começava cedo para caralho!

Sarah e Michael estavam chorando de tanto rir. Ela deu um soco no braço dele.

— Como pode achar *qualquer* dessas coisas um elogio? — perguntou. — Você quase matou aula!

— Mas não matei! — argumentou ele. — E falei que você era gostosa!

A tenda inteira caiu na gargalhada outra vez e logo o jantar foi servido. Como de costume, ignorei a salada na minha frente; em vez disso, afastei a cadeira e encontrei Danielle, que devorava a salada, a várias mesas da minha.

— Foi um discurso maravilhoso — falei, e ela abaixou os talheres e empurrou a cadeira para me dar um lugar.

— Obrigada. O de Gavin tinha mais estilo, mas, para a Sarah, quis que fosse de coração — disse ela, sorrindo. — Mesmo que tenha sido meio bagunçado.

— Não foi bagunçado, não. Nada. Gostei muito da parte em que você falou de precisar trancar um semestre da faculdade. E do que Sarah disse quando você pediu conselho.

Engoli em seco.

Danielle tomou um gole de água.

— Você começa a faculdade mês que vem, né?

Fiz que sim com a cabeça.

— E o que está sentindo?

— Confusão — admiti, pensando na minha conversa com Pestana, a respeito de eu querer ou precisar ficar perto de casa.

Primeiro *precisava*, depois *queria*, finalmente *me preocupava*... com ter tomado uma decisão impulsiva demais. Será que eu estava pronta para a faculdade?

Porque há mais de um caminho, constatei. O discurso de Danielle tinha me ajudado a entender, mas Wit já falara daquilo na véspera. "Acho que *precisa* de alguma coisa", ele dissera, "de uma mudança."

Danielle inclinou a cabeça.

— Precisa conversar, Meredith?

— É — falei. — Acho que sim.

Foi um alívio quando acabou o jantar e a banda voltou a tocar. A dança de pai e filha de tio Brad e Sarah acabou com meu tio se debulhando em lágrimas, e Jeannie Dupré também precisou de lencinhos depois de dançar com Michael. Pestana conduziu Docinho à pista, indicando que os demais podiam dançar também. Abri um sorriso quando Wit me puxou, rodopiando.

— Você dança *mesmo* bem! — falei, entrelaçando nossos dedos.

Começamos a valsar. Um pouco atrapalhados, mas dava certo.

— Danço, mesmo, muito obrigado! — respondeu ele, com um sorriso enorme.

Joguei a cabeça para trás e gargalhei.

— O que foi? — perguntou. — Qual é a graça?

— Seus dentes — respondi. — Seus dentes...

Roxos. Estavam roxos por causa do ponche de limão e amora.

— Ah, não! — disse Wit, me soltando para cobrir a boca. — O que tia Christine vai dizer?

Revirei os olhos antes de ele pegar minha mão e me curvar para trás de repente, e minhas pernas tremeram que nem as do Bambi, por estar de salto. Metade do meu cabelo também tinha soltado da trança.

— Ela diria que a coisa aqui tá uma confusão — falei.

— Não tá nada — disse Wit. — Só se for uma confusão boa. Somos *estonteantes*.

Um calafrio me percorreu. A tenda estava úmida pelo calor de tanta gente, mas, ainda assim, senti um calafrio, porque não achava que Wit estava se referindo à nossa situação desastrosa.

— Não — falei, sacudindo a cabeça. — Você disse, você prometeu...

Ele me beijou.

Só um toque leve da boca manchada de amora, mas me beijou quando um flash brilhou ali por perto. Três fotógrafos percorriam a tenda para registrar o casamento.

— Acha que essa foto foi nossa? — sussurrei.

— Como não seria? — retrucou Wit, já voltando a me conduzir na dança.

Eu ri no peito dele, e apoiei a cabeça ali por um momento. Ele tinha soltado a gravata, e aberto os dois últimos botões da camisa. Eu me permiti inspirar seu já familiar perfume: laranjas, suor, filtro solar, mar.

Derreter. Eu queria *derreter*.

— Não, é sério — continuou ele —, estamos roubando os holofotes.

Roubando os holofotes.

Um segundo.

Levantei a cabeça.

— Eli! — gritei, olhando para todo lado.

Esperava que ele não estivesse por perto. Porque ele tinha passado a noite toda se entrosando por aí, que nem o convidado preferido de todos, e não queria que ele tivesse se metido na minha foto com Wit. Algo me dizia que a foto era mesmo especial, e eu queria...

Bom, queria aquela foto mais do que tudo.

— Eli!

— Oi, Mere?

Olhei para trás e vi Eli a mais de dez metros da gente, prestes a se meter em uma foto da família de tia Christine.

— Tudo bem? — perguntou ele.

Estava tudo bem, sim.

Wit e eu dançamos por mais um tempo, e depois meu pai rodopiou comigo pela pista, e, então, veio Pestana, até que, por fim, fui parabenizar o noivo. O rosto de Michael ainda estava sujo de glacê, por causa da cerimônia de cortar o bolo.

— Nem pense em lamber isso — brincou ele. — Sei que você e Witty gostam dessas coisas, mas... — falou, levantando a mão, e a aliança prateada reluziu. — Agora sou casado, Meredith.

— É mesmo — falei, olhando para Sarah.

Ela estava descalça, cochichando com Wit, que estava comendo sua segunda fatia de bolo.

— Mas não imagine que isso vá deter Docinho — acrescentei.

Minha avó era apaixonada por Michael Dupré.

— Ah, não estou preocupado — respondeu ele, apontando a esposa e o irmão.

Docinho tinha acabado de se juntar a eles, abraçando Sarah e dando um tapinha carinhoso no rosto de Wit.

— Acho que agora ela está interessada em outro — acrescentou.

Vimos Docinho sorrir que nem boba, ajeitando o cabelo de Wit.

— Se quiser ele — disse Michael —, corra atrás.

Abanei a mão.

— Docinho é inofensiva.

— Não, Mere — disse Michael. — É sério. Imagine se eu tivesse matado aula cinco anos atrás — disse, apontando Sarah. — Eu poderia ter perdido minha chance. Ela me viu *naquele* dia. Tinha duzentas pessoas na sala e, de algum jeito, ela me viu — continuou, dando de ombros. — Em algum outro dia, talvez ela não visse. Mas ela me viu, viu mesmo, e agora aqui estamos. Aqui estamos *todos* — falou, olhando para Wit, e então para mim. — Já basta dessa história de *fingir*. Se quiser Wit, *corra atrás*. Não perca a oportunidade.

~

Sarah jogou o buquê de hortênsias logo antes de ir embora com Michael, a caminho da lua de mel. Wit e eu rimos; não só Nicole Dupré pegou o buquê, como Eli também se jogou no ar.

— Já invadi trinta fotos — tinha contado mais cedo. — Eu me apresentei e posei, me sentei às mesas e sorri, arrasei na pista — dissera, balançando a cabeça. — Acreditem, já fiz *de tudo*.

Wit e eu estávamos bebendo uma garrafa de champanhe roubada no canto. Minha barriga estava quente e agitada, mas não sabia se era por causa da champanhe, ou *dele*.

— Você sabia — disse ele — que seu rosto tem formato de coração?

— Não sabia, não.

— Bom, mas tem — respondeu, desenhando de leve o formato. — Provavelmente porque seu coração é imenso.

Eu sorri.

— Não foi sua melhor cantada.

Ele abriu aquele sorriso torto.

— Acho que não — falou, levantando a mão de novo para tocar minha boca. — Não beijei você o suficiente hoje — murmurou, em voz melodiosa. — Quero beijar você um pouquinho.

— Um pouquinho? — perguntei, passando a mão pelo cabelo loiro da nuca dele, alegre ao sentir o arrepio na pele. — Só *um pouquinho*?

Wit suspirou.

— Tá, eu quero beijar você desesperadamente.

— Desesperadamente?

— Desesperadamente.

Porém, quando ele se aproximou, eu me esquivei.

— Aqui, não — falei, apontando a saída da tenda. — Venha comigo.

Saímos para o alpendre do casarão e trocamos o champanhe por uma das mantas que Docinho sempre largava na rede. Joguei a manta para Wit, que cobriu os ombros enquanto eu tirava o sapato.

— Aonde vamos? — perguntou ele.

— Você vai ver — respondi, com o coração na boca.

Era aquilo. Era nossa saideira.

As estrelas cintilavam acima de nós, e a lua brilhava tanto que não precisávamos nem de lanterna. Paqua estava iluminada por um brilho misterioso, o tipo de mistério que nos fazia saber que o mundo era cheio de possibilidades. Circulamos juntos pela rede de trilhas da fazenda, meus pés silenciosos na areia, e Wit arrastando os sapatos. Se ele notou aonde íamos, não disse nada.

A grama alta farfalhava quando nos aproximamos das dunas e, em vez de quebrar na praia, ouvi as ondas do mar chegarem à orla tranquilamente, antes de voltar.

Mal faz uma semana, pensei. Mal fazia uma semana que Wit me surpreendera em minha caminhada de madrugada. Eu ameaçara esfaqueá--lo, mas, no fim da noite, não queria que os joelhos dele parassem de esbarrar nos meus. A energia dele, o tudo dele, me contagiava.

— Eu me perguntei se acabaríamos aqui — disse ele, quando encontramos nosso cantinho.

Peguei a manta dele e a estendi na areia e na grama amassada. Nós dois olhamos para a manta pronta e preparada.

Diferentemente do nosso primeiro beijo no quarto de Wit, todo desajeitado, não hesitamos — só começamos. Ele me puxou e me beijou enquanto eu subia pelo seu corpo, enroscando as pernas na sua cintura.

Tirei o paletó dele, e ele abriu o zíper do meu vestido. A roupa primeiro caiu até minha cintura, e finalmente ao chão, quando ele me abaixou, e desabotoamos a camisa dele juntos. Beijei o ombro dele, a clavícula, o desenho do pescoço — pele pintada de azul ao luar.

— Eu te adoro — sussurrei. — Por favor, me diga que sabe o quanto te adoro.

Em vez de responder, Wit me beijou de novo. Ele me beijou por muito tempo, se demorando, deixando em mim aquela sensação espiralada de faíscas que eu tanto amava.

Acho que ele sabe, pensei, antes do resto acontecer. *Acho que sabe.*

~

Depois, ficamos deitados embrulhados na manta de Docinho. Eu não fazia ideia de que hora era. E o mundo estava maravilhosamente enevoado — muito maravilhosamente enevoado. Eu estava aninhada no peito quente de Wit, e ele acariciava meu ombro com os dedos. Seu toque lembrava borboletas.

— Humm — murmurei, mas ele demorou a responder, até eu começar a pegar no sono.

— Sei que você não gosta de ouvir isso — o escutei dizer —, e sei que prometi que não diria, mas você *é* bonita, Matadora. Você é bonita, linda, estonteante, *hipnotizante* — falou, e hesitou. — Mas não é *só* isso. Você é tudo que Claire disse, e mais ainda. Inteligente, engraçada, carinhosa, viva, forte, corajosa… tudo isso. Você é *tudo* isso.

Ele beijou minha cabeça.

— E sei, sim, o quanto você me adora — sussurrou. — Só queria que fosse tanto quanto eu te adoro.

DOMINGO

VINTE E TRÊS

O sol estava escondido quando, na manhã seguinte, eu e meus pais arrumamos as malas no carro, e o céu estava triste, coberto de nuvens cinzentas. Deixar o Vineyard era sempre triste, e a ilha sentia.

— Ok — disse meu pai, depois de fechar a caçamba do Raptor. — Vamos começar, então?

Fiz que sim, mesmo com a cabeça doendo e os olhos inchados de chorar. Todo verão, fazíamos "rondas" antes de pegar a balsa para casa. A primeira parada dos meus pais era no casarão, já eu fui à casa do farol para me despedir de tio Brad e tia Christine.

— É melhor você chegar à final ano que vem — disse meu tio, me abraçando. — Sinto que temos assuntos a resolver. Foi por pura sorte eu ter pegado você naquela hora.

— Pode deixar.

Eu o abracei, e então agradeci à tia Christine pelo lindo casamento.

— Foi uma das melhores noites da minha vida — falei para ela, totalmente sincera. — Por favor, planeje meu casamento um dia.

— Ah, Mere — disse ela, negando com a cabeça, e sorrindo. — Você e sua mãe vão cuidar disso.

Ela beijou minha bochecha, e então sussurrou:

— Mas eu ficaria feliz de aconselhar.

Depois de lá, fui me encher de waffles com Ethan e Hannah no acampamento.

— Deem um pulo na maternidade — disse tia Julia. — Para se despedirem de Rachel e conhecer o bebê.

— Tia Julia, vamos perder a balsa se conhecermos Oliver — brinquei. — Você sabe que amo bebês.

Eu sorri — já era o plano passar na maternidade a caminho da balsa. Eu não podia ir embora sem conhecer meu novo primo.

Abracei Ethan e Hannah com força antes de ir ao casarão.

— Vamos mandar nossos projetos de arte para você — disseram. — Para pendurar na sua parede na faculdade.

Minha barriga deu um pulo.

Faculdade.

— Obrigada — falei. — Mal posso esperar.

Mas e se pudesse?

Eu e meus pais nos cruzamos no meu caminho ao casarão.

— Docinho deixou o chá prontinho pra você — disse minha mãe.

— E tia Julia fez mais waffles — falei para ela.

— Andem logo, moças — disse meu pai, e eu e minha mãe reviramos os olhos.

Meu pai era relaxado na fazenda, exceto pelo dia da partida. Aí ele ficava todo focado, e sempre queria entrar na primeira balsa para pegarmos a estrada. Por sorte, minha mãe o convencera a nos deixar dormir até um pouquinho mais tarde depois do casamento.

Pestana e Docinho estavam em silêncio quando entrei na cozinha; ventava demais para ficar no alpendre. Tomei meu Earl Grey sem dizer nada.

— Ontem foi incrível — acabei falando. — Acho que nunca tinha visto Sarah tão feliz.

— É, nem eu — concordou minha avó. — Foi uma noite linda.

Ela cobriu minha mão com sua mão macia.

— Meredith — falou —, não queremos botar pressão, mas você pensou mais um pouco no que seu avô disse?

O que seu avô disse.

O que ele me dissera, através da conversa sobre Wit.

Precisar, querer, se preocupar.

Eu iria para Hamilton no outono, ou tiraria um ano sabático?

Olhei para Pestana.

— Estou pensando. Estou pensando *mesmo* — sussurrei, com um nó na garganta. — Mas vocês vão me apoiar? No que quer que eu decida?

Pestana veio até a mesa da cozinha e botou as mãos nos meus ombros.

— Sou seu maior fã — falou. — *Sempre* fui seu maior fã. Ficarei do seu lado, de qualquer forma.

— Eu também — disse Docinho, me abraçando e fazendo tilintar as pulseiras, e eu inspirei seu perfume de lavanda. — A gente te ama, querida. A gente te apoia.

Fechei os olhos com força e disse que também os amava.

Pestana foi o primeiro a me soltar.

— Agora, vá lá — falou. — Você tem mais algumas casas a visitar e, de acordo com seu pai, não tem tanto tempo.

Na casa do lago, estava todo mundo dormindo, e eu nem passei pela choupana. Na casa do brejo, só Oscar Witry e Jeannie estavam acordados. A mãe de Michael me ofereceu café da manhã, mas eu estava ainda cheia de waffles, então recusei e a abracei.

— Sei que é difícil — murmurou, fazendo carinho nas minhas costas —, mas, por favor, srta. Meredith, venha a Nova Orleans um dia. Tem tanto a ver por lá, e vamos adorar recebê-la.

Minha última parada era o complexo residencial de Nylon. Abri a barraca de Eli e Jake primeiro — os dois estavam dormindo, sem pressa. Meus amigos ficariam ali até o fim do verão.

— Hoje vou afogar as mágoas no trabalho — disse Jake, quando eu o acordei. — Fazer um sundae e comer em sua homenagem... com granulado colorido — falou, e bocejou. — Vou sentir saudades, Mere.

— Também vou sentir, Jake. Vamos manter contato.

— É melhor ser verdade — murmurou Eli quando disse o mesmo a ele, e baguncei seu cabelo comprido. — E volte ano que vem.

— Vou voltar — falei, rindo. — Prometo.

Porque eu sabia que voltaria. Não sabia o que os nove meses seguintes trariam para mim, mas sabia que, dali a um ano, estaria *lá* — no Vineyard, na fazenda, com minhas pessoas preferidas. Claire e os sonhos dela de trabalhar na ilha tinham me inspirado. Ela me inspiraria para sempre.

Respirei fundo antes de entrar na barraca de Pravika e Luli. Divya não estava por lá — me perguntei se estaria com um padrinho —, mas Pravika choramingou quando eu me despedi.

— Não — falou, agarrada à manga do meu casaco. — Não, ainda não. Faz só uma semana. Você não pode nos abandonar.

— Mas o dever me chama — respondi, com um suspiro. — Preciso voltar a Clinton, à loja de bagels. Precisam me acorrentar ao caixa outra vez.

(Meu chefe ficara mesmo irritado quando eu pedira uma semana de folga.)

Luli bufou de rir no saco de dormir.

— Te odeio — disse Pravika, com um abraço carinhoso. — Te amo.

— Também te amo — falei, e me virei para Luli.

Mais cedo, combinei comigo mesma que não ficaria nervosa ao me despedir. Eu tinha pedido desculpas e feito tudo que podia para botar as coisas em pratos limpos. Agora era com ela. Não havia motivo para ficar nervosa.

— Adeus, mocinha — falei. Era uma piada da nossa infância; tia Christine nos chamava de *mocinha* quando nos metíamos em encrenca. — A gente logo se fala, tá?

Luli demorou para responder; esperei, mas não veio nada. Até que, finalmente, ela saiu de cima do colchão, e atravessou a barraca até onde eu estava com Pravika.

— Quando eu mandar Snapchats engraçados, por favor, responda — falou. — Você perdeu muitas das minhas melhores piadas esse ano.

Fiz que sim.

— Tentarei estar à altura de sua genialidade.

E assim, em um piscar de olhos, saí. *Se desculpar não faz o estilo da Luli*, pensei, com os olhos marejados. *Eu já devia um pedido de desculpas para ela e, já que não falei nada antes de ela me procurar, ela não acha que me deve...*

— Espere, Meredith! — ouvi alguém gritar. — Mere, espere!

Quando me virei, vi Luli, com o cabelo escuro emaranhado, ziguezaguear entre as barracas.

— O que foi? — perguntei.

— Me desculpe! — soltou ela. — Sei que é tarde, *muito* tarde, mas me desculpe por ser tão escrota, pelo que falei no banheiro sobre você ter largado a gente pelo Ben, estar fazendo o mesmo com Wit, e que ele iria terminar com você — falou, com um suspiro. — E me desculpa *mesmo* por mandar você ir embora depois de se desculpar. Eu sei que... Claire era minha amiga, mas era sua *irmã*. Doeu ser ignorada esses meses todos, e sei que você queria ter lidado melhor com isso, mas ela era sua irmã. Nem imagino, se eu perdesse Jake... — disse, sacudindo a cabeça. — Nem imagino.

Meus olhos ficaram marejados de novo.

— Obrigada — sussurrei. — Obrigada, Luli. Isso é muito importante para mim. Espero... — comecei, suspirando. — Espero que a gente possa voltar a ser amiga.

Luli me olhou.

— Mocinha, *somos* amigas.

Sorri.

— Amigas para sempre.

— É, para sempre — falou, e olhou ao redor. — E agora, cadê seu namorado não tão secreto?

— Ah — falei, e meu sorriso murchou. — A gente já se despediu.

À noite, eu e Wit tínhamos finalmente nos vestido, dobrado a manta e voltado devagar para as casas de mãos dadas. Ao chegar diante do anexo, ele tinha me abraçado com força e por muito tempo, a ponto de me levantar do chão por um momento. Não nos beijamos, só nos abraçamos.

— Tchau — ele murmurara.

— Tchau — eu murmurara de volta.

Em seguida eu o vira voltar à choupana, de mãos nos bolsos, olhando as estrelas.

— Se despediram?! — perguntou Luli. — Vocês *se despediram* ontem?

— Isso — confirmei. — Hoje teria doído demais...

Minha amiga levantou a mão.

— Se despediram *por enquanto*, ou *de vez*?

— De vez — sussurrei, com um nó no estômago. — Acabou a semana, Luli. Acabou o casamento...

— Meredith! — exclamou Luli, incrédula. — Está de brincadeira?

Eu balancei a cabeça em negação.

Ela também.

— Você às vezes é muito irritante. Todo mundo que tem olhos viu como vocês dois estavam se apaixonando. Pelo amor de Deus, eu soube que você dormiu na cama dele todas as noites dessa semana — disse ela, e me olhou. — Foi ousado, por sinal.

— É, pois é. É o Wit, e a gente está...

Totalmente emaranhado.

Luli sorriu.

— Viu, é isso que quis dizer. Vocês estão *longe* de acabar.

— Mas ele vai para a Nova Zelândia! — exclamei. — Vai passar o *ano todo* do outro lado do mundo, e, sim, me convidou para ir junto, mas não sei. A gente só se conhece há uma semana. Tenho que ficar lembrando que a gente só se conhece há uma semana.

— E daí? Vá com ele, ou fique aqui e namore ele mesmo assim! — disse ela, e riu. — Aposto que ele ama falar por FaceTime, e você vai melhorar nesse assunto.

Senti os olhos arderem.

— Não sei, Luli.

— Meredith, fala sério — disse ela. — É sua chance.

É sua chance.

Eu me lembrei de Michael na festa, contando sobre quase ter perdido a chance com Sarah. *Agora aqui estamos*, dissera. *Aqui estamos todos.*

Meu coração acelerou. *Se quiser Wit*, pensei, *corra atrás.*

~

Fui correndo até a choupana, mas, ao esbarrar na porta de Wit, descobri o quarto vazio. Sem roupa de cama, sem nada na mesa de cabeceira, na cômoda, nem no armário. Inteiramente vazio. Senti o peito apertado, tentando lembrar se ele me dissera quando planejava ir embora. O pai dele e os Dupré ainda estavam na fazenda, então onde estaria ele?

Cadê você, cadê você, cadê você?

— Nossa Senhora — disse Gavin, e a dobradiça da porta dele rangeu quando a abri. — Qual é a de vocês com esse negócio de entrar sem bater?

Ele se sentou na cama, e notei que não estava sozinho.

Danielle puxou o edredom para se cobrir.

— Wit não está no quarto — falei, com a voz falhando.

— É, não deve estar mesmo. Ele foi pegar a balsa — respondeu Gavin, massageando a testa. — Acho que vai voltar para Vermont.

Fiquei boquiaberta.

— Como é que é?

— Ele foi embora — disse Danielle, com um tom que indicava que me queria fora dali, e eu entendia o motivo. — Ele vai pegar a balsa da manhã. A mãe vai buscá-lo em Falmouth e seguir de carro para Vermont. Tá?

— Tá.

Fiz que sim e dei meia-volta rapidamente. Tanto Gavin quanto Danielle gemeram de dor quando deixei a porta bater. Todo mundo estava de ressaca.

— Luli — falei quando ela atendeu o celular. — Me encontre na garagem dos tratores. Vamos precisar do jipe.

~

— Por que não manda mensagem? — gritou Luli, mais alto que o uivo do vento, enquanto o jipe velho de Pestana corria pela estrada da fazenda.

Ela estava dirigindo; minhas mãos estavam tremendo demais para segurar o volante ou passar a marcha.

— Porque apaguei o número dele! — respondi.

Depois de me despedir de Wit, eu tinha desabado na cama de Claire e apagado o contato, antes de chorar no travesseiro. Mesmo depois de tanta dúvida, achara que cortar todos os laços seria melhor para mim.

Estava arrependida.

— E no Instagram? — perguntou Luli. — Manda uma DM!

— Não está carregando! — falei, esganiçada. — O app não está carregando!

Fechei o Instagram e conferi o cronograma das balsas de novo. Eram 10h15. O barco mais recente saíra às 10h, mas outro sairia dali a vinte minutos. Eu torcia para ser aquele o de Wit.

Olhei o velocímetro do jipe.

Pouco mais de quarenta quilômetros por hora.

Não pareciam ser nem dez.

— Corre — falei, com o coração a mil. — Por favor, Luli, acelera!

Ela levantou a sobrancelha.

— Acelero?

— Sim — concordei, rápido. — *Acelera.*

Ainda fiz uma careta quando ela pisou fundo, mas foi melhor do que no começo da semana. Luli dirigia bem; a gente dirigia junta desde antes de tirar a carteira. Pestana ensinara bem, ela estava sóbria, e comandava o carro com segurança. Eu tinha absoluta certeza que nada aconteceria. Luli se ateve ao limite de velocidade a caminho do porto, e minhas pernas iam tremendo sem parar. Obviamente, ainda assim, parávamos em todos os sinais vermelhos.

— O que você vai dizer? — perguntou ela, em um dos sinais.

— Não sei — falei, rangendo os dentes. — Só precisamos chegar.

— E se ele já estiver no barco?

— Aí vou comprar um bilhete... — comecei, antes de cobrir o rosto com as mãos. — Merda, minha carteira está na mochila! No Raptor!

— Relaxa — disse Luli. — Estou com a minha, e contém umas gorjetas do Jake.

Eu me estiquei por cima do console do jipe e beijei a bochecha dela.

— Amém!

Quando chegamos ao porto, a Steamship Authority estava um caos de tão lotada, e todos os carros esperavam para embarcar na *The Island Home*. Caiaques amarrados em cima de Volvos, Range Rovers carregados de malas e cadeiras de praia, bicicletas penduradas em SUVs imensos. Até os Wranglers conversíveis estavam lá, mas não pulsava música deles. Todos lamentando a partida.

— Boa sorte! — disse Luli, quando eu soltei o cinto e saltei do jipe.

Os carros estavam começando a subir a rampa, e eu dei uma olhada rápida na fila de pedestres. Tinha gente subindo na balsa, mas não notei um menino loiro ali. *Bom*, pensei, *lá vamos nós*.

Entrei correndo na Steamship Authority e encontrei uma fila de gente que queria comprar bilhetes de último minuto. Fiquei enjoada de esperar e, quando finalmente chegou minha vez, meu coração estava batendo tão forte que nem consegui falar, simplesmente joguei umas notas no balcão. Até fazer isso foi confuso.

A zona de pedestres ainda não tinha fechado, mas, de tanto pânico, eu temia não ter tempo de embarcar.

— Espera! — gritei. — Me espera!

O cobrador riu.

— Bem na hora.

Sorri para ele, e subi correndo a rampa para entrar na balsa. Se Wit não estivesse ali, eu esperaria meus pais do outro lado. Luli explicaria tudo para eles.

— Não, Jeffrey, ainda não — disse uma mulher, enquanto eu abria caminho entre os carros. — Preciso soltar seu cinto!

— Está de brincadeira, Becca — disse outra pessoa. — Esqueceu o carregador em casa?

Cheguei à escada e subi voando. *No convés*, pensei. *Se estiver aqui, ele estará no convés superior.*

Uma brisa fresca me envolveu quando emergi lá em cima, e as nuvens se abriram para o sol brilhar. Era a magia de Claire. Senti o calor nas costas. Montes de famílias enchiam os assentos e, perto da grade, crianças se esticavam para olhar pelo binóculo imenso.

Senti um frio na barriga.

Ali estava ele, alto e magro, de cabelo duro de maresia, calça jeans, tênis desamarrados e uma camiseta azul-clara conhecida, que dizia #AgoraElaÉDupré nas costas. O tecido esvoaçava ao vento, e meus olhos ficaram marejados na mesma hora. Pestanejei para afastar as lágrimas e, mesmo sem saber o que dizer, avancei.

Enquanto eu atravessava o convés, uma menininha puxou a camisa de Wit e apontou os binóculos. Ela queria olhar, e o vi sorrir e abrir espaço. Ele recostou na grade e olhou para o mar. Soou a buzina da balsa.

Respirei fundo.

E então agi.

— Ei, Stephen! — gritei, e, dois segundos depois, cheguei ao lado dele.

Sorri, peguei a mão dele, e falei:

— Me fale da Nova Zelândia.

UM ANO DEPOIS

EPÍLOGO

As tortas saíam às 14h. Era uma linda tarde de julho, o céu azul-vivo, com nuvens brancas fofas como algodão. Depois de acabar meu turno na livraria, olhei o celular e vi uma mensagem:

Que horas é para chegar?

Revirei os olhos e respondi:

Você já fez isso antes! 13h50!

Ele respondeu enquanto eu subia na bicicleta:

Brincadeira. Relaxa.

Eram 13h53 quando saí da ciclovia e a Morning Glory apareceu — os hectares infinitos de campos verdes, e a casa vasta de cedro cercada por flores, jardins, crianças e mesas de piquenique lotadas. Suor escorreu pelas minhas costas por causa das pedaladas, e meu coração estava acelerado. Eu esperava que ele já estivesse lá dentro; a concorrência seria acirrada.

Mas claro que não estava.

— Michael! — gritei, batendo os pés pelo estacionamento de cascata.

— Que história é essa?

Ele estava ocupado, exibindo o carro. Era um 1973 International Harvester Scout, o melhor carro de praia.

— Nosso carro da ilha — ele chamava.

Ele cumprimentou os novos fãs do carro antes de vir correndo. Eu praticamente o arrastei para dentro da casa, onde, claramente, clientes circulavam entre as comidas e olhavam discretamente o mostruário de tortas, ainda vazio.

— Não entendi *por que* precisamos fazer isso — disse ele, enquanto eu posicionava o corpo de jogador de futebol americano dele como bloqueio para a inevitável debandada. — Achei que uma das vantagens fosse...

— Só se sobrar — falei, inclinando a cabeça para admirar o trabalho. — As tortas nunca sobram.

Ele fez que sim, então levantou os braços e estalou os dedos. Os confeiteiros estavam saindo com as tortas, e o cheiro doce de açúcar e frutas chegava a nós pelo vento. Grupos de pessoas avançaram no mostruário, predadores de olho na presa.

— Faça sua mágica — murmurou ele.

— E você a sua — falei, antes de me ajoelhar. — Licença! — exclamei, engatinhando entre os clientes na minha frente. — Licença, acho que perdi um brinco! Minha avó me deu de aniversário. É uma herança de família.

Michael assobiou quando voltei com quatro tortas inteiras: blueberry, maçã, pêssego, e, é claro, morango com ruibarbo. Em seguida, andamos pela loja, buscando outras coisas necessárias para o jantar de família anual de Pestana e Docinho. Duas dúzias de espigas de milho, alface, tomates imensos, pimentões, cebolas roxas, mussarela, e pão de abobrinha (meu pai tinha acabado com o de casa de manhã).

— Posso dirigir na volta? — perguntei, na fila do caixa.

— Pode — disse Michael. — Se prometer não ir na velocidade da luz.

Eu o olhei.

— Michael, foi só oito quilômetros além do limite.

— Meredith, a multa disse que foi *vinte e cinco*.

— Eu não estava dirigindo!

Ele deu de ombros.

— Mas foi cúmplice.

Eu sorri. Pravika, Jake e eu tínhamos buscado encomendas na Mad Martha poucas semanas antes, e precisamos voltar correndo para o sorvete não derreter. Um policial tinha nos pegado logo antes de chegarmos à estrada da fazenda. Como nunca tinha sido pega pela polícia, Pravika ficara muda, enquanto Jake entregava a carteira e eu tirava os documentos do porta-luvas.

Pestana depois nos passara um sermão.

— Olha, esse carro é meu bebê — disse Michael.

Eu bufei.

— Não deixe Sarah ouvir isso.

— Ela sabe o que quero dizer... — falou, mas o resto sumiu.

Finalmente tínhamos virado uma curva na fila, e meu coração falhou. E depois voou.

— Stephen! — gritei, e o funcionário no segundo caixa me olhou.

Cabelo volumoso e claro, olhos turquesa brilhantes, pele queimada de sol, e aquele maldito sorriso torto.

Michael suspirou, e foi até o caixa do irmão.

— Juro que nunca vou me acostumar. Ninguém, sério, *ninguém*, mais chama ele assim.

— E ninguém deveria — falei, rindo.

Meu apelido especial para Stephen não era apelido nenhum.

— Então o negócio agora é esse? — ele tinha perguntado meses antes. — Não sou mais Wit?

— Quem é Wit? — eu respondera.

Estávamos em Vermont, cinco dias antes de ele partir para a Nova Zelândia.

Ele tinha começado a fazer cócegas em mim, no sofá da família.

— Tá — dissera, enquanto eu ria. — *Tá* — repetira, com os dedos cutucando meu tronco. — Mas só para você, Matadora.

— O que você está fazendo aqui? — perguntei, o vendo passar as compras.

Não tinha sujeira nenhuma na camiseta azul da Morning Glory. Normalmente, Stephen trabalhava no campo.

— Alguém ficou doente e não veio, então precisavam de uma mãozinha na hora de pico... Ah, arrasou! — falou, com os olhos brilhando. — Quatro tortas!

— Que você poderia ter tranquilamente separado e levado para casa — disse Michael, seco.

— Isso é proibido.

— Não deveria ser — resmungou Michael.

Ajudei a guardar a comida nas sacolas e, mesmo com o desconto de funcionário de Stephen, pensei no ditado famoso de Pestana: *É impossível sair da Morning Glory com tortas e uma conta de menos de cem dólares!*

— Espera — disse Stephen, antes de irmos. — Esqueceu uma coisa.

— Não, eu peguei a notinha — disse Michael, mas eu sorri e entreguei as sacolas para ele, para poder abraçar Stephen.

— Você é muito afetuosa — murmurou ele, depois de eu me esticar para dar três beijinhos rápidos no rosto dele.

Eu não sabia o porquê, mas eram sempre três vezes. Uma não bastava.

— É, eu sei — falei, tranquila, abraçando ele pela cintura. — Já me disseram isso uma vez.

Michael tossiu.

— Falta de profissionalismo, Witty.

Stephen me soltou, e piscou.

— Vou ser muito afetuoso *depois*.

Pisquei de volta.

— Sabe onde estarei.

Michael me deixou dirigir. Botamos a bicicleta na mala e, para mostrar que eu estava levando aquilo a sério, prendi o cabelo em um rabo de cavalo e botei, com um gesto dramático, os óculos de aviador esquecidos de Pestana.

— Vamos dar no pé dessa fazenda! — falei.

Ele riu.

— Você é muito boba.

Ajeitei o boné da Hamilton antes de virar a chave e dar ré devagar. Eu tinha acabado de acabar meu primeiro ano de faculdade. Quando encontrara Stephen na balsa naquele verão, tudo se encaixara. Ele estava doido para ir embora, por uma aventura, mas eu, não. Pelo menos ainda não. Ir a outro continente não resolveria meus problemas; eu sabia que precisava lidar com eles em casa, com meus pais por perto, se necessário. Eu *precisava* fazer faculdade lá perto? Ou *queria* fazer faculdade lá perto?

As duas coisas, decidira. Meus pais tinham ficado aliviados com minha sugestão de fazer compras para o alojamento e, claro, Pestana e Docinho apoiaram minha decisão.

Eu amava Hamilton. Amava muito mesmo. O grupo que me orientara ao chegar na faculdade tinha continuado a almoçar junto muito depois da primeira semana, e virado um grupo de amigos íntimos. Alguns deles tinham visitado o Vineyard no mês anterior.

— Eba, Luli! — tinham dito quando eu e ela os buscamos na balsa, lembrando a visita que ela fizera a Hamilton em abril. — Que bom ver você!

Havia vantagens em morar perto dos meus pais. Se precisasse lavar roupa, podia esquecer as lavanderias e ir até em casa. E meus amigos adoravam jantar comida caseira na casa dos meus pais de vez em quando. Minha mãe sempre ficava feliz de cozinhar para um bando de gente. Ela me mandava mensagem:

> Vou experimentar uma receita nova de lasanha. Me diz se alguém se interessar!

Eu tinha poucas reclamações.

Só que sentia saudade de Stephen. Sentia *muita* saudade.

— Você não vai — eu dissera na nossa última despedida em Vermont, parados diante do Raptor, com a cabeça enfiada na camisa dele. — Você não vai. Semana que vem, vai me visitar em Clinton, de preferência com balas de açúcar de bordo.

Ele tinha rido.

— Você vai dizer isso para si mesma pelos próximos nove meses?

Eu tinha batido a cabeça no peito dele.

— Vou *tentar* para caramba.

A distância era ainda pior do que eu imaginara. A gente se comunicava de todas as formas possíveis, mas às vezes parecia *impossível*. Eu ficava sentada no salão do alojamento no FaceTime com ele até as oito da manhã, e chorava no chuveiro antes de ir tomar café.

— Ela está na Fossa do Stephen — diziam minhas colegas.

Porém, havia também Surpresas do Stephen. Sem aviso, pacotes chegavam pelo correio, com meu nome escrito em maiúsculas. A letra dele parava meu coração. Meus preferidos incluíam lembrancinhas da viagem, um diário de couro que sempre continha uma carta nova para mim, e uma camiseta desbotada ou uma camisa de flanela de manga comprida com cheiro dele: o xampu de laranja, sabão, suor, e algum cheiro novo daquelas terras. Eu sempre dormia com a camiseta e me embrulhava na flanela durante o dia, até que tivessem o meu cheiro, quando as devolvia com minha própria carta no diário.

A gente acabou preenchendo vários cadernos — com cartas, desenhos, adesivos, letras de música, poemas ruins. Eu dissera que o amava pela primeira vez em um caderno.

Eu te amo, Stephen. Eu te adoro, mas te amo ainda mais.

— Eu também te amo, Matadora — ele dissera um dia ao telefone, e eu sorrira, sabendo que finalmente tinha recebido o caderno. — Te adoro, mas te amo ainda mais.

Porém, nada tinha sido melhor do que as férias da primavera. Hamilton nos dera duas semanas de folga, que eu passara explorando a Austrália com ele. Já fazia sete meses de distância. Stephen tinha rido quando eu me jogara no colo dele no aeroporto e enfiara as mãos em seu cabelo. Ele me abraçara com força.

— Nem imagina a saudade que senti de você escalar em mim.

Então tínhamos sido o casal mais insuportável do Instagram, tirando fotos juntos pela Austrália e pelas lindas paisagens. Sem legenda, além de #AmarradaNoWitry.

Na primeira foto, viera o comentário de @mpdNOLA:

Nossa Senhora... Voltou.

E depois a resposta de @Sarah_Jane:

Voltou, sim! E melhor do que nunca!

Quando chegara a hora de eu ir embora, nenhum de nós nos soltara, e eu prometera estar no aeroporto de Nova Orleans para recebê-lo de volta em maio. Porque aquela cidade era outro medo que eu conquistara — Sarah e Michael tinham feito um jantar de Ação de Graças, e eu tinha adorado.

— Tá, que bom — dissera Stephen, aliviado. — Ai — gemera. — Agora eu tenho que voltar às Melancolias de Meredith...

Calafrios tinham subido pelo meu pescoço.

— Espera aí — eu dissera, me afastando para olhá-lo. — O que são as *Melancolias de Meredith*?

~

Botei as tortas na bancada da cozinha do anexo, e troquei a roupa para vestir um biquíni comprado na Austrália. O restante dos meus amigos ainda estava trabalhando, então arrumei uma bolsa e fui à praia secreta. Loki, Clarabelle e alguns outros cachorros passaram correndo e latindo por mim, seguindo o cheiro de alguma coisa.

Era claro que o lago Paqua estava deserto. Desenrolei a canga e me cobri de filtro solar antes de me instalar e tirar um diário da bolsa. Aquele não estava cheio de cartas de Stephen; aquele continha apenas minha letra. Ele tinha me inspirado — se podia mandar cartas para ele, podia escrever cartas para qualquer um.

Claire tinha uma coleção adorada de canetas-tinteiro, então eu usava apenas elas, e marcava a data em tinta azul-escura. *Querida Claire*, escrevi.

> Por algum motivo, hoje pensei em todas aquelas caças ao tesouro em Paqua que fazíamos quando pequenas. Lembra que Pestana criava as pistas? E aquele mapa da fazenda que desenhamos juntas? Nunca vou esquecer as férias quando...

Eu não escrevia para ela todo dia, só quando sentia mais saudades. Minha terapeuta tinha me ajudado a entender que, onde quer que Claire estivesse lendo seus livros, *sempre* seria minha irmã. Nada seria capaz de nos separar de verdade. Cada carta era uma memória, o que me ocorria no momento, e eu sempre assinava assim:

> Mandando amor de todo e qualquer lugar,
> Mere

Depois, guardei o diário na bolsa e nadei até a plataforma do lago. As tábuas de madeira gasta estavam aquecidas pelo sol, então me estiquei e fechei os olhos. Parecia que eu só estava dormindo havia cinco minutos quando senti água respingar nos meus dedos. Mexi os pés, mas não acordei plenamente. Até que senti de novo... e de novo... e *de novo*.

— Stephen! — exclamei, me sentando, e notei que estava sozinha. — Boa tentativa — falei, me virando de barriga para baixo e me arrastando até a beirada. — Sei que você está aí.

Ainda assim, gritei quando ele irrompeu da superfície, a cabeça surgindo da água. Ele riu de mim, e eu levantei os punhos como se fosse socá-lo.

— Assustei você — falou. — Não assustei?

— Como você já voltou? — perguntei.

Stephen franziu a testa.

— O trabalho já acabou faz tempo — disse ele, olhando o céu, o sol que descia devagar. — Todo mundo já voltou.

Ah... então eu tinha, *sim*, dormido mais de cinco minutos. Senti a barriga revirar, e Stephen manteve a mão no meu joelho enquanto mexia as pernas debaixo d'água.

— Escrevi para a Claire — falei, passando os dedos pelo cabelo molhado dele. — Mais cedo... escrevi uma carta no meu diário.

Ele fez que sim com a cabeça.

— Imaginei, visto o que vai acontecer hoje...

Ele parou de falar, e virou a mão. Peguei a mão dele para entrelaçar nossos dedos.

Ficamos em silêncio até o sol baixar visivelmente no céu. Levantei nossas mãos e beijei os dedos dele.

— É melhor a gente ir — falei, entrando na água fria ao lado dele. — Estão nos esperando.

— É — disse ele. — Mas primeiro...

Eu mergulhei antes de ele me beijar, e bolhas de gargalhada subiram à superfície quando ele também mergulhou e me abraçou. Então me desvencilhei e alcancei a orla antes dele.

— Corre! — gritei. — Se a gente se atrasar, vai precisar lavar a louça!

A cozinha estava lotada, então saí com a bebê. Uma das mantas de Docinho estava estendida no gramado, e eu me sentei ali para niná-la. Nós duas sorrimos — era uma bebê muito sorridente.

— Vou ensinar tudo a você — falei. — Vou ensinar tudo que há para saber sobre a fazenda, e vamos nos divertir muito juntas.

Só se passou um minuto até ouvirmos a voz dela.

— Meu Deus do céu, cadê ela? — gritou Sarah de dentro da casa, pelas janelas, que estavam quase todas abertas para deixar entrar a brisa. — Cadê a Claire?

— Acho que está lá fora com minha noiva — disse Stephen.

— Wit, meu bem, não funciona assim — disse Docinho.

— Por que não? Meredith é madrinha da Claire, e eu sou o padrinho... somos padrinhos dela. Me parece lógico — falou, e hesitou. — Além do mais, Mere já me chamou de *noivo* umas vezes.

— Foi em sonho! — gritei para ele, e todo mundo riu. — Foi uma vez, em sonho!

— Mesmo assim — disse Stephen —, você não *adoraria* me ter como neto, Docinho?

Eu corei, e imaginei que minha avó também corava — ela era apaixonada por Stephen. Ele estava morando no casarão no momento, e toda manhã ela fazia comida para ele, sendo que mal mencionava a Pestana que o café estava pronto.

— Ai, que bom! — disse Sarah, vindo se sentar comigo na manta e beijando a testa da filha. — Estava procurando você, meu amorzinho.

A mesa de jantar estava coberta de travessas de comida deliciosa de verão, e cercada pelas cadeiras descombinadas de costume. Tio Brad e tia Christine se gabaram da vitória na competição de boias da tarde — meus pais discordavam —, e eu contei para tia Rachel todos os detalhes do novo namorado de Eli. Michael estava com Claire no colo, e Sarah os olhava com adoração, tirando fotos. E, sentado no banquinho alto, Stephen contava para tia Julia que queria começar uma horta na fazenda.

— De preferência na casa do brejo — falou. — Acho que é o gramado mais fértil.

Finalmente, quando as tortas foram cortadas e servidas com sorvete, Pestana se levantou da cadeira, e a mesa se calou.

— Hoje é uma noite especial — começou, mas voltou atrás. — Quer dizer, não é exatamente verdade. *Toda* noite com vocês — falou, indicando a mesa —, minha família, é especial. Dou valor a cada dia na praia, a cada passeio de trator no fim da tarde. Docinho e eu temos muita sorte de morar aqui e ver nossos filhos crescerem, e os filhos deles crescerem.

Como se obedecesse, Claire soltou um barulhinho.

Todo mundo riu.

— Sim, srta. Dupré, e temos sorte de ver até os filhos *deles* crescerem — disse Pestana, sorrindo, as rugas mais fundas ao redor dos olhos. — Mas hoje é uma ocasião especial, pois marca a inauguração de uma novidade na fazenda — continuou, e acenou para Docinho. — Meu bem, por favor...

Minha avó sumiu para dentro da casa, e todo mundo exclamou quando ela voltou com um troféu dourado reluzente. Peguei a mão de Stephen debaixo da mesa, com os olhos ardendo. Eu já tinha adivinhado o que era, mas apertei os olhos para ler a letra elegante quando Docinho passou o troféu para meu avô. O nome da minha irmã estava inscrito diversas vezes, acompanhado pelo de Stephen.

— A Taça Claire Fox — disse Pestana — agora será entregue ao vencedor de Assassino a cada ano. Sei que vocês todos gostavam das medalhas de plástico, mas isso... — falou, olhando o troféu, com a mão um pouco trêmula. — No ano passado, jogamos em memória de Claire, e, daqui em diante, *sempre* jogaremos em memória de Claire.

— Nossa deusa Assassina — concluiu Docinho. — O legado dela será eterno.

A mesa toda aplaudiu em solidariedade. Apertei a mão de Stephen e me levantei para abraçar meus pais. Minha mão secou minhas lágrimas e beijou meu rosto.

— Ah, e mais uma coisa — disse Pestana, vários minutos depois, se servindo tranquilamente de uma terceira fatia de torta de pêssego. — Seus alvos serão distribuídos à meia-noite!

Saí da cama quando soube que meus pais estavam dormindo, apesar de eu também saber que os acordaria ao sair. A porta e as dobradiças enferrujadas não tinham perdido sua magia.

— Não fique fora até tarde, Meredith — disse minha mãe, sonolenta, quando a porta se fechou atrás de mim.

O vento me fustigava quando atravessei o campo, de calça de pijama e blusa de moletom, e ri sem motivo ao chegar diante do casarão antes de me abaixar para recolher pedacinhos de conchas quebradas.

Então fui de fininho até a parte da frente da casa, para jogá-los na janela de Stephen.

— Rapunzel, Rapunzel! — meio sussurrei, meio gritei. — Desce logo aqui!

A janela se abriu com um rangido.

— Só se prometer me proteger! — retrucou Stephen, no mesmo tom. — Por acaso você tem uma *faca*?

Eu ri. Meu canivete estava, sim, em Paqua, em vez de escondido em uma caixa inútil em casa.

— Claro — falei. — Quem se meter no nosso caminho vai se ferrar.

Stephen riu e saiu pelo telhado do alpendre, sem dificuldade. Ele tinha pegado o jeito desde o assassinato no telhado no ano anterior. Afinal, a gente fazia aquilo toda noite. Às vezes, ali, às vezes, no anexo, mas toda noite saíamos para caminhar juntos.

— Tá — disse ele, depois de descer por uma pilastra até o chão. — Pronta?

Ofereci minha mão; ele a pegou e me rodopiou para nos beijarmos.

— Pronta — falei.

Assim, seguimos.

A gente falava de qualquer coisa nas caminhadas. Falava de tudo. Falava do futuro. Stephen tinha feito a transferência de Tulane para a Universidade de Vermont, e estava animado para me ensinar a esquiar no inverno. Enquanto isso, eu estava animada de estar no mesmo lado do país que ele, ainda mais no mesmo *continente*.

Porém, eu ainda insistia nas Surpresas de Stephen. Não fazia diferença se era uma folha de outono, ou um jornal da faculdade. Quando chegavam os pacotes dele, quando eu via a letra dele...

Eu derretia, e meu dia melhorava.

— Tá — concordara ele —, desde que eu volte a receber as Cartas da Meredith.

Naquela noite, o que discutíamos era Assassino.

— Olhem só para eles! — tio Brad acusara no jantar, ao nos ver aos cochichos. — Já estão armando!

— Não estamos, não — respondera Stephen. — Eu estava dizendo a Mere como ela está linda hoje.

Eu precisara me esforçar para não rir.

A gente estava armando, sim.

— Quem você tirou? — perguntei.

— Quem *você* tirou? — respondeu ele.

Ele sussurrou o nome e, depois:

— Vamos fazer um novo pacto?

— Não — falei, negando com a cabeça. — Você sabe que já temos um.

Eu me pendurei no corpo quente dele, envolvi a cintura com as pernas e o pescoço com os braços, passando a mão em seu cabelo.

— Porque eu te adoro, Stephen — murmurei. — Eu te adoro, mas te amo ainda mais.

— Tanto quanto eu te amo, Matadora? — perguntou, sorrindo no luar, um sorriso torto e perfeito.

Não respondi. Eu o beijei, e ele me beijou.

Depois de sair de fininho do quarto de Stephen, de manhã cedinho, visitei o carvalho antigo no limite do quintal do anexo e passei os dedos pelas marcas de Claire no tronco, imaginando a inscrição no troféu.

— Vou ganhar — sussurrei, ao chegar à última marca. — Este ano, vou ganhar.

AGRADECIMENTOS

Mais uma vez o primeiro nome, mais uma vez em letreiro luminoso: Eva Scalzo, minha agente fantástica. Você sabe que precisei fechar a porta de um mundo com seus personagens incrivelmente especiais para viajar a este novo — obrigada por entender como foi difícil. Mas cá estamos, e eu não poderia estar mais feliz. Obrigada por ter a habilidade única de me ajudar a compor uma história quando tudo que faço é gritar palavras soltas no telefone: *Martha's Vineyard! Taylor Swift! Casamento! Irmãs! Assassino! Timothée Chalamet! Final de Notting Hill!*

Que bruxaria é essa?

Obrigada por achar que sou um encanto, e, por favor, saiba que retribuo.

Minha editora, Annie Berger: Acho que fiz uma proposta semelhante para você, não? Talvez um pouco mais específica? *Passado em uma semana! Casamento em Martha's Vineyard! Um jogo competitivo de Assassino! Uma família charmosa e engraçada! E um romance foférrimo!*

De qualquer jeito, obrigada por topar o conceito e me deixar escrever o livro de férias dos meus sonhos. Agora só quero pegar um exemplar, ir à praia, e ler até o sol se pôr. Não teria conseguido sem seu apoio e orientação.

À equipe da Sourcebooks! Quero elogiar Cassie Gutman, Jackie Douglass, Ashlyn Keil, Alison Cherry, Nicole Hower, Michelle Mayhall, e a artista maravilhosa da capa, Monique Aimee. Cada centímetro desse livro é uma beleza.

Martha's Vineyard: você me encanta. Nosso amor começou antes de eu aprender a andar, e sei que durará a vida inteira. Fico especialmente agradecida à família Flynn por se esforçar incessantemente em preservar um pedacinho do paraíso, e abrir seus portões para mim todo verão. A fazenda Paqua não surgiu só da minha cabeça. É uma sorte saber o que o obelisco diz de verdade.

Ao Summer Squad de 2011 — ah, que semana! Comemoramos meus dezesseis anos com camisetas coloridas personalizadas, Hayden fez bodyboard na praia, e Scott atirou em Jen do telhado. Todos se divertiram!

Também não poderia ter escrito este livro sem pensar em casamentos. Trip e Cindy Stowell, College Boy e Miss Machette, Hayden e Danielle Schenker, e, é claro, Jerry e Jennifer Walther. Precisei misturar quatro casamentos para criar o dia especial de Sarah e Michael.

Parabéns atrasados para vocês todos, por sinal.

Erica Brandbergh, amei nosso clube de laptop e café. Obrigada por me controlar enquanto escrevia o rascunho. Você perguntava (quando também deveria escrever):

— Está escrevendo?

Ao que eu respondia, tímida:

— Não, mas estou montando a playlist no Spotify.

Mais uma vez, agradeço às minhas leitoras beta: Delaney Schenker, Mikayla Woodley, Madeline Fouts, e Kelly Townsend. "É a leitura mais viciante!" talvez seja o melhor elogio que já recebi, e, Sarah DePietro, nem imagina o quanto me emociono com seu silêncio impressionado e gestos de mão agitados.

Muito amor para o pessoal de Nova Orleans! Josh, por ser você. Kasi, por responder a todas minhas perguntas sobre gumbo. E Katie, por me deixar roubar o nome do seu lindo filho. Se eu já não estiver aí, prometo que chego logo.

Em casa, obrigada aos Brandbergh, Schenker, e Webber por me deixar escrever em suas cozinhas ou salas de jantar quando me cansei de escrever às minhas. Stacy, é *geez* ou *jeez*? Mais balinhas, por favor, Suzanne! Hum, Kathleen, qual gato é qual?

E MDS, por onde começo? Em uma sala do quinto ano, talvez? Você de moletom verde de zíper e saia hippie listrada (#fashion), explicando à professora que deveria estar na turma de *humanidades*, não de *estudos sociais*, que nem o resto? Eu poderia escrever palavras e mais palavras, mas o resumo é o seguinte: obrigada. Obrigada, Madison, por escrever a história de Meredith comigo. Por considerar cuidadosamente cada reflexão, por ler cada capítulo na manhã depois de eu escrever, por me encorajar sempre que eu perdia a coragem. Você é minha consultora criativa preferida, você é uma gênia do caramba, você é minha melhor amiga. Beijos, K.

Sou muito agradecida a todos na órbita da família Walther. Esse último ano foi universalmente difícil, mas obrigada por todo o amor e apoio que ofereceram a mim e à minha família durante nosso momento difícil. Fosse ao fazer nosso jantar, cuidar dos nossos cachorros, ou me hospedar por uma ou outra noite, obrigada pela gentileza e generosidade.

Clã Webber: os Fox não seriam nada sem vocês. Pedacinhos da nossa família enorme estão costurados nesses personagens, e eu não mudaria nada. Obrigada especialmente a Ross Webber. Não sou avô, mas escrever Pestana me veio tão naturalmente porque sou sua neta.

Para minha mãe, H, e E: odeio a expressão *Obrigada por me aguentarem*. Mas, honestamente... obrigada por me aguentarem. Fiquei obcecada ao escrever esse livro, e isso não facilitou a convivência. Eu não me envolvia com toda conversa, meu temperamento estava bem irritadiço, e, por isso, me desculpo. Por favor, saibam que amo vocês, estarei aqui para vocês, e acredito que sairemos dessa. Somos fortes.

E, por fim, meu pai. Você sabia que esse livro viria, mas eu queria que você pudesse tê-lo nas mãos. Queria que pudesse ter aberto a página da dedicatória, acenado daquele jeito sutil, e dito alguma coisa tipo "Dois de dois".

"Não precisa se gabar", eu teria respondido.

Você nem imagina como eu queria ter esse momento com você, nem imagina a *saudade* que sinto. Vinte e quatro verões. Tivemos vinte e quatro verões no Vineyard, e foram mágicos, e eu os guardarei para sempre comigo. Guardarei *você* para sempre comigo, meu pai maravilhoso, corajoso, e carinhoso. Não ouço mais sua gargalhada, nem sinto você sacudir meus ombros, mas sei que você ainda está comigo. Sempre caminharemos juntos pelas trilhas da fazenda.

Impressão e Acabamento:
EDITORA JPA LTDA.